I0635335

LETTRES

ÉCRITES

DES RÉGIONS POLAIRES

LORD DUFFERIN.

BIBLIOTHÈQUE

DES ÉCOLES ET DES FAMILLES

LETTRES

ÉCRITES

DES RÉGIONS POLAIRES

PAR

LORD DUFFERIN

ET TRADUITES DE L'ANGLAIS AVEC L'AUTORISATION DE L'AUTEUR

PAR F. DELANOY

DEUXIÈME ÉDITION

PARIS

LIBRAIRIE HACHETTE ET Cᴵᴱ

79, BOULEVARD SAINT-GERMAIN, 79

1883

Droits de propriété et de traduction réservés

« C'est une chose étrange que, dans les voyages de mer, où généralement on n'a rien à voir que le ciel et l'eau, la piupart des hommes écrivent un journal, tandis qu'en voyageant sur terre, où l'on rencontre à chaque pas quelque chose à observer, bien peu le font, comme si des éventualités incertaines étaient plus propres à être enregistrées que des observations réelles. » — (BACON.)

J'AVAIS EU L'INTENTION

DE DÉDIER LES PAGES SUIVANTES

A

FRANCIS EGERTON

COMTE D'ELLESMERE

JE LES PLACE SOUS L'INVOCATION DE SA MÉMOIRE

A LA FIGURE

PLACÉE

A LA PROUE DE LA GOÉLETTE « L'ÉCUME »

Emblème révéré du plus charmant visage
Que jamais d'Albion aient contemplé les cieux,
Le voyageur te doit son plus fervent hommage
Lorsque enfin il revoit sa patrie et ses dieux.

A toi de nos succès revient la part meilleure....
Les monstres de l'abîme, émus d'un doux émoi.
Surgissaient pour te voir du fond de leur demeure,
Mais interdits soudain se taisaient devant toi.

Pour nous étreindre en vain se levaient les tempêtes....
Calme tu souriais, dédaignant leurs fureurs,
Et l'écume des flots qui menaçaient nos têtes
Environnait ton front de limpides lueurs.

Comme des loups chassant leur proie au sein de l'ombre,
De sinistres glaçons sur nos traces roulaient,
Mais devant tes regards ces géants froids et sombres
Comme d'humbles vassaux lentement s'écartaient.

Puis quand nous abordions à ces rives funèbres
Qu'enveloppe de deuil un éternel hiver,
Où les soleils de juin sont voilés de ténèbres,
Où la terre est de glace, où le ciel est de fer,

Toujours ton doux sourire, ainsi qu'un frais dictame,
Endormant toute crainte, allégeait nos efforts,
Et de tes jeunes yeux rayonnait dans notre âme
Le calme souverain, cet attribut des forts.

Et nous, nous te suivions sur l'océan Polaire,
Comme Douglas suivait, le cœur doublé d'acier
Dans la brume et la nuit le guide tutélaire
Qui lui montrait la gloire au détour du sentier.

Ah! si mes matelots au terme du voyage,
Déesse de *l'Écume!* ont de leur rude main
Su tresser pour ton bronze au radieux corsage
La rose d'Albanie et le trèfle d'Érin,

A celui qui sous toi dirigea leur navire
Qu'il soit du moins permis, comme aux autels des dieux,
D'apposer à tes pieds ce tribut de sa lyre,
Ces vers, humble reflet d'un périple hasardeux,...

Reflet des nuits du pôle, où dans mon âme émue
Ton image évoquant le passé, l'avenir,
Comme Iris, colorant une orageuse nue,
Me voilait le péril sous le doux souvenir

Des pics bleus des Highlands et du beau lac sauvage
Qui baigne les gazons de ce parc enchanté
Où, lorsque le soleil s'incline sur la plage,
Edith joue et sourit parmi les fleurs d'été.

PERSONNAGES

DE CE DRAME NAUTIQUE

SIGURDR, fils de Jonas, Islandais, étudiant en droit.

Charles FITZ GÉRALD, chirurgien, photographe et botaniste.

Lord DUFFERIN, navigateur, antiquaire et artiste.

William WILSON, valet, jardinier, ancien colon du Cap.

Albert GRANT, commis aux vivres, horloger et empailleur d'oiseaux.

John BEVIS, cuisinier-chef.

William WEBSTER, second cuisinier, charpentier, ancien grenadier aux gardes, plus tard berger.

Ebenezer WISE, maître, ancien mineur californien.

William LEVERETT, contremaître.

Charles PARNELL, \
William TAYLOR, \
Thomas SCARLETT, > matelots. \
Thomas PILCHER, \
John LOCK,

William WINHALL, mousse.

La voix d'un capitaine français.

Un matineux coq de village.

Une chèvre.

Un renard islandais.

Un ours blanc.

Dames et gentilshommes parlant l'islandais, le norse, le lapon ou le français.

(La scène est tantôt à bord de l'Écume, tantôt en Islande,
au Spitzberg et en Norvège.)

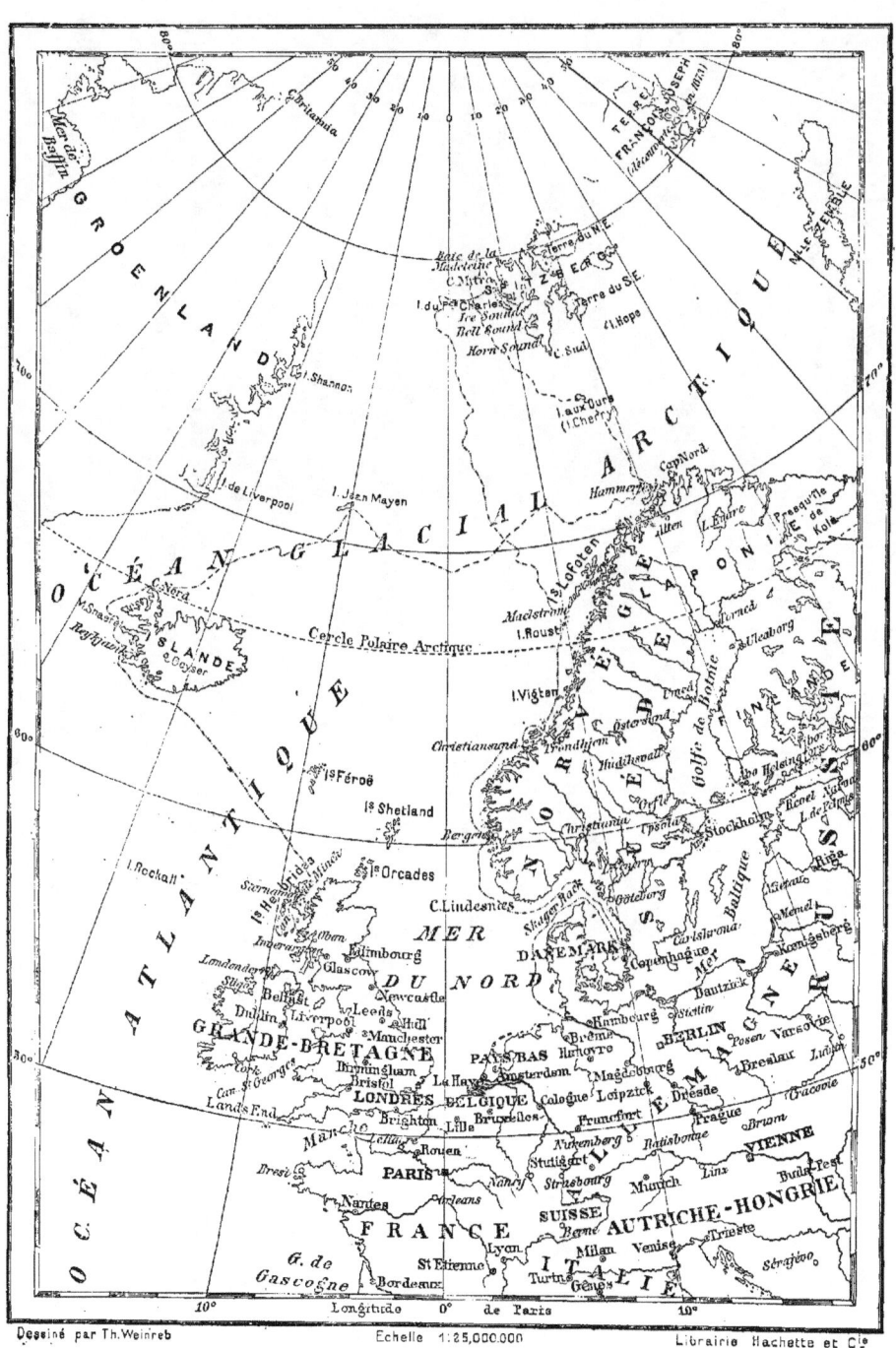

Dessiné par Th. Weinreb   Echelle 1:25,000,000   Librairie Hachette et Cⁱᵉ

---------- ITINÉRAIRE DE « L'ÉCUME »

LETTRES

ÉCRITES

DES RÉGIONS POLAIRES

LETTRE I

Protésilas trébuche sur le seuil.

Notre départ n'a pas été heureux. Hier matin, 1ᵉʳ juin 1856, à mon arrivée à Carlisle, on m'a remis une dépêche télégraphique annonçant que *l'Écume* avait été obligée de relâcher à Holyhead par suite d'un mal subit survenu au pilote. Le succès de notre expédition dépendant entièrement de notre arrivée dans les hautes latitudes avant que la belle saison soit trop avancée, rien ne pouvait m'être plus désagréable que ce contretemps. En outre, j'ignore la nature de la maladie dont souffre mon chef d'équipage. A tout événement, j'ai donné l'ordre d'amener la goélette jusqu'à Oban et j'ai renvoyé le docteur à Holyhead pour y soigner l'homme malade. Fitz entre prématurément dans l'exercice de ses fonctions.

LETTRE II

L'Islandais. — Un moderne sir Patrick Spens.

Greenock, 3 juin 1856.

J'ai trouvé, en arrivant ici, l'Islandais qui m'y attendait en arpentant en long et en large, comme un ours polaire, le café de la localité.

Au premier abord il était un peu intimidé et, comme je n'avais jamais eu l'occasion de pratiquer son anglais, je fus quelque temps avant de pouvoir placer sa personne sous son vrai jour. Ses traits et son maintien annoncent toutefois tant d'honnêteté et de franchise, que tout d'abord j'ai été certain de rencontrer en lui un agréable compagnon. Rien n'étant à redouter comme une société antipathique à bord d'un navire, cette assurance m'a délivré d'une grande anxiété, et je me suis immédiatement senti disposé à compter désormais Sigurdr, fils de Jonas, parmi mes meilleurs amis.

Comme il ne manque pas en Angleterre de personnes dites bien élevées qui croient fermement que les Islandais sont des espèces d'Esquimaux, mangeurs de lard et couverts de peaux de phoque, il est de mon devoir de leur apprendre que Sigurdr (prononcez Segurthur) est vêtu de bon et beau drap; qu'il subit dans son costume toutes les exigences de la civilisation, et se couronne de l'orthodoxe tuyau de poêle du dix-neuvième siècle. C'est, en outre, un jeune homme de vingt-sept ans, d'une physionomie très intelligente et agréable à contempler : front haut et droit, traits délicats, les yeux du bleu le plus foncé, les cheveux et la barbe d'un blond cendré, et le teint de lady S...d, voilà son signalement! Il a passé presque toute sa vie en Islande, et réside maintenant à Copenhague comme étudiant en droit. L'entremise d'un ami commun l'a déterminé à venir avec nous et à nous faire les honneurs de sa terre natale.

Mais hélas !

> Où trouver un pilote habile
> Pour diriger mon bon vaisseau ?

Tel est le refrain de la complainte que vingt-quatre heures durant j'ai chanté, mélancoliquement assis dans la meilleure taverne de Greenock, et buvant un détestable vin de Porto. Enfin, après avoir dépensé toute une fortune en messages télégraphiques sur la ligne de Holyhead, il a été reconnu que B.... était incapable de venir, et j'ai été forcé de prendre à Glasgow dans un bureau de maîtres-patrons, un pilote de commerce.

Cet arrangement ne m'allait que tout juste, mais je devais l'accepter ou renoncer à l'entreprise; il n'y avait pas d'alternative. Toutefois, et considérant le peu d'heures que j'avais à moi, j'ai été plus heureux que je ne pouvais l'espérer. J'ai eu la chance de tomber sur un jeune gaillard très chaudement recommandé par le capitaine du port. Revenu depuis une quinzaine à peine d'une excursion en Australie, il s'est marié dans l'intervalle, et naturellement désire ne pas laisser échapper l'occasion qui s'offre à lui d'aller de nouveau en mer pendant quelques mois.

Voulant faire connaître Inverary à mon Islandais, je me dirige sur cette ville. De là je gagnerai Oban, où je trouverai ma goélette, que je conduirai ensuite à Stornoway dans les Hébrides, et là je la confierai définitivement aux soins du très peu casanier M. Ebénézer Wise, descendant probable de quelque covenantaire de l'Ouest.

LETTRE III

Le loch Goil[1]. — La Saga du clan des Campbells.

Oban, le 5 juin 1856.

J'ai rarement savouré quelque chose d'aussi délicieux que la journée d'hier. Échapper enfin à la puanteur, à la fumée, au bruit et à la saleté de la ville de Greenock pour plonger en plein cœur des montagnes, dont les lumineux effluves d'un beau jour d'été baignaient chaque cime, c'était certes faire un échange à transporter de joie le mortel le plus indifférent, et l'Islandais en a joui autant que moi. Après avoir traversé la Clyde, couverte d'innombrables navires, nous passâmes subitement, de ses vagues dansantes et étincelantes au soleil, dans le calme et solennel loch Goil[2], dont les eaux assombries par l'ombre de son cadre montueux, ne semblent pas appartenir au même élément que le fleuve jaune, bruyant et peuplé de vaisseaux que nous laissions derrière nous. En dix minutes, nous avions passé dans un autre monde, dans un monde que plusieurs siècles séparent de la fumeuse, tisseuse et fouisseuse Bretagne formée au sud de la Clyde.

Trois heures de navigation nous ayant conduits à l'extrémité du loch, nous nous acheminâmes en voiture, et par la pire de toutes

---

1. Le mot écossais *loch* correspond non seulement à notre mot *lac*, mais encore à l'islandais *fiord*, par lequel tous les dialectes scandinaves désignent les longs et sinueux bras de mer qui découpent les rivages septentrionaux de la mer du Nord. Ainsi le *loch* Goil est un *fiord*, un golfe plutôt qu'un lac.

2. Le loch Goil s'enfonce dans la côte orientale de la presqu'île qui s'étend entre le loch Fine et le firth de Clyde.

les routes de montagnes, vers la contrée des belliqueux Campbells. Une rude ascension de trois autres heures, le long d'une gorge sauvage et nue, nous fit atteindre au sommet de la chaîne de micaschiste d'où l'on découvre à l'ouest le loch Fyne et ce que j'ai toujours regardé comme le plus beau paysage de l'Écosse.

Loin, bien loin sous les pieds du spectateur, s'étendent entre les sinuosités des montagnes les eaux bleues et miroitantes du fiord.

De l'autre côté, entourée d'une verte ceinture de prairies et de champs de blé, la blanche petite ville d'Inverary brille comme une perle sur le sable de la mer, tandis que vers la droite, au milieu des clairières, des jardins et des bouquets d'arbres s'inclinant sur les eaux, s'élèvent les sombres tours du château. Le tout est environné d'un amphithéâtre, à demi écroulé, de roches porphyroïdes que couronnent de noirs sapins, derrière lesquels s'élèvent les bleus sommets de la chaîne de Lorn.

C'est un cadre parfait de paix et de solitude, et j'avoue que j'éprouvai un certain orgueil à faire à mon compagnon les honneurs d'un si beau spécimen de nos demeures seigneuriales, — du berceau d'une race aristocratique dont les noms brillent dans les annales de sa patrie comme les lettres d'or dans les pages enluminées d'un missel.

Pendant que nous descendions vers la grève, j'essayai d'esquisser pour Sigurdr les destinées de la grande maison d'Argyle[1].

Je lui racontai comment, dans les anciens jours, trois guerriers, venus de la verte Érin, s'établirent dans les sauvages vallons de Cowal et de Lochow; comment le noir Breachdan, l'un d'eux, épris d'amour pour les yeux bleus d'Éila, ayant traversé à la nage le golfe qui le séparait de sa belle, en portant suspendu à son cou d'abord un peloton de fil, puis un lourd câble, et enfin une chaîne de fer, avait été, au retour de ce troisième exploit, surpris par le reflux et entraîné dans des tourbillons qui ne rendent jamais leur proie; comment, plus tard, Diarmid O'Duinen, c'est-à-dire fils de Brown, tua de sa main le sanglier furieux dont la hure pare encore l'écusson des Campbells; comment enfin, après le meurtre de Duncan par Macbeth, et pendant que l'orphelin qui devait être plus tard

___

1. Le comté d'Argyle, au sud de celui d'Inverness, est un des plus grands de l'Écosse occidentale.

le grand Malcolm Canmore vivait réfugié auprès du chef de la Nor-
thumbrie, son oncle, le premier des Campbells, un Campus-bellus
ou Beauchamp, chevalier normand, neveu du Conquérant, ayant
recherché et obtenu la main de lady Éva, seule héritière de la maison de Diarmid, devint possesseur des terres et fiefs d'Argyle.

Passant six générations, dont chacune marqua dans son siècle,
j'arrivai à ce vaillant sir Colin qui créa pour ses descendants un
titre supérieur à tous ceux que peut concéder la puissance royale,
un titre qui n'encourra jamais de forfaiture et qu'aucun acte du parlement ne saurait révoquer; car, lors même qu'il cesserait d'être duc
ou comte, le chef du clan des Campbells demeurerait toujours *Mac-
Calan-More!* Je racontai la mort de ce même Colin, tombé dans
le défilé de Cowal sous l'épée du farouche lord des Iles, dont la
petite-fille devait un jour doubler, de tous les honneurs hérédi-
taires de sa maison, la couronne de cet ennemi immolé. Je dis les
combats que sir Neill soutint aux côtés de Bruce, son beau-frère;
puis comment Colin, le premier comte de sa maison, rechercha et
épousa lady Isabelle, héritière de la race des Somerleds, lords des
Iles, faisant entrer ainsi les galères de Lorn dans les armoiries d'Argyle; comment le second comte succomba à Flodden et perdit son
fils dans la non moins désastreuse journée de Pinkie; comment
Archibald, dont la femme avait soupé avec la reine Marie, sa belle-
sœur, lors du meurtre de Rizzio, fut frappé sur le champ de bataille de Langside, non par la main d'un ennemi, mais par le doigt
de Dieu; comment enfin, un autre Colin, comte et général à quinze
ans, fut enlevé de force, et malgré ses cris et ses larmes, du champ
sanglant de Glenlivet, où ses braves montagnards furent dispersés
par l'artillerie de Huntley et d'Errol, cet héroïque enfant étant destiné à illustrer plus tard ses éperons sur le sol de l'Espagne.

Je parlai ensuite de la grande rébellion, de ces troubles civils de
près de cinquante années, pendant lesquels le *sombre marquis*, ou,
comme le firent appeler ses yeux louches, Gillespie Grumach, ce fatal
ennemi de Montrose, ayant engagé sa vie et sa fortune dans la partie
sanglante jouée par les farouches esprits de cette génération, et, la
chance ayant tourné contre lui, paya son enjeu de sa tête avec le
calme et la dignité qu'on pouvait attendre d'un brave gentilhomme;
exemple que son fils, soustrait à l'échafaud par le dévouement d'une

vaillante jeune fille de la maison de Lindsay, puis de nouveau captif et rebelle, ou, si l'on aime mieux, patriote quatre ans trop tôt, imita avec une fierté au moins égale. Je dis aussi les honneurs mérités qui s'accumulèrent sur cette maison longtemps voilée par les nuages de l'adversité, l'auréole presque héréditaire du martyre remplacée dans la génération suivante par une couronne de duc bientôt illustrée plus encore par ce foudre de guerre et de politique qui déjoua Walpole dans le sénat et cueillit avec Marlborough les lauriers de Ramillies, d'Oudenarde et de Malplaquet; et je finis en rappelant comment, à l'heure présente, l'héritier de tous ces grands souvenirs, le jeune chef de cette lignée princière, venait de conquérir, à peine âgé de vingt-neuf ans, et par la seule vigueur de sa mâle intelligence et de l'indépendance héréditaire de son caractère, la confiance de ses concitoyens et une place dans le conseil de la couronne.

Ayant ainsi dûment mis Sigurdr au fait des traditions de cette famille, je l'entraînai vers le château dès que nous eûmes traversé le loch Fine, et j'en fis valoir à ses yeux les peintures et le mobilier : — les étincelants faisceaux de mousquets dont le feu eut une si grande part au désastre de Culloden; — le portrait de la belle fille d'Érin, deux fois duchesse, aux pieds de laquelle l'artiste ingénieux a placé un hélianthe en fleur qui se détourne du soleil pour la contempler; — Gillespie Grumach lui-même, aux regards aussi louches, aussi sombres que s'il était vivant; — les grandes trompettes dont le son porte des remparts du château jusqu'à Dunnaquaich; — la belle avenue de hêtres plantée par le vieux marquis, et dont les grands troncs grisâtres et la haute ramure entre-croisée rappellent les piliers et les ogives d'un cloître gothique; — le vallon d'Ese-chasan, qui inspira au comte d'Argyle des vers si touchants le matin même de son exécution; le beau vieux jardin potager; les ruines de l'ancien château où le brave major Dalgetty est censé avoir passé de si désagréables moments; et enfin la croix celtique de la solitaire Iona; toutes choses que je fis valoir avec le même plaisir que si j'en avais été le propriétaire; d'autant plus que mon Islandais sympathisait évidemment avec un commérage qui lui rappelait les Sagas chantées par les Scaldes de son pays.

Après avoir parcouru dans tous les sens les fourrés et les vertes clairières d'Inverary, nous terminâmes notre journée par une partie d'échecs, et en gagnant nos lits, nous étions harassés de fatigue.

Le lendemain, avant déjeuner, je me rendis en bateau à Ardkinglass pour voir mes petits cousins. De retour à midi, nous prîmes une chaise de poste pour nous conduire jusqu'au bac du loch Awe, et, après avoir traversé un magnifique bras de mer, nous atteignîmes Oban[1] à la nuit tombante. Là, j'eus la satisfaction de trouver ma goélette arrivée tout récemment, et d'être rejoint par le docteur, revenant de son inutile expédition à Holyhead.

1. Sur la rive orientale du firth de Lorn.

LETTRE IV

Stornoway, île de Lewis, archipel des Hébrides, 9 juin 1856.

Nous avons atteint, avant-hier, ces îles occidentales, après une bonne traversée depuis Oban. J'avais eu l'intention de toucher sur ma route à Iona et à Staffa [2]; mais il s'éleva du sud-ouest un orage si violent et si sombre, que je dus renoncer à atteindre l'une ou l'autre de ces îles. En conséquence nous prîmes, au lever du jour, notre route entre Mull et la grande terre, doublâmes Ardnamurchan [3] vers deux heures après midi, sous deux ris pris, et le même soir nous donnâmes dans le détroit de Skye [4], laissant sur notre droite, dans les brumes orageuses du couchant, les montagnes de Moidart (dont un des sept chefs fut un de vos ancêtres), et l'embouchure hospitalière du loch Hourn.

Obligés de relâcher à Kylakin pour la nuit, nous reprîmes la mer avec l'aurore, et, poussés par un bon vent le long des côtes de Skye, de Raasay et de Rona, nous opérâmes rapidement la traversée du Grand Minch [5], et vînmes jeter l'ancre à Stornoway.

Au moment même où nous pénétrions dans le beau havre de cette petite ville de pêcheurs, d'innombrables bateaux, destinés à la pêche du hareng, en sortaient, et, leurs voiles rousses brillant comme

1. Port septentrional de la côte orientale de Lewis.
2. Ile de l'archipel des Hébrides, célèbre par ses chaussées basaltiques et sa grotte dite de Fingal.
3. Le cap le plus occidental de l'Écosse proprement dite.
4. Plus ordinairement appelé Sleat Sound.
5. Nom du bras de mer qui sépare les Hébrides de l'Écosse.

des points dorés sur la mer sombre et soulevée, ils gagnaient le large, en dépit des nuages épais amoncelés au couchant, et des symptômes qui les menaçaient d'une tempête prochaine.

Le lendemain matin celle-ci était dans toute sa force; mais comme elle nous trouva à l'abri d'une haute falaise de rochers, elle rugit vainement au-dessus de nos têtes et nous laissa la liberté d'achever les préparatifs de notre départ final.

Fitz, dont j'avais déjà eu l'occasion d'admirer le talent inné pour découvrir ce qu'un lieu quelconque de ce globe sublunaire peut contenir de meilleur en fruits, légumes et volailles, se rendit à terre pour fourrager, pendant que je restais à bord afin d'y procéder avec soin à la pose de l'image de la patronne de notre navire, image sacrée, exécutée en bronze par Marochetti, et que celui-ci m'avait expédiée par le chemin de fer au sortir de la fournaise.

Pour m'assister dans cet acte solennel, je trouvai heureusement, dans la personne du second cuisinier, un fonctionnaire à la hauteur de la circonstance. Originairement grenadier aux gardes, il a quitté l'épée pour la scie et a embrassé l'état de charpentier. Pris ensuite d'une belle passion pour la mer, il s'est adonné aux mystères de l'art culinaire, et enfin, embarqué avec moi, a trouvé à se livrer alternativement à l'exercice de ses deux professions. Combinant ainsi heureusement l'esprit chevaleresque du guerrier avec l'habileté manuelle de l'ouvrier et les raffinements de l'artiste, empruntant en outre, à son chapeau de papier, à ses vêtements blancs et au couteau sacrificatoire appendu à son côté, quelque chose du caractère sacerdotal, cet homme ne me parut point trop indigne de fixer à la place désignée l'image gardienne du navire, et, après deux heures d'efforts respectueux, j'eus la satisfaction de voir la charmante et bien-aimée figure, avec ses cheveux dorés et son sourire capable de charmer les éléments déchaînés, rayonner sur notre étrave comme un heureux présage.

Fitz ne tarda pas à rentrer à bord, après une excursion des plus heureuses parmi les marchandes de poisson. Gravement assis près de son gouvernail, les genoux enfoncés dans une masse épaisse de légumes, il avait sept vieilles poules étalées devant lui et portait sous son bras un coq d'égrillarde apparence et gratifié par son dernier propriétaire des certificats les plus pompeux.

STORNOWAY. — DÉPART DE LA FLOTTILLE DES PÊCHEURS.

Le reste du jour fut employé à emmagasiner et à arrimer nos nouvelles acquisitions, et à donner au navire autant de propreté que
les circonstances le permettaient. Je crains bien néanmoins qu'un
membre sévère du *Yacht-club* n'eût été singulièrement scandalisé à
la vue de notre pont couvert de cages à poules, de sacs de charbon
et d'autres objets, indispensables, il est vrai, mais qui ne doivent
jamais être exposés aux regards, pas plus que les mollets de la reine
d'Espagne, ou laisser même supposer leur existence à bord d'un bâtiment de bon ton.

Vers le soir, le gros temps, qui n'avait pas cessé de toute la
journée, devint un véritable ouragan. A neuf heures, nous dûmes
laisser tomber une seconde ancre, et je confesse que, confortable-
ment établis devant le foyer de notre chère et coquette petite cabine
et prêtant l'oreille aux hurlements de la tempête grinçant à travers
nos agrès, nul de nous ne regretta de passer cette nuit dans le port
au lieu d'être secoué par les lames sauvages de l'Atlantique. Il est
vrai que nul de nous non plus ne soupçonnait qu'à l'heure même
l'ange de la destruction était à l'œuvre sur la flottille de pêcheurs
qui s'était mise en mer si vaillamment le matin de notre arrivée.

Au point du jour la tempête s'apaisa et le soleil brilla sur les vagues
blanches qui successivement déferlaient sur la plage. Mais alors
aussi on vit entrer dans la baie un steamer de la reine, venant du
large avec de mauvaises nouvelles, et traînant derrière lui des bateaux défoncés, désemparés, coulant bas, pendant que sur le quai
de silencieux groupes de femmes épiaient, dans une anxieuse attente,
le moment de connaître sur lesquelles de leurs familles étaient
tombés le deuil et la ruine.

Vers midi le paquebot de Glasgow arriva, et peu de minutes après
j'eus l'honneur de recevoir sur mon gaillard d'arrière un gentleman
qui, dans son costume, semblait avoir cherché à résoudre la fusion
de l'étudiant allemand et de l'opulent commis voyageur. Coiffé d'une
bizarre casquette d'estaminet, dont le gland retombait sur son
oreille gauche, il portait, sous une veste de chasse gros vert, un
splendide gilet de soie écossaise, sur lequel une massive chaîne d'or
flottait en innombrables plis et ondulations. Un pantalon collant et
des bottes à la Wellington complétaient son costume, qui lui donnait
aussi peu que possible l'apparence d'un marin. Ce personnage

néanmoins n'était autre que M. Ebénézer Wise, mon nouveau maître-
pilote. En conséquence, acceptant la recommandation du capitaine
C... comme une compensation du tartan de soie, j'expliquai à ce
nouveau compagnon la position qu'il devait occuper à bord et lui
donnai l'ordre de lever l'ancre dans une heure. Je me hâte d'ajouter
que la chaîne monumentale, déployée avec tant d'ostentation sur la
poitrine de M. Wise, ne tarda pas à devenir, à mes yeux comme
aux siens, un ornement dont il pouvait être fier à juste titre,
et l'histoire de son acquisition me réconcilia, plus que toute autre
chose, avec l'extérieur peu maritime de mon pilote.

Il y a quelque temps, une certaine compagnie écossaise entreprit
de fournir à l'Australie de petits steamers pour la navigation des
rivières de ce continent. Le difficile était de faire exécuter à ces
fragiles tasses à café la traversée de l'Océan. Les cinq premières qui
tentèrent ce périlleux essai y trouvèrent le terme de leur destinée
avant même d'être arrivées à mi-chemin de l'équateur. Restait un
sixième bateau, destiné à une dernière expérience. S'il parvenait à
destination, son prix compenserait à peu près la perte pécuniaire
déjà subie; quant aux existences humaines sacrifiées dans cette sinistre spéculation, il n'en était pas question. Néanmoins l'insouciance proverbiale des marins du port d'expédition avait été singulièrement affectée par cette succession de catastrophes, et le cœur
manqua entièrement, au moment du départ, à deux équipages
engagés pour conduire le dernier steamer. C'est alors que mon ami
à la chaîne d'or s'offrit pour en prendre le commandement. Au début
du voyage tout alla bien; le steamer laissait dormir machine et
vapeur et, un bon vent enflant ses voiles, était parvenu en un temps
incroyablement court à mille milles au delà du cap de Bonne-Espérance, lorsqu'un jour, comme il courait devant une forte brise,
l'homme qui était au gouvernail, effrayé par une lame qui lui parut
devoir déferler sur lui, lâcha la barre...; le navire se coiffa et une
masse d'eau énorme s'abattit sur son arrière. Après le premier moment de confusion qui suivit cet événement, il parut évident que le
choc avait défoncé quelques-unes des feuilles de fer du bordage et
que le bâtiment ne pouvait manquer de sombrer. Les gens de l'équipage furent saisis d'un tel effroi, qu'après s'être consultés l'un
l'autre, ils prirent la résolution de se réfugier dans les embarcations

du bord, sans trop s'inquiéter si le pilote voudrait s'y embarquer avec eux. Comprenant l'impossibilité d'atteindre la terre en bateaux non pontés, alors que le rivage le plus voisin était à plus de mille milles de distance, Wise, sous prétexte de prendre sa boussole et ses chronomètres, descendit dans sa cabine, et, remontant immédiatement avec un revolver dans chaque main, déclara qu'il brûlerait la cervelle au premier qui toucherait aux embarcations. Cette exhibition opportune de vigueur leur sauva la vie à tous. Peu après l'air et la mer se calmèrent; au moyen de chaînes et de liens fortement attachés autour du navire, on obvia, jusqu'à un certain point, aux voies d'eau; le steamer atteignit sa destination, et, quelques jours après son arrivée, fut vendu au prix de sept mille livres[1]. En reconnaissance de cet important service, la compagnie offrit à M. Wise, à son retour en Angleterre, une montre de prix accompagnée de l'accessoire qui ondulait si glorieusement sur son gilet de soie écossaise.

Et maintenant bonne nuit. J'entends le cliquetis de la chaîne qui m'annonce le lever de l'ancre. Je suis accablé de fatigue, épuisé du travail de ces deux derniers mois, et c'est avec un cœur joyeux que je salue le large, dont l'air frais me ranimera, j'espère, en peu de jours. Ma prochaine lettre sera datée de l'Islande, et, s'il plaît à Dieu, avant que je revoie l'Angleterre, j'aurai à vous entretenir de quelques-unes de ces îles que baignent les froides eaux de l'océan Arctique.

1. 175 000 francs.

LETTRE V

Reykiavik, Islande, 21 juin.

Nous avons atteint Thulé ! Lorsque au moment de mon départ vous gémissiez à la pensée que de longtemps je ne pourrais vous faire connaître mon arrivée en ce lieu, je n'ignorais pas qu'à peine au rivage, j'y trouverais une occasion de vous faire passer de nos nouvelles ; je ne vous en ai rien dit pourtant, de peur qu'un retard imprévu subi par ma lettre ne fût pour vous une cause d'anxiété. Nous avons mouillé dans la baie de Reykiavik aujourd'hui dans l'après-midi. *La Coquette*, navire de Sa Majesté, fait voile, lundi prochain, pour l'Angleterre ; si bien que dans une semaine vous pourrez recevoir cette missive.

Pendant les dix dernières journées nous avons mené la vie du *voltigeur hollandais*[1]. Je ne me rappelle pas avoir jamais été mis à une telle épreuve de grains, de coups de vent et de calmes, ou, pour parler plus exactement, de moments d'arrêt, dans lesquels le mauvais temps semblait puiser une nouvelle énergie pour nous assaillir de nouveau. Et puis une mer creuse et lourde, toujours debout, toujours contraire, de quelque côté que nous lui présentassions notre avant. Dès l'après-midi de notre départ de Stornoway, j'eus, à la vérité, un avant-goût de ce qui allait nous arriver. Le soleil

1. Navigateur fantastique, qui, suivant les légendes des matelots, erre perpétuellement dans les grosses mers qui entourent le cap de Bonne-Espérance.

s'éteignit triste et sombre derrière une ligne épaisse de noirs nuages, et nous n'avions pas doublé la pointe de Lewis que nous pouvions voir le ciel tout entier revêtir la livrée du deuil, le mercure descendre avec rapidité et une grosse houle arriver sur nous du nord-ouest.

Comme deux ans auparavant j'avais été forcé pendant toute une semaine de rester à la cape, et rudement secoué, par le travers du Roost de Sumburgh, un gros temps m'était familier. Aussi, prévoyant son arrivée prochaine, nous amenâmes nos mâts de hune, arrimâmes nos embarcations à bord; puis, après avoir plié les hautes voiles, resserré toutes nos manœuvres et pris tous nos ris, nous attendîmes. Vers minuit commença un vent violent, qui se prolongea sans interruption jusqu'au moment où nous eûmes la vue de l'Islande ; il s'élevait quelquefois jusqu'aux proportions d'un véritable ouragan, et de fois à autre il alternait avec des accalmies inattendues. Celles-ci, il est vrai, eurent soin de nous abandonner pendant une couple d'heures, juste comme nous étions par le travers des grosses lames de l'Atlantique, ou, comme les appellent les marins, des vagues espagnoles, lesquelles nous secouèrent de manière à me faire craindre pour notre mâture. Pourquoi ce nom de vagues espagnoles? Personne ne semble le savoir; mais j'ai toujours entendu dire que la mer est dans ces parages plus dure qu'en aucun autre lieu du monde, et certes elle ne démentit pas cette réputation. Notre petite goélette se conduisit à merveille, et bien des bâtiments deux fois plus grands auraient eu moins d'assiette et de solidité. Peu de gens se doutent du charme que présente la cabine d'un yacht en pareilles circonstances. Lorsque, après plusieurs heures passées en face de la tempête, le visage inondé d'embrun et de pluie, les yeux las de contempler toujours à travers les ténèbres ces noires ondes qui, dans une incessante agitation, se creusent en vallées, se gonflent en montagnes, ou déferlent en cataractes d'écume; lorsque, les oreilles assourdies par le grincement du vent dans les manœuvres et par les craquements sinistres de la membrure du navire, on passe soudainement de cette scène de confusion et de bruit dans le calme d'une commode et lumineuse petite cabine, où la lumière chatoie sur les boutons de rose de la perse lustrée, sur les riches rayons de la bibliothèque, sur mille objets divers qui décorent les murs, et surtout sur le petit por-

trait d'une Édith aux longs et doux regards... oui, alors, si on ajoute
à toutes ces choses, aussi fraîches, aussi brillantes qu'elles le seraient
dans le boudoir d'une lady de May-Fair[1], la certitude d'être à trois
cents bons milles de tout rivage inquiétant, on éprouve un sentiment de bien-être et de sécurité difficile à décrire.

Ces jouissances, il est vrai, ne furent dans les premiers jours
goûtées que par Sigurdr l'Islandais. J'étais alité par un sévère accès
de fièvre dont j'avais pressenti depuis longtemps les atteintes, et
Fitz avait le mal de mer. Je dois dire cependant que je n'ai jamais vu
personne déployer plus de courage et de résolution, et, à notre
retour, votre premier soin sera, j'en suis sûr, de le remercier de la
chaude affection qu'il m'a témoignée en cette occasion. Bien qu'accablé de prostration, il veillait sur moi aussi assidûment que s'il
avait joui du pied marin le plus vigoureux. Assis sur le plancher de
la cabine, flanqué d'une cuvette à sa gauche et d'un mortier avec
son pilon à sa droite, il profitait de chaque moment de relâche que
lui accordait la maladie pour me confectionner des pilules avec un
sang-froid et une obstination que je ne pouvais trop admirer.

Chose assez étrange aussi, son état de souffrance dépassa d'un
certain nombre de jours les quarante-huit heures d'épreuves qui
suffisent généralement pour acclimater à la mer. Je m'efforçai de le
consoler, lui représentant qu'il avait là une excellente occasion
d'étudier le phénomène du mal de mer à un point de vue scienti-
fique ; et j'avoue qu'il se mit à l'œuvre très consciencieusement pour
découvrir un remède. Eau-de-vie, acide prussique, opium, champagne, gingembre, côtelettes de mouton et chopes d'eau salée furent
successivement employés ; mais j'ai le regret d'ajouter qu'aucun de
ces palliatifs supposés ne manqua, après quelques minutes d'ingur-
gitation, de réapparaître au jour avec une monotone ponctualité. Il
fut même un moment où nous pûmes craindre qu'il ne se rétablît
jamais, et la conversation suivante, que je surpris un matin entre
lui et mon valet de chambre, n'était pas faite pour relever ses espérances de guérison.

Ce valet, dont le nom est Wilson, est de tous les hommes que j'ai
rencontrés le plus désespérant. Quel que soit l'endroit où il porte

1. May-Fair, partie de Piccadilly, un des plus beaux quartiers de Londres.

ses pas, il est sûr de se heurter à quelque monstre. La vie, à ses
yeux, est une lutte perpétuelle avec le tonneau des Danaïdes et
le rocher de Sisyphe, et il éprouve le plus grand étonnement si le
tonneau se remplit et si le rocher s'assied au sommet de la montagne. Il ne professe en son étoile qu'une foi très limitée, et le succès est toujours pour lui un désappointement. Sa contenance répond
au caractère dominant de ses pensées ; et sa voix semble sortir de la

WILSON.

tombe. Il brosse mes habits, met le couvert, fait sauter un bouchon
de champagne en gardant l'air d'un condamné qui marche au sup-
plice. Je ne l'ai jamais vu sourire qu'une fois ; il est vrai qu'il avait
à m'annoncer qu'un coup de lame venait d'emporter par-dessus
bord son collègue le steward.

Fils d'un jardinier de Chiswick, Wilson s'est adonné d'abord à
l'agriculture ; il a émigré ensuite comme colon au Cap, où il a gagné
son teint actuel, qui est d'un beau vert de prairie ; enfin il a servi
comme steward à bord d'un paquebot australien. Dans l'espoir de

tirer quelques consolations de son expérience professionnelle, Fitz
l'interrogea un jour, lui disant d'une voix presque éteinte, dont il
cherchait à rendre le ton caressant pour amadouer le sombre personnage :

— Eh bien, Wilson, je suppose que ces sortes d'affections ne sont
pas de longue durée?

WILSON, *d'une voix sépulcrale.* — Je n'en sais rien, monsieur.

FITZ. — Mais vous avez vu souvent des passagers malades?

LA MÊME VOIX. — Souvent, monsieur, très malades.

FITZ. — Bien! mais, en moyenne, combien de temps ont-ils mis
à guérir?

LA MÊME VOIX. — Quelques-uns d'entre eux n'ont pas guéri, monsieur.

FITZ. — Bien! mais ceux qui y sont parvenus?

LA MÊME VOIX. — J'ai vu un ecclésiastique et sa femme malades
pendant tout le voyage : cinq mois, monsieur!

Fitz garde un profond silence.

LA VOIX, *de plus en plus sépulcrale.* — On en meurt quelquefois,
monsieur!

FITZ. — Ouais!

Avant la fin du voyage, néanmoins, ce consolateur de Job tomba
lui-même malade, et le docteur en tira une ample vengeance au
moyen de ses prescriptions et des drogues qu'il lui administra.

Peu après, un mélancolique événement vint attrister le bord. J'avais
remarqué depuis quelques jours qu'à mesure que nous avancions
vers le nord et que les nuits devenaient plus courtes, le coq acheté
à Stornoway devenait tout à fait désorienté au sujet de ce phénomène
météorologique connu sous le nom de point du jour. En fait, je doute
que le pauvre animal dormît plus de cinq minutes d'un trait sans
s'éveiller dans un état d'agitation nerveuse, comme s'il eût craint de
laisser passer le moment dû au chant. Enfin, quand la nuit eut cessé
tout à fait de paraître, sa constitution ne put résister plus longtemps
à un pareil milieu. Il éleva une ou deux fois une voix sarcastique et
tomba dans un noir malaise; finalement, saisi de délire, il se mit à
caqueter tout bas, comme s'il eût rêvé de vertes prairies, puis, s'élan-
çant par-dessus bord, trouva la mort dans les flots. La manière mystérieuse dont chaque jour disparaissait quelque nouveau membre de

son harem peut aussi avoir exercé une influence fâcheuse sur ses esprits vitaux.

Dans la matinée du huitième jour, nous commençâmes à apercevoir la terre. Le temps s'était beaucoup amélioré pendant la nuit, et, pour la première fois depuis notre départ des Hébrides, le soleil, vainqueur des nuages, les dispersait devant ses rayons. La mer, perdant ses teintes lourdes et plombées, devint moutonnée et brillante, dessinant une ligne de saphir bleu foncé tout le long de l'horizon. Au-dessus de cette ligne, vers les neuf heures, jaillit soudainement une pâle auréole, vermeille, comme celle qui précède dans une décoration de théâtre l'apparition de quelque bon génie; puis, graduellement, nous vîmes se soulever du sein des eaux une large pyramide de neige argentée que je reconnus aisément pour le pic d'un glacier situé à plusieurs milles dans l'intérieur de l'île. La vue de la terre doublait, comme vous pouvez le croire, l'intérêt de notre navigation; malheureusement la belle matinée ne tint pas ses promesses : vers une heure la brillante montagne s'évanouit dans la brume; le ciel redevint de nouveau comme une tasse d'étain retournée, et pendant plus de deux jours il nous fallut revenir à notre vieille méthode de bouliner sous le vent. J'étais tellement irrité de ce retour du mauvais temps, qu'à la vue d'une baleine, soufflant et bâillant à notre portée, je ne pus m'empêcher de suggérer à Sigurdr, fils de Jonas, qu'il avait là une occasion favorable pour suivre les traditions de sa famille; mais il se récusa, sous le prétexte que ses ancêtres les avaient laissées tomber en désuétude.

La montagne que nous avions vue dans la matinée était l'extrémité sud-est de l'Islande, le point d'atterrage même d'un des premiers découvreurs de cette île[1]. Cet homme distingué, n'ayant pas de boussole (il vivait en l'an de grâce 864) et ne sachant pas exactement où

---

1. Il y a dans Strabon le récit d'un voyage fait, au temps d'Alexandre le Grand, par un citoyen de la colonie grecque de Marseille, lequel traversa les colonnes d'Hercule, longea les côtes d'Espagne, celles de France, le canal de la Manche et pénétra dans la mer du Nord jusqu'à une île qu'il appela Thulé. Il ne put aller plus loin, affirma-t-il, à cause d'un obstacle d'un genre tout particulier; ce n'était aucun des éléments connus de la terre, de l'air ou de l'eau, mais un mélange de tous les trois, formant une épaisse et visqueuse substance à travers laquelle il était impossible de passer. Que cette Thulé et son impénétrable barrière aient été une des îles Shetlands et la brume de ces parages, ou l'Islande et une banquise de glace, c'est ce qu'il est impossible d'affirmer. Il est probable néanmoins que Pythéas ne dépassa pas les Shetlands. (*Note de l'auteur.*)

La description de Thulé, telle qu'on peut l'extraire des fragments de Pythéas épars

se trouvait la terre qu'il cherchait, avait pris à son bord trois corbeaux consacrés, de la même manière qu'un membre du parlement
prend avec lui trois chiens d'arrêt bien dressés pour aller chasser
au marais. Ayant fait voile à une certaine distance, il lâcha un des
noirs oiseaux, qui ne tarda pas à revenir, jugeant sans doute qu'il
n'était pas encore à mi-chemin du voyage; plus loin, il en lâcha un
second, qui, après avoir tracé dans les airs quelques cercles évidemment empreints d'incertitude, regagna le bord, comme s'il eût
hésité à franchir la distance qui le séparait encore de la terre; le troisième enfin, en obtenant sa liberté, s'envola et disparut dans l'ouest.
En suivant cette direction, Rabna Floki, ou Floki aux corbeaux,
atteignit triomphalement l'Islande.

Les véritables colons n'arrivèrent que plusieurs années après; car
je n'ajoute pas une grande foi à certaines reliques chrétiennes, qu'on
suppose avoir été laissées sur les îles Westmann par des pêcheurs
irlandais. Un roi scandinave, nommé Harold Haarfager, qui vivait au
temps de notre roi Alfred, après avoir exterminé par le fer ou le feu
la plupart de ses collègues couronnés, engeance qui pullulait en
Norvège comme les mûres sur les buissons, établit en ce pays l'unité
de domination, comme Edgar l'avait fait en Angleterre, puis il
essaya d'asseoir l'unité de gouvernement en restreignant les droits
de ses vassaux. Plusieurs de ceux-ci, animés de cet esprit de liberté
inné parmi les nobles normands, plutôt que de se soumettre à l'op-
pression, se déterminèrent à chercher une nouvelle patrie dans les
solitudes désolées de la mer Glaciale.

Confiant donc à une galère en forme de dragon, — la fine fleur
de la marine de l'époque, — leurs femmes, leurs enfants et tout ce

dans divers auteurs anciens, n'offre aucun trait de ressemblance avec l'Islande, ni même
avec les Shetlands. La Thulé du voyageur massilien était peuplée, l'Islande ne le fut que
douze siècles plus tard. L'abondance du miel et l'usage de l'hydromel, la culture du
millet dans le nord et celle du blé dans le midi, nous reportent au contraire sur les
côtes du Danemark et surtout dans le Jutland, qui porta, dans l'ancienne langue scandinave, le nom de Thinland. Nous regardons, avec le savant Malte-Brun, les dunes de
cette presqu'île, « dunes mouvantes au gré des vents impétueux du large, ses marais
couverts d'une croûte de sable où le voyageur imprudent est englouti, enfin les brouillards d'une espèce particulière qui infestent cette contrée, » comme les phénomènes qui
firent dire à Pythéas qu'aux environs de Thulé la mer, l'air et la terre semblaient se
confondre en un seul élément. Si, comme il semble résulter d'un passage de Pline
l'Ancien, la mention du littoral où l'on recueillait l'*ambre jaune* et du pays de *Gothones*
suivait immédiatement dans le périple de Pythéas celle de Thulé, l'hypothèse que nous
soutenons ici serait hors de discussion. (*Note du traducteur.*)

qu'ils avaient de précieux à divers titres, ils virent les bleus sommets des montagnes natales disparaître peu à peu derrière eux sous l'horizon et se dirigèrent droit à l'ouest, où, suivant de vagues et légendaires traditions, devait se trouver une nouvelle terre.

Arrivé en vue de l'Islande, le chef de l'expédition jeta à la mer les piliers sacrés de son ancienne demeure, afin de connaître par le lieu où ils aborderaient celui où les dieux voulaient qu'il élevât ses nouveaux foyers. Entraînés par les flots on ne sait dans quelle direction, ils furent enfin découverts, trois ans plus tard, sur la grève d'une baie profonde creusée dans le côté occidental de l'île, et Ingolf, autre émigré norvégien, étant venu s'y établir, ce lieu devint, dans la suite des temps, Reykiavik[1], la capitale du pays.

Sigurdr ayant repoussé avec indignation l'idée de remplir le rôle d'Iphigénie[2], il ne nous restait qu'à triompher, à force de vigueur, des cent cinquante milles qui nous séparaient encore du Reykianess[3]. Après deux jours et demi de luttes et d'efforts, nous venions d'obtenir la vue des îles Westmann, quand nous tombâmes dans un épais brouillard, au milieu duquel nous dûmes mettre en panne. En peu d'heures pourtant, il s'éclaircit et fit place à un beau ciel lumineux, pendant qu'une chaude brise d'été ridait à peine la mer. Devant nous s'étendait le promontoire si longtemps désiré de Reykianess, tandis qu'à seize milles au sud-ouest de ce cap et à cinq milles de notre tribord s'élevait au-dessus de la mer le Meal-Sack[4], épaisse masse de basalte, dont le sommet plat et tout blanc de guano rappelle assez par sa forme et sa couleur l'ouverture d'un sac de farine. Je ne me souviens pas d'avoir eu beaucoup de vingt-quatre heures plus agréables que celles que nous passâmes le long de l'immense coulée de lave contractée qui forme la côte occidentale du Guldbrund-Syssel, en chassant, pêchant, prenant des points de vue au télescope et bavardant de ce que nous ferions une fois à terre. Comme Antée, Sigurdr semblait avoir puisé une énergie nouvelle dans l'aspect seul du sol natal; mais le docteur fut sur le point de

1. Golfe de la fumée.
2. Souvenir du meurtre par lequel, suivant la tradition, les Norvégiens inaugurèrent la colonisation de l'Islande.
3. Cap de la fumée.
4. Meal-sack, sac à farine.

devenir fou, quand, après avoir tiré une oie solitaire endormie sur la vague, il vit l'oiseau s'élever et s'enfuir sain et sauf au moment où il s'apprêtait à le haler à bord.

Le panorama de la baie de Faxa-Fiord est magnifique ; il offre un développement de plus de quatre-vingts kilomètres entre ces deux pointes, dont l'une étale jusqu'au niveau des eaux ses couches de pierre ponce, tandis que l'autre élève jusqu'à plus de quinze cents mètres de hauteur sa pyramide de neiges éternelles et qu'entre elles deux l'île se creuse en amphithéâtre couronné par les pics d'une centaine de nobles montagnes. Le premier aspect de la contrée rappelle à l'esprit les rivages occidentaux de l'Écosse; mais ici tous les objets revêtent pour ainsi dire une intensité plus grande : l'atmosphère est plus claire, la lumière plus limpide, l'air plus vif, les montagnes plus escarpées, plus hautes, plus tourmentées, comme disent les Français, mais aussi plus dénudées, pendant qu'entre leur base et la mer s'incline une zone de fondrières verdâtres, mouchetées de quelques habitations, qui elles-mêmes, toitures et murailles, sont d'une teinte de vert moisi, comme si, submergée tout entière avec ses habitants, l'île venait d'être repêchée du fond de la mer.

Les effets d'ombre et de lumière y sont les plus purs, les contrastes de couleur les plus étonnants que j'aie jamais vus. Ainsi une montagne baignée d'une atmosphère d'or se dessine sur le flanc d'une autre que teint le pourpre le plus foncé, tandis que sur l'arrière-plan se découpent dans l'azur du ciel des pics resplendissants de neige et de glace. La neige, néanmoins, qui sert de cadre éloigné à tout paysage de l'Islande, n'y joue en vérité qu'un rôle restreint dans cette saison. Pendant que j'écris, le thermomètre est au-dessus de 21 degrés centigrades. Nous avons passé la plus grande partie de la nuit dernière à jouer aux échecs sur le pont, sans songer à prendre nos paletots, et mes gens vivent en manches de chemise et dans l'étonnement du climat.

Et maintenant adieu ! Je ne puis assez vous dire combien je suis satisfait de moi, corps et âme. Je me sens chaque jour plus de vigueur, et avant mon retour j'espère avoir fait une provision de santé suffisante pour en doter ma famille pendant plusieurs générations.

Rappelez-moi au souvenir de.... et dites-lui que, sur notre proue,

son image est devenue d'un beau vert brillant, teinte qui fait paraître à son plus grand avantage sa chevelure dorée. J'aurais voulu
qu'elle pût voir pendant notre traversée avec quelle ardeur pas-
sionnée les vagues de l'Atlantique étendaient leurs bras liquides
autour de son cou, et avec quelle fierté elle échappait à leurs caresses, les laissant derrière elle murmurer et gémir.

LETTRE VI

Reykiavik. — Conversation latine. — Je deviens propriétaire de vingt-six chevaux. —
Le canard-eider. — Bessestad. — Snorro-Sturleson. — La colonie du vieux Groën-
land. — Un patron génois du quinzième siècle. — Dîner islandais. — Speech latin. —
Les lapins ailés. — Le jovial Wilson.

Reykiavik, 28 juin 1856.

Bien que le site de cette ville ait été déterminé, comme je l'ai
mentionné dans ma dernière lettre, par des auspices non moins
divins que ceux qui présidèrent à la fondation de Rome et d'Athènes,
Reykiavik, si bien entretenus que soient ses monuments publics,
n'est pas belle comme les deux autres cités antiques. En réalité,
elle se réduit à une collection de cabanes en bois et à un seul étage,
élevant çà et là, le long d'un rivage de lave, un prétentieux
pignon, et flanquées à droite et à gauche d'un faubourg de huttes
de gazon.

Tout autour s'étend désolée une plaine de lave qui, sortie jadis
rouge et bouillante de quelque bouche de l'enfer ouverte dans le
voisinage, s'est sans doute précipitée en sifflant dans la mer.

Grâce à la popularité dont jouit Sigurdr parmi ses compatriotes,
nous cessâmes d'être des étrangers pour eux dès le second jour de
notre arrivée. Avec une cordialité dont l'énergique franchise vous
gagne au premier abord, les *messieurs* de la ville nous firent place
à leurs foyers et nous donnèrent la certitude que nous ne pourrions
leur faire un plus grand plaisir que de réclamer leur hospitalité.

Néanmoins, comme il est nécessaire, si nous voulons atteindre
Jean-de-Mayen et le Spitzberg cet été, que notre séjour en Islande
ne se prolonge pas au delà d'une certaine date, j'ai donné de suite
des ordres pour les préparatifs de notre expédition aux Geysers et

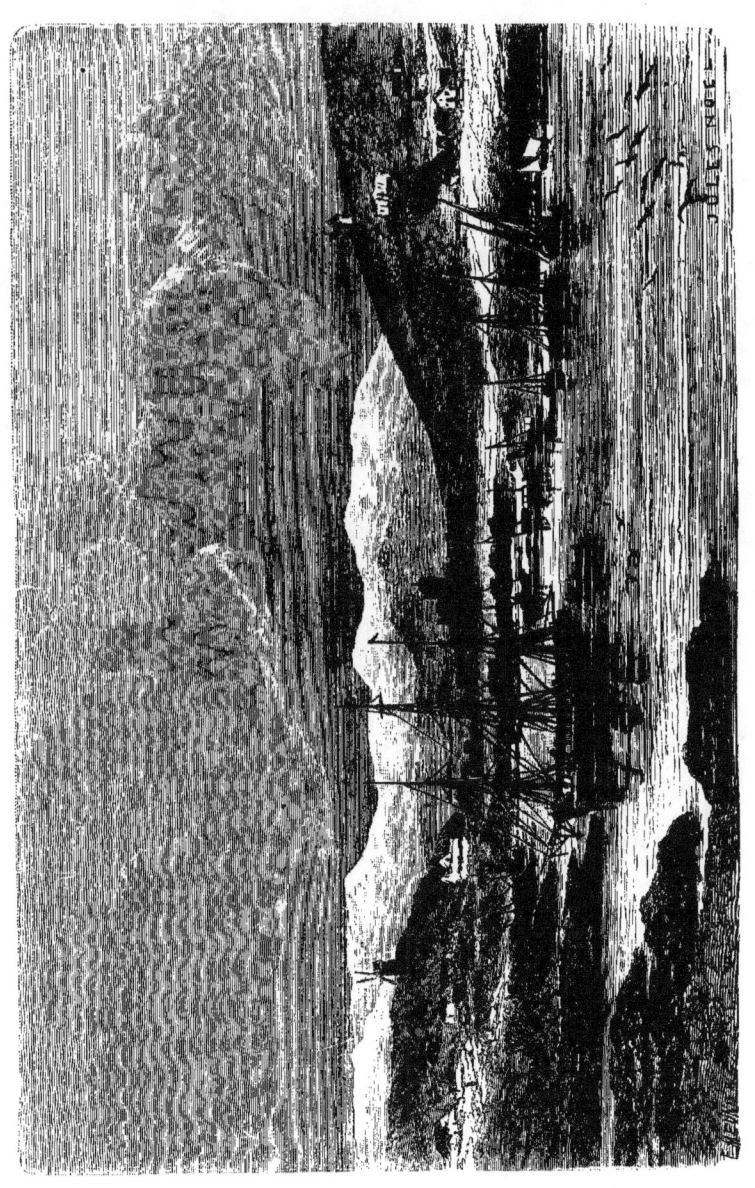

VUE DU PORT DE REYKIAVIK.

dans l'intérieur du pays. Notre plan actuel est de revenir à R ykiavik après notre visite aux sources bouillantes, puis de nous diriger pendant le milieu de l'été vers la côte septentrionale, que les voyageurs n'ont presque jamais visitée ; de là nous ferons voile sur Jean-de-Mayen.

La première chose à faire pour l'exécution de ce plan était de nous procurer quelques chevaux. En conséquence, et sans perdre de temps, nous gagnâmes en canot une petite jetée menant à la maison d'un marchand qui s'était offert complaisamment à Sigurdr pour nous les procurer. En ce pays, tout ce qui n'est pas en bois est en lave. La jetée est construite en gros quartiers de lave ; le galet est de la lave concassée ; le sable de la mer, de la lave pilée ; la boue des chemins est une bouillie de lave ; des blocs de lave composent les fondations de toutes les maisons, et, dans tous les temps secs, vous êtes aveuglés par de la poussière de lave.

Aussitôt débarqué, je fus présenté à un beau gros monsieur, qui, m'avait-on assuré, pouvait me procurer, si je le désirais, assez de chevaux pour remplir une steppe, et, quelques minutes après, je me lançai avec lui au milieu d'un discours latin sur la pluie et le beau temps. Étant venu à perdre soudainement le nominatif de ma phrase, je la terminai brusquement par la figure connue, en rhétorique, sous le nom de syncope et par une révérence ; à quoi mon interlocuteur répliqua poliment : « *Ita.* » Peu de gens ici parlent l'anglais, et un ou deux seulement le français ; de sorte qu'à défaut de l'une ou l'autre langue, on n'a de ressource que dans le latin. J'éprouvai bien d'abord quelque difficulté de brocher ainsi un thème de conversation usuelle, d'autant plus qu'il me fallait prononcer les voyelles dans le haut style romain d'autrefois ; mais un peu de pratique me rendit la chose plus coulante, et j'en vins à lâcher sans trop d'efforts mon *pergratum est* à la face de mes nouvelles connaissances. En cette circonstance, néanmoins, je pensai qu'il était plus prudent d'abandonner à Sigurdr le soin des arrangements nécessaires pour notre voyage, et après quelques minutes j'eus la satisfaction d'apprendre que j'étais devenu propriétaire de vingt-six chevaux, d'autant de brides et de selles, et de trois guides.

Comme il n'existe aucune route en Islande, tous les transports s'y font au moyen de chevaux, dont les longues files, passant et repassant depuis des siècles à travers les plaines de lave, ont fini par y creuser des sentiers. Le fourrage étant chose rare en ce pays, l'hiver est la saison du jeûne pour tous les bestiaux, et on ne peut songer à voyager que lorsque le développement de la végétation a mis les animaux à même de réparer leur système musculaire en broutant le gazon nouveau. J'étais assez surpris du grand nombre de chevaux qui allaient composer ma troupe; mais il paraît qu'il était impossible d'en avoir moins avec ma tente et mon appareil photographique, que je tenais beaucoup à emmener. Le prix de chaque poney est d'ailleurs très modéré, et l'on m'assure que je me déferai facilement de tous au retour de notre expédition.

Cette négociation heureusement conclue, M. J... nous invita à entrer dans sa demeure, dont sa femme et sa fille, brillante jeune personne de dix-huit ans, désiraient nous faire les honneurs. Comme le latin n'était pas de mise avec ces dames, nous chargeâmes Sigurdr de leur interpréter toutes les jolies choses que nous avions à leur dire; mais, c'est ma conviction que ce gentleman tira perfidement parti de l'avantage qu'il avait sur nous, et qu'interceptant les fleurs les plus choisies de notre éloquence, il les fit servir uniquement aux progrès de ses intérêts personnels. Néanmoins les expressions de respectueuse admiration qu'il ne put s'empêcher de transmettre à leur adresse furent reçues très gracieusement et nous furent rendues en une ondée de sourires.

Des visites, les apprêts de notre caravane et quelques petites excursions dans le voisinage remplirent les deux ou trois jours qui suivirent. Il serait trop long d'énumérer toutes les marques de bienveillance et d'hospitalité dont on nous combla pendant ce court laps de temps; je dois vous dire pourtant qu'il me suffit pour faire plusieurs connaissances intéressantes, pour contempler un grand nombre de très jolies figures et prendre ma part d'une innombrable quantité de goûters et de collations. Au fait, *rompre le pain*, ou, pour parler plus exactement, *briser le verre* avec le maître du logis, est un élément aussi essentiel d'une visite qu'une révérence et une poignée de main, et refuser de vider votre verre serait une aussi grande incivilité que de garder son chapeau sur la tête.

Dans les temps anciens, ainsi que nous le rapporte la grande vieille ballade du roi de Thulé, un verre à boire était regardé comme le gage le plus convenable qu'une dame pût donner à son amant :

Au moribond, la belle
Offre une coupe d'or...

Et dans les plus anciens chants de l'Edda il est écrit : « Bois et connais les runes si tu veux conserver ton influence sur la vierge que tu aimes. Il te faut les graver sur ta coupe de corne, sur le dos de ta main, et le mot *nécessité* sur l'ongle de ton pouce. »

Néanmoins, comme, en ces occasions, ce sont les dames de la maison qui servent elles-mêmes l'étranger, il est aisé de comprendre qu'un refus est hors de question. Que peut faire un jeune homme quand une maligne petite fille aux cheveux d'or le presse d'accepter une rasade et qu'il n'a que ses regards muets pour tout argument de résistance? Ne doit-il pas, la mort fût-elle dans la coupe, prendre celle-ci en saluant et la vider jusqu'au fond, comme je fis toujours en pareil cas? Pour conclure, j'ajouterai que, nonobstant le caractère bachique de ces visites, j'en retirai beaucoup d'observations aussi utiles qu'intéressantes, et je trouvai invariablement, dans les messieurs auxquels je fus présenté, des personnes dont l'instruction et la politesse, alliées à un tempérament heureux et jovial, donnaient à leur conversation un charme particulier.

La population est en ce moment fort émue par l'annonce de l'arrivée prochaine de S. A. I. le prince Napoléon, pour le service duquel un gros navire chargé de charbon est depuis deux jours arrivé devant la ville. Le lendemain de notre départ de Stornoway, nous l'avions vu fuyant droit à l'ouest devant le vent, et dès lors nous avions conjecturé qu'il était à la destination de l'Islande; comme il n'y est parvenu que quatre jours après nous, il faut que notre traversée ait été meilleure que la sienne. Le seul autre bâtiment présent dans la baie est la frégate française *l'Artémise*, commandant Demas, marin dont je ne saurais trop reconnaître la bienveillance et l'urbanité.

Samedi nous sommes allés à Vedey, beau petit îlot vert, où les canards-eiders couvent et tapissent leurs nids avec le doux sousplumage qui couvre leur poitrine. Lorsque les petits devenus grands ont abandonné leurs berceaux, l'intérieur des nids est enlevé, nettoyé, puis empilé dans des toiles d'oreillers, pour que les beautés d'Europe puissent y reposer leurs douces joues vermeilles et dormir du sommeil de l'innocence, et pour que dans les hôtelleries de l'Allemagne plus d'un Anglais aux longues jambes et aux larges épaules, étendu entre deux édredons, comme une tranche de jambon dans une sandwich, ne puisse dormir, même innocent.

Le lendemain dimanche, après avoir lu à bord les prières du jour, j'allai passer quelques instants dans l'église cathédrale, le seul édifice de Reykiavik qui soit en pierre. C'est un monument sans prétention, de grandeur moyenne, érigé dans les anciens temps et restauré dans celui-ci ; il peut contenir trois à quatre cents personnes. Les Islandais sont de la religion luthérienne, et un ministre luthérien, en soutane noire et portant autour du cou une fraise, comme on en voit sur quelques portraits d'évêques de l'époque de Jacques Ier, était en train de prêcher. C'était la première fois que j'entendais parler exclusivement islandais, et cette langue m'a paru singulièrement douce et agréable à l'oreille, bien que le ton particulier de l'orateur, terminant toutes ses phrases en cadence ainsi que s'il eût chanté, fût loin de me plaire.

Comme dans tous les temples, où depuis la création du monde on a offert des prières, la majorité des fidèles assemblés dans celui-ci se composait de femmes : les unes coiffées de bonnets, les autres portant soit le national casque de soie noire, coquettement posé sur l'oreille, avec un long gland noir flottant sur l'épaule, soit une blanche mitre de toile de lin dont un dessin peut seul donner l'idée[1]. Le reste du costume d'une dame islandaise, quand elle ne paye pas tribut aux modes de Paris, consiste en un corset noir serré sur la poitrine par des agrafes d'argent et recouvert d'un pardessus orné d'une profusion de boutons du même métal ; autour du cou s'arrondit une raide collerette de velours, festonné avec du lacet d'argent, et une ceinture d'argent encore, souvent très artistement ciselé, serre autour de la taille un long et épais jupon de wadmal[2]. Quelquefois au lieu de l'argent on emploie l'or dans les ornements de ce costume, qui revient alors à un prix fort élevé.

Avant de congédier ses auditeurs, le prédicateur descendit de sa chaire, revêtit une splendide chape en velours cramoisi, dans la-

1. L'analogie de la coiffure en pointe des Islandaises avec celle de nos Cauchoises a paru frappante à quelques écrivains français.
2. Espèce d'étoffe grossière frappée en Islande et au Jutland.

quelle on dit qu'un évêque des anciens temps a été assassiné, et,
tournant le dos à l'assemblée, il chanta quelques versets latins, dans
le style même du plain-chant romain.

Quoiqu'ils aient conservé dans leurs cérémonies quelques vestiges
du vieux culte et que des autels, des cierges, des peintures et des
crucifix se voient encore dans la plupart de leurs églises, les Islan-

TYPES ET COSTUMES ISLANDAIS.

dais sont de zélés protestants, et, sous tous les rapports, ce sont les
gens les plus dévots, les plus innocents, les plus simples de cœur
qu'il y ait au monde. Crimes, vols, débauches, cruautés, sont des
choses inconnues parmi eux ; ils n'ont ni prisons, ni gibets, ni soldats,
ni police ; et dans le mode d'existence qu'ils mènent au fond de leurs
vallées solitaires, il y a quelque chose de la simplicité patriarcale,
qui rappelle celle de ces princes des vieux âges dont on a dit « qu'ils

étaient d'une droiture accomplie, évitant le mal et ne nourrissant aucune astuce dans leur cœur ».

Celle de leurs lois qui concerne le mariage a cependant un cachet particulier. Lorsque, par suite d'une malheureuse incompatibilité de caractères, deux époux vivent de manière à se rendre mutuellement la vie insupportable, ils ont le droit de s'adresser, pour divor-

TYPES ET COSTUMES ISLANDAIS.

cer, au gouverneur danois de l'île. Si, après un délai de trois ans à dater de cette démarche, ils persistent encore dans leurs idées de séparation, le divorce est prononcé et chacun d'eux est libre de se remarier.

Nous avions arrêté de faire le jour suivant l'essai de nos nouvelles montures dans une excursion où le savant et joyeux recteur du collège devait nous servir de guide. Malheureusement le temps était

sombre et pluvieux, mais nous étions déterminés à nous amuser en
dépit de tout, et j'ai rarement fait partie d'une plus joyeuse cavalcade. Le coursier que Sigurdr avait acheté pour moi était une
créature velue, à longue échine, à longue queue, à crinière hérissée,
basse de jambes, de treize palmes (0ᵐ,98) de hauteur au plus, d'une
brillante couleur jaune, mais d'une admirable allure et douée d'une
sûreté de pied à descendre sans broncher les marches d'un escalier.
Le docteur n'était pas moins bien monté. De fait, les poneys islandais forment une race de coursiers assez étranges, mais vigoureux,
plus sûrs, plus faciles à élever que leurs congénères des Highlands
écossais; ils descendent probablement, sans mélange, des chevaux
primitifs qui parcouraient les steppes de l'Asie, longtemps avant
qu'Odin et ses paladins vinssent peupler les vallées de la Scandinavie.

Les premiers milles de notre promenade nous conduisirent à
travers les ondulations d'une plaine de dolomite, à une ferme située
au fond d'une petite baie. A quelque distance, l'emplacement de
cette demeure rurale ne ressemblait pas mal à une petite oasis de
verdure au milieu d'un désert de roches grises; vu de plus près, il
revêtit l'apparence d'un antique terrassement celtique portant à son
centre une tombe ou deux de héros. Mais, vérification faite, les tu-
muli n'étaient ni plus ni moins que les toits de gazon de l'habitation
et de ses servitudes, et dans la terrasse et ses fossés nous dûmes
reconnaître la simple enceinte de la pièce de prairie appelée tùn
qui, objet d'un soin particulier, entoure toutes les fermes islandaises.
Ce mot tùn, évidemment identique à l'irlandais townland, au town
de la Cornouailles et au toon des Écossais, signifie, sous toutes ces
formes locales, non seulement une réunion de constructions et de
rues, mais aussi la cour d'une maison isolée, y compris la bande
de gazon qui la joint immédiatement; justement comme en allemand
nous trouvons le mot zuan et en hollandais celui de tuyn, signifiant
l'un et l'autre un jardin.

Comme nous tournions à droite l'extrémité de la petite baie, nous
passâmes à environ quarante pas d'un aigle énorme, posé sur un
bloc de rocher. N'ayant pas de fusil, nous dûmes le laisser s'élever
lourdement, en battant l'air de ses larges ailes, pour aller s'abattre
tranquillement à une trentaine de mètres plus loin. Peu après, le
district que nous traversions devint plus volcanique, plus plissé, plus

fendu, plus vitreux qu'aucun autre sol déjà parcouru par nous, et deux autres heures de course sur un sentier que je n'aurais jamais cru praticable pour des chevaux, même au pas, nous amenèrent devant la ferme solitaire de Bessestad. Pour nos regards encore pleins des souvenirs récents des beaux châteaux d'Angleterre, que nous avions laissés plongés dans la lumineuse atmosphère du printemps et sous les ombrages d'ormeaux séculaires, la scène étalée devant nous offrait l'image d'une inexprimable désolation. En face, un groupe de constructions en bois portant la trace de l'inclémence des saisons, et quelques huttes en forme de glacières, étaient entourées d'une maigre ceinture de gazon qu'assiège incessamment la rocailleuse plaine de lave brisée qui se déploie, — séjour des corbeaux et des renards, — d'un bord à l'autre de l'horizon. Au delà s'étend une basse et noire bande de terres marécageuses, découpées çà et là par des intervalles d'un mélange qui n'est ni la terre ni l'eau; puis, enfin, la sombre mer, dont les vents, saturés de vapeurs humides, viennent gémir sur ce paysage.... C'est pourtant là Bessestad, l'ancienne demeure de Snorro Sturleson!

Une fois que nous eûmes quitté nos montures et pénétré dans la maison, les choses prirent une meilleure tournure. Une bonne vieille dame, à laquelle nous fûmes successivement présentés par le recteur, nous reçut avec la dignité d'une princesse, nous introduisit dans sa meilleure chambre, nous fit asseoir à la place d'honneur, sur un sofa, et, assistée de sa nièce, jeune fille pâle comme un lis, nommée d'après la Thora d'Hacon Iarl, elle se hâta de nous servir du café chaud, des biscuits et des sucreries. La pensée d'être servi par les nobles dames de la maison me fut d'abord assez pénible, et, à leur grande surprise, je ne recevais pas une assiette de leurs mains sans hésitation ou tressaillement.

J'ai fini pourtant par accepter de semblables services avec le même sang-froid que mes compagnons; j'avouerai même que j'ai pris goût à cette coutume, surtout quand elle est exercée par une hôtesse aussi jolie que miss Thora. Je ne dois pas omettre que cette jeune dame sait un peu le français, ce qui nous permit de lui présenter nos hommages autrement que par procuration, mode de converser que je ne suis pas le seul sans doute à trouver peu satisfaisant.

Ces deux dames vivent tout à fait solitaires. Le fils de la maison, que j'ai eu le plaisir de connaître plus tard, est parti, pour suivre à Copenhague la carrière des honneurs et de la fortune. La certitude qu'il porte haut la tête parmi les princes de la littérature et les hommes d'État de l'Europe semble suffire à sa mère, et elle est heureuse si de temps en temps le bruit des succès et de la réputation croissante de son fils lui parvient à travers l'océan.

De l'intérieur de la maison et de son mobilier je n'ai rien de particulier à vous dire; ils m'ont paru être ceux d'une bonne vieille ferme d'autrefois. Les murs sont lambrissés en sapin, les portes et les escaliers sont formés du même bois; un petit nombre de gravures, une photographie, quelques tablettes de livres, une ou deux peintures décorent la salle de réception qu'un poêle en fer bien luisant et de massifs buffets achèvent de meubler complètement. Mais, n'allez pas prendre, je vous prie, le salon de Bessestad pour un spécimen moyen du confort d'un intérieur islandais. La plus grande partie des habitants de l'île se contente d'une existence beaucoup plus grossière. Les murs des fermes les plus riches sont seuls revêtus de lambris ou même partiellement garnis de fragments de planches. Dans la plupart des habitations, les rudes blocs de lave, jointoyés avec de la mousse, sont laissés à leur naturelle et âpre nudité, et dans la charpente de la toiture des côtes de baleine tiennent lieu de chevrons. La même pièce, trop souvent, sert de salle à manger, de salon et de chambre à coucher pour toute la famille; une ouverture dans la toiture y tient lieu de cheminée, et un crâne de cheval y forme le fauteuil le plus confortable qu'il soit possible d'offrir à un étranger. Le parquet n'est autre que celui que partout a préparé la nature; les lits sont simplement des coffres garnis de plumes ou d'herbes marines, et sous tous les rapports ce taudis doit, de nuit surtout, tenir ses habitants singulièrement à l'étroit et pêle-mêle.

Après avoir savouré plusieurs tasses de café et consommé au moins un baril de biscuits, nous nous levâmes pour partir, en dépit des insinuations de miss Thora qui nous laissait entrevoir une nouvelle jarre de café en confection. Les chevaux étaient ressellés, et, après un éloquent échange de saluts, de révérences et d'aimables sourires, nous prîmes congé de nos courtoises hôtesses et nous voilà lancés de nouveau sous le vent et la pluie. Nous formions une véritable caval-

cade islandaise, sur une seule file, le docteur en tête; mais comme
nous nous hâtions en silence au milieu des lignes immuables de cette
étrange terre, je vins à penser involontairement à cet homme sagace,
dont les yeux pénétrants s'étaient peut-être fixés, six cent quarante
ans auparavant, sur ces mêmes rochers, sur ces marécages et sur
ces montagnes lointaines. Peut-être, me disais-je, par un jour pareil
à celui-ci, chevauchait-il dans l'orgueil de sa fortune, de son talent
et de son influence politique, à la rencontre des meurtriers qui l'at-
tendaient à Reikholt. Puis, à côté de sa grande figure, je vis s'élever
la pâle physionomie de Thora, — non cette jeune dame dont nous
venions de partager le café et les biscuits, — mais cette autre Thora,
si fidèle et si tendre, qui détourna les limiers de saint Olaf de l'asile
où s'était réfugié le grand Iarl de Ladé.

Afin de vous mettre à même de comprendre pourquoi l'humble
cabane que nous venions de quitter et ses solitaires habitants avaient
reporté mes pensées sur un homme et une femme de *mille étés en
arrière*, il est peut-être nécessaire de vous dire en peu de mots ce
qu'était ce même Snorro Sturleson dont le souvenir se dressait
devant moi.

L'Islande a été colonisée, non pas, comme il arrive presque toujours à une terre nouvelle, par la misérable écume d'une population
surabondante, non par une tourbe de repris de justice et de bandits,
expulsés du sein d'une société qu'ils souillaient, mais par les hommes
les plus riches et les plus nobles d'une patrie que l'orgueil leur faisait
délaisser pour ne pas soumettre au tribut royal leurs fiefs hérédi-
taires. Ils emportèrent avec eux toutes les lumières, toutes les connaissances que leur siècle pouvait leur fournir; et il n'est donc pas
étonnant que, dès les premiers jours de la république islandaise,
ses citoyens aient fait preuve d'une énergie mentale bien difficile à
supposer au sein d'une communauté aussi isolée.

Peut-être aussi est-ce l'isolement lui-même qui stimula, dans leurs
plus merveilleux développements, les facultés intellectuelles innées
dans cette population. Préservés pendant plusieurs siècles successifs
des préoccupations sanglantes de la guerre étrangère et des convulsions politiques qui, pendant le même temps, rendirent, dans la
société européenne, l'épée du soldat plus nécessaire que la plume de
l'étudiant, les colons islandais, consacrant aux travaux de l'intel-

ligence les loisirs de leurs longues nuits d'hiver, furent le premier peuple européen à se créer une littérature nationale.

Ils s'accoutumèrent tellement à travailler de leur tête plus que de leurs mains, que si l'un d'eux venait à recevoir un outrage, il s'en vengeait le plus souvent, non en coupant la gorge à son adversaire, mais en le couvrant de ridicule par quelque pasquinade; à vrai dire ils employèrent quelquefois l'un et l'autre moyen, et, un roi de Danemark ayant maltraité l'équipage d'un vaisseau islandais perdu sur ses côtes, les compatriotes des naufragés menacèrent, dans leur indignation, le barbare monarque de représailles et lui firent dire qu'en attendant ils allaient diriger contre lui autant de satires et de pamphlets qu'il avait de promontoires sous sa domination.

La plupart des anciens manuscrits scandinaves sont écrits en islandais; les négociations entre les cours du Nord étaient toujours conduites par des diplomates de cette île; les plus anciens travaux topographiques que nous connaissions sont dus à des Islandais; la cosmogonie et les doctrines traditionnelles de la religion d'Odin ont été formulées et systématiquement rédigées ainsi que son rituel par des archéologues islandais; et enfin la première composition historique qu'un Européen ait écrite dans la langue de sa terre natale, est une production du génie de l'Islande.

Le titre de cet important ouvrage est *Heimkringla* ou *le Cercle du monde*, et son auteur est Snorro Sturleson! Il contient l'histoire des rois de Norvège depuis les temps mythiques jusque vers l'an 1150, c'est-à-dire jusqu'à une couple d'années avant la mort d'Henri II d'Angleterre. Cette histoire est déroulée par le vieux rédacteur des *Sagas* ou des chroniques avec autant d'art et d'habileté que s'il avait pu combiner sous sa plume la puissance dramatique de Macaulay avec les délicates esquisses de Clarendon et la charmante loquacité de M. Pepys. Ses émouvants combats de mer, ses tendres récits d'amour et ses délicieux épisodes de la vie privée sont réellement inimitables. Vous pouvez vivre avec le peuple qu'il fait passer sous vos yeux aussi intimement qu'avec Falstaff, Percy ou le prince Hal; mais il y a dans la pose des fières et antiques figures des héros de Sturleson quelque chose de si grand et de si noble, qu'il est impossible de parcourir les détails de leur antique existence sans être ému d'un sentiment d'intérêt presque passionné : — effet que les froids

récits du latin monacal des annalistes saxons n'ont jamais pu produire sur moi.

Quant à la vie particulière de Snorro, elle fut suffisamment aven-
tureuse et tragique. Sans scrupules, turbulent, avide d'argent, il
épousa deux héritières, dont la seconde ne fut pas la remplaçante,
mais la compagne de la première. Cet arrangement lui suscita naturellement de nombreux embarras. Ses richesses éveillèrent l'envie ;
son orgueil excessif éloigna de lui ses ombrageux compatriotes. On le
soupçonna de chercher à faire de la république un apanage de la
couronne de Norvège, pour devenir le vice-roi, et enfin, par une
sombre nuit du mois de septembre 1241, il fut assassiné dans sa
maison de Reikolt par ses trois beaux-fils.

Le même siècle qui produisit l'œuvre hérodotéenne de Sturleson
donna aussi naissance au corps entier de la littérature variée de
l'Islande, alors même qu'en Angleterre et ailleurs le savoir était
exclusivement confiné dans les couvents, où même il se réduisait à
traduire en mauvais latin des compilations sans critique, de maigres
annales. Notre Thomas d'Erciloune fut, il est vrai, le contemporain
de Snorro ; mais il est bien plus connu comme magicien que comme
homme de lettres ; tandis qu'en Islande, histoires, mémoires, romans,
biographies, poésies, nouvelles, tableaux statistiques, calendriers,
tous les genres de composition enfin ont laissé des échantillons parmi
les débris épars qui ont survécu à la décadence littéraire qui suivit
la chute de la république.

Nous devons à ces mêmes infatigables chroniqueurs de nous
avoir conservé le souvenir de deux des faits les plus remarquables de
l'histoire du monde : la colonisation du Groënland par les Européens
dès le dixième siècle et la découverte de l'Amérique par les Islandais
dans le commencement du onzième siècle.

L'histoire est des plus curieuses.

Peu après l'arrivée des premiers colons en Islande, un marin du
nom d'Éric le Rouge découvrit au loin, dans l'ouest, une contrée
qu'il appela Groënland à cause de son apparence verdoyante. Au
bout de peu d'années, cette nouvelle terre devint si peuplée qu'il fut
nécessaire de l'ériger en évêché ; et, sous la date de 1448, nous
possédons un bref du pape Nicolas V, où Sa Sainteté, « prenant en
considération la piété de ses bien-aimés fils du Groënland, qui ont

RUINES DE KRAKORTOK.

élevé plusieurs édifices sacrés et une splendide cathédrale, leur octroie un nouvel évêque et un renfort de prêtres. » Cependant, dès le commencement du siècle suivant, cette colonie du Groënland, avec ses évêques, son clergé, ses *cent quatre-vingt-dix* centres de population, sa cathédrale, ses églises, ses monastères, tombe dans un oubli soudain, s'évanouit comme un songe. La mémoire de son existence périt et les passages des vieilles sagas qui s'y rapportent furent peu à peu considérés comme des inventions poétiques ou de pieuses fraudes[1]. Enfin, après un intervalle de quatre cents ans, quelques missionnaires danois, dévoués à la conversion des Esquimaux, découvrirent le long du détroit de Davis les vestiges des anciens établissements : des ruines de maisons et d'églises, des restes de terrassements et de murailles, des pierres tumulaires et des inscriptions[2].

Il est impossible de dire quelle fut la catastrophe soudaine qui anéantit cette société chrétienne. Ont-ils été massacrés par quelque tribu guerrière d'indigènes, ou emportés jusqu'au dernier homme par la terrible épidémie du quatorzième siècle, connue sous le nom de *peste noire?* Ou bien, conjecture plus horrible encore, subitement assiégés par une énorme banquise de glace, descendue de la mer polaire le long de leurs rivages, ont-ils péri misérablement de froid et de faim?... C'est ce que nous ne saurons probablement ja-

1. Selon toute apparence, le bref de Nicolas V, postérieur de beaucoup à la cessation de toute communication entre l'Europe et le Groënland, n'est qu'une réminiscence, une marque d'intérêt donnée à un état de choses qui déjà n'existait plus. (*Trad.*)

2. Sur une tombe on a trouvé l'inscription suivante en caractère runiques :

VIGIDIS M. D. HVILIR HER ; GHVDE GUDE SAL HENNAR.
Ici gît Vigdessa ; Dieu bénisse son âme !

Mais la plus intéressante de ces inscriptions est celle qui, découverte en une île de la baie de Baffin, sous la latitude de 72° 55', prouve avec quelle heureuse audace les Scandinaves de cette époque ont parcouru ces régions que l'on supposait avoir été explorées pour la première fois par nos navigateurs modernes. Voici le texte de ce procès-verbal lapidaire :

« Erling Sighvatson, Biomo Thordorson et Eindrid Oddson, le samedi avant la semaine de l'Ascension, ont élevé cette marque et quitté le pays, 1135. »

Cette mention de départ et de la semaine de l'Ascension semblant indiquer que ces trois hommes avaient hiverné en ce lieu, ne pourrait-on pas en inférer qu'à cette époque, à sept siècles de nous, le climat de ces parages était moins inhospitalier qu'aujourd'hui ? (*Note de l'auteur.*)

Sur ces vestiges de la colonisation du Groënland méridional par les Islandais, le *Tour du Monde*, année 1873, t. II, donne des renseignements intéressants.　　**J. B.**

mais; si complète a été leur destruction! si mystérieuse a été leur fin!

D'un autre côté, quelques traditions relatives à un vaste continent découvert par leurs ancêtres dans la direction du sud-ouest semblent ne s'être jamais entièrement effacées de la mémoire des Islandais; et il n'est pas moins certain que, dans le mois de février 1477, arriva à Reykiavik, dans une caravelle appartenant au port de Bristol, un marin génois, aux traits accentués et aux yeux gris, qui se fit remarquer par l'étonnant intérêt qu'il prenait à tout ce qui, de près ou de loin, avait trait à ce sujet. Que Christophe Colomb, car ce personnage n'était autre que lui-même, ait recueilli là quelques notions propres à le confirmer dans ses nobles projets, c'est ce qu'on ne peut affirmer; mais il existe encore un manuscrit historique, notoirement écrit avant l'année 1395, c'est-à-dire un siècle avant le voyage de Colomb, et qui relate avec quelques détails comment un nommé Leif, faisant voile à la destination du Groënland, fut entraîné loin de sa route par les vents contraires jusque sur une côte vaste et inconnue, qui augmentait en beauté et en fertilité en descendant vers le sud, et comment, par suite du rapport fait par Leif après son retour, des expéditions successives avaient été dirigées dans la même direction. A deux reprises différentes, les aventuriers semblent s'être fait accompagner de leurs femmes, et un de leurs vaisseaux fut même commandé par une dame. Pendant le cours de deux expéditions, ils hivernèrent sur cette nouvelle terre, y construisirent des maisons et y jetèrent les bases d'une colonisation. Des motifs demeurés inconnus leur firent néanmoins abandonner ce projet; et, avec le temps, on en vint à considérer ces anciens voyages comme aussi apocryphes que la circumnavigation de l'Afrique tentée par les Phéniciens sous le règne du pharaon Nécho.

On ne sait trop jusqu'à quelle latitude méridionale les Scandinaves suivirent la côte de l'Amérique. Mais, d'après la description qu'ils ont faite de la contrée, de ses productions et de ses habitants, d'après la douceur de la température et la longueur du jour au 21 décembre, on peut conjecturer qu'ils ne sont pas parvenus plus loin que Terre-Neuve, la Nouvelle-Écosse ou tout au plus la côte du Massachusetts[1].

1. Le cap Cod, lat. N. 42° 4', et les parages remarquables qui l'entourent, sont décrits d'une manière irréfragable dans les vieilles sagas. (*Trad.*)

Mais retournons à des matières plus substantielles.

Hier — non, le jour précédent (en réalité, je ne me rappelle pas bien la date du jour, je ne sais même s'il s'est écoulé un jour, et tout ce que je puis affirmer, c'est que je n'ai pas dormi depuis) — nous avons dîné chez le gouverneur, quoique le mot dîner soit trop modeste pour être appliqué à un pareil festin.

L'invitation étant pour quatre heures, nous gagnâmes le rivage à trois heures et demie dans le gig, tous endimanchés et moi vêtu de blanc comme un innocent que j'étais.

La maison du gouvernement est, comme toutes les autres, bâtie en bois, sur le haut d'une éminence; le seul accessoire distinctif dont elle puisse se glorifier est un pauvre lambeau de potager qui étend entre la façade et le chemin sa maigre nudité. Il n'y avait à la porte ni grille, ni armoiries, ni sonnette, ni marteau ; mais, à notre approche, nous en vîmes sortir un serviteur qui nous introduisit dans la pièce où le comte Trampe se tenait pour nous recevoir. Après avoir été présentés à sa femme, nous échangeâmes des poignées de mains avec les autres personnes invitées, dont je connaissais déjà le plus grand nombre; et je fus heureux de découvrir que, de toute manière, des convives islandais ne se croient pas obligés de passer les dix minutes qui précèdent l'annonce du dîner comme des gens assemblés pour assister à l'ouverture du testament et non des huîtres de leur amphitryon.

La réunion se composait des principaux fonctionnaires de l'île, y compris l'évêque, le chef de la justice, etc. Quelques-uns en uniforme, tous en tenue de fête. Dès que la porte de la salle à manger s'ouvrit, le comte Trampe passa son bras sous le mien, deux autres messieurs agirent de même avec mes deux compagnons, et nous nous dirigeâmes vers une table très galamment ornée de fleurs, d'argenterie et d'une forêt de verres. Fitz Gerald et moi prîmes place de chaque côté de notre hôte, et les autres convives suivirent dans l'ordre convenable. A ma gauche s'assit le recteur, et, à l'opposite, auprès de Fitz, le pharmacien en chef de l'île. Alors commença une série d'opérations dont je n'ai pas gardé un souvenir bien distinct, et, de fait, les événements des cinq heures suivantes ne me représentent qu'une image aussi chaotique que la face d'une contrée qui viendrait d'être bouleversée par quelque déluge. Si je puis vous donner quelques détails de ce qui s'est passé, vous le devez moins à mon sang-froid qu'au tempérament bien plus solide de Sigurdr. Quant au docteur, son aspect était des plus étranges quand j'ai, ce matin, demandé à le voir. Il s'est efforcé en vain de me tâter le pouls, n'a pu y parvenir et a écrit l'ordonnance suivante qui, je pense, n'est ni plus ni moins qu'une réminiscence consciencieuse de la masse de liquide qu'il a lui-même ingurgitée[1].

Je dois conclure du témoignage de ma conscience et de celle d'autrui que le dîner était excellent et servi dans des proportions pantagruéliques; mais comme, dès le potage, l'échange des toasts avec mes deux voisins m'a mis à une rude épreuve, il ne faut pas s'attendre à obtenir de moi la description du menu.

J'étais assez au courant du mode particulier de porter des santés en Scandinavie; je me croyais très fort sur le maniement difficile du verre, et, ayant une horreur héréditaire de tout aiguillon, je me tenais prêt à répondre d'un cœur ferme aux cordiales provocations de mon hôte. J'aurais voulu seulement que vous vissiez de quelle satisfaction rayonna sa bonne figure quand je choquai mon premier rouge-bord contre le sien, et comment, après avoir vidé son verre d'un seul trait, il le retourna, le pied en l'air, en l'agitant de la manière la plus orthodoxe. Mais bientôt les choses prirent une tournure plus sérieuse que je ne l'avais prévu. Je savais que refuser un toast ou ne vider un verre qu'à demi serait une impardonnable grossièreté, et j'étais déterminé à accepter l'hospitalité de mon hôte aussi cordialement qu'elle m'était offerte. J'étais résolu à payer de ma personne *à sa table*, dût-il n'être satisfait qu'autant que je serais prêt à glisser *par-dessous*. Mais, au train dont allaient les choses, il me parut probable que ce cas final arriverait avant le second service; aussi, après avoir échangé une douzaine de tournées de vins de Xérès et de Champagne avec mes deux voisins, je me tins immo-

---

1. Copie de l'ordonnance du docteur :

Vin Bordeaux..	III lit.
» Champagne..	IV lit.
» Sherry	1/2 lit.
» Rhin	II lit.
Eau-de-vie...	VIII vres,

à prendre en trente potions chaque.

F. C.,

D. m. c.

bile, affectant de ne pas voir que mes verres étaient de nouveau remplis, espérant ainsi éviter le combat, de même qu'un habile capitaine de vaisseau, qui, pressé par deux adversaires, profite des ténèbres d'une longue nuit pour se glisser entre eux et les laisser seuls sur le champ de bataille. Mais il ne pouvait en être ainsi; avec leurs verres intacts et leurs traits allongés, mes adversaires à moi gardèrent aussi l'immobilité et attendirent poliment que je voulusse bien donner le signal du renouvellement des *hostilités :* ce mot, certes, convient à la circonstance. Alors s'éleva en moi une horrible pensée : « Si je pouvais parvenir à terrasser le gouverneur et à renverser littéralement la table sur lui! » J'avais vécu, il est vrai, vingt-cinq ans sans toucher à une goutte de vin, mais je n'étais pas pour rien l'arrière-petit-fils de mon bisaïeul et pair d'Irlande, par-dessus le marché. N'existe-t-il pas d'ailleurs dans l'autre ligne de ma famille une tradition touchant un fût de vin de Bordeaux apporté dans la salle à manger, dont la porte fut hermétiquement fermée et la clef précipitée au fond du tonneau! Soutenu par de tels antécédents, je me sentis capable de tenir tête au plus rude buveur de l'Islande. J'acceptai donc avec une confiance infernale les défis qui m'étaient présentés, et j'y rétorquai à mon retour sans désemparer pendant quarante-cinq minutes. Au bout de ce temps le feu se ralentit; le gouverneur et le recteur paraissaient hors de combat, et je survivais encore. Je n'étais pas, il est vrai, en très bon état, mais c'était dans le voisinage de mon gilet, et non à la tête, que je souffrais. « Je ne suis pas bien, mais je suis encore debout, » pensais-je mentalement, comme dans le monologue de Lépidus[1]; δός μοι τὸ πτιόν, aurais-je ajouté volontiers si j'avais osé. Encore qu'il manquât plus d'un anneau à la chaîne du banquet, la chaise de Fitz Gerald n'était pas encore vide, et j'espérais qu'un quart d'heure d'efforts soutenus établirait suffisamment notre réputation. Jugez donc de mon horreur quand le docteur, poussant, en manière de cri de guerre, son aphorisme favori : *Si trigentis guttis morbum curare velis, erras*[2], donna le signal d'une mêlée inattendue, où je fus assailli successivement par vingt convives. J'eus un instant la pensée sérieuse de m'évader et de chercher mon salut dans la fuite;

1. Dans *Antoine et Cléopâtre*, de Shakespeare.
2. C'est se tromper que de croire guérir avec trente gouttes une maladie

mais le vrai sang de ma famille me soutint, je suppose, en cette
occasion, et, avec un calme presque glacé, je reçus les assaillants un
à un.

Ensuite vinrent les toasts publics.

Bien qu'à partir de ce moment j'aie gardé quelque conscience de
moi-même, les dernières heures du festin ne m'apparaissent que
comme un songe plein de mystères. Je me rappelle parfaitement le
groupe de verres dressés devant moi, au nombre de six; je pourrais
dessiner la forme de chacun d'eux. Je me souviens d'avoir profondément réfléchi sur la monotonie miraculeuse qui me les faisait
paraître toujours pleins, quoique je ne fusse occupé qu'à les vider,
et j'en vins à expliquer le phénomène en concluant que j'étais devenu une espèce de danaïde dont la punition ou la sentence aurait
été retournée; puis il me sembla que je me dépouillais de mon corps
et que je devenais spectateur, à distance, de mes propres actes et de
la fête où ma personne demeurait assise. Les voix de mon hôte, du
recteur et du chef de justice devinrent creuses et basses, comme s'ils
ne m'avaient adressé la parole qu'à travers un tube acoustique; puis
quand je me levai pour parler, il me sembla que j'étais devant une
réunion d'une autre sphère et que mon langage appartenait à un
autre ordre d'existence. Cependant, bien qu'inintelligible pour moi-
même, je dois avoir été compris, jusqu'à un certain point, car, à la
fin de chacune de mes périodes, des applaudissements, doux comme
le murmure des vagues expirant sur une plage éloignée, s'élevaient
autour de moi, et, si je dois ajouter foi au procès-verbal de la séance
qui m'a été ultérieurement présenté, je dois avoir trouvé la science
polyglotte au fond de mes coupes. Suivant ce même rapport, il
paraît que le gouverneur se lança dans un toast français à la reine,
et je lui répondis dans le même langage. Ensuite le recteur, — rail-
lerie cruelle en un pareil moment, — proposa ma santé; politesse à
laquelle, malgré mon malaise, je répondis galamment en buvant
aux beaux yeux de la comtesse de Trampe. Alors d'autres personnes
ayant porté un toast à la prospérité de la Grande-Bretagne, on prétend que lord Dufferin prononça un *speech* des plus érudits en
l'honneur des anciens Islandais, dans lequel il fit allusion à la découverte de l'Amérique et à la visite de Colomb. Puis vinrent une couple
de discours en langue du pays, après quoi l'évêque, dans une ma-

gnifique oraison latine qui ne dura pas moins de vingt minutes,
proposa de nouveau ma santé. Mis absolument hors de sens par
cette provocation, j'eus l'audace d'y répliquer dans la même langue.
Afin que le souvenir d'un si grand effort oratoire ne périsse pas
entièrement, je vous envoie la traduction des morceaux les plus
saillants :

« Hommes illustres, si peu habitué que je sois à parler en public,
je m'empresse de répondre au compliment que le révérend prélat
vient de m'adresser en proposant ma santé, et je vous supplie de
croire combien je suis reconnaissant et flatté d'un tel honneur.

» Boire, hommes illustres, est une chose qui, par toute la terre,
domine impérieusement les affaires et l'estomac de l'homme. Elle
requiert une soif durable, une soif ardente, toutes les soifs ensemble. Ainsi que le chante le poète : Un même penchant naturel
enserre l'univers dans un lien de consanguinité, et la nature de
l'homme est de boire.

» Hommes illustres, il est un autre sentiment non moins universel : un sol commun sur lequel les fils du Nord et ceux du Midi se
rencontrent avec le même enthousiasme. Est-il nécessaire de le
nommer? La dévotion au beau sexe.

» L'amour régit les camps, les palais et les bois! Je ne sais sous
lequel de ces titres ranger votre joyeuse cité. — Un palais? Il n'y a
pas de roi! — Un camp? Je ne vois pas de soldats! — Un bois? Vous
n'avez pas un arbre! — Cependant Cupidon règne sur vous non
moins que sur les autres mortels, et la beauté des vierges islandaises est connue dans le monde entier.

» Buvons à leur santé et à la confusion de tous les célibataires!
Espérons que ces chères et bénies créatures trouveront autant de
maris qu'elles voudront, qu'il leur naîtra chaque année des jumeaux,
et que leurs filles, suivant l'exemple maternel, perpétueront la
nation islandaise dans les siècles des siècles [1]! »

1. Voici le texte du latin *macaronique* de lord Dufferin :
« Viri illustres, insolitus ut sum ad publicam loquendum, ego propero respondere
ad complimentum quod recte reverendus prælaticus mihi fecit, in proponendo meam
salutem : et supplico vos credere quòd multum gratificatus et flatificatus sum honore
tam distincto.
» Bibere, viri illustres, res est quæ in omnibus terris domum venit ad hominum ne-
gotia et pectora; requirit haustum longum, haustum fortem et haustum omnium simul

Ces derniers mots, bien entendu, s'échappèrent mécaniquement de ma bouche, dans le même mode harmonieux dont a coutume de se servir un pauvre curé catholique terminant son *Gloria in excelsis.*

Puis se succédèrent plusieurs *speeches,* — un grand choc de verres, une Babel de conversations, une sorte de danse autour de la table, pendant laquelle nous nous donnâmes successivement la main, comme dans la dernière figure des Lanciers, une chaleureuse embrassade du gouverneur, et enfin le silence, la lumière du jour, et la fraîcheur du grand air comme nous nous séparions en trébuchant dans la rue.

Et alors, que faire? nous mettre au lit était chose impossible. Il était onze heures à nos montres, mais il faisait aussi clair qu'à midi. Fitz prétendit qu'il était *vingt-deux heures;* et, cette assertion, qu'il motiva sur le mode particulier de diviser le temps à Venise, témoignait chez lui de ce développement anormal des organes de la pensée et de la vue que l'on désigne généralement par ce terme vulgaire : voir double. Nous errions à travers Reykiavik comme trois jeunes gaillards ne demandant pas mieux que de prendre le temps présent comme appartenant à la nuit, mais ne sachant comment l'employer. Nous n'avions sous la main ni cordon de sonnette à couper, ni marteau de porte à décrocher, ni sergent de ville à mystifier. Enfin nous nous rappelâmes que la femme du pharmacien avait une soirée, à laquelle elle avait eu l'obligeance de nous inviter, et nous nous rendîmes chez elle. Là nous trouvâmes plusieurs officiers français, un piano et une jeune dame ; il ne fallut donc pas beaucoup de temps à la réunion pour se transformer en bal. Bientôt même on nous proposa de danser un branle écossais. Le second

---

ut canit poeta : Unum tactum naturæ totum orbem facit consanguineum, et hominis natura est bibere.

» Viri illustres, alterum est sentimentum æqualiter universale, terra communis super quam septentrionales et meridionales eadem enthusiasma convenire possunt : est necesse quòd id nominarem? ad pulchrum sexum devotio !

» Amor regit palatium, castra, lucum : dubito sub quo capite vestram jucundam civitatem numerare debeam. Palatium? non regem; castra? non milites; lucum? non ullam arborem habetis. Tamen Cupido vos dominat haud aliter quàm alios, et virginum Islandarum pulchritudo per omnes regiones cognita est.

« Bibamus salutem earum et confusionem ad omnes bacularios : speramus quòd eæ caræ et benedictæ creaturæ invenient tot maritos quot volint, quòd geminos quotannis habeant, et quòd earum filiæ, maternum exemplum sequentes, gentem Islandicam perpetuent in secula seculorum. »

lieutenant de *l'Artémise*, navire qui une fois avait cherché dans la Clyde un asile contre la tempête, avait eu l'occasion de faire connaissance avec cette figure chorégraphique ; la petite dame l'avait de son côté étudiée fréquemment sur le frontispice lithographié d'un morceau de musique highlandaise ; comme je puis me tirer d'une gigue aussi bien qu'un Campbell, la troupe était complète ; il ne manquait plus qu'un accompagnement. Heureusement la maîtresse du logis se souvint de la chanson d'*Annie Laurie*, qui, jouée en mode accéléré, devint un excellent air de branle. Le tout eut un succès fou, comme vous pouvez le croire ; nous faillîmes mourir de rire, et j'aurais seulement désiré que lord Breadalbane fût là pour nous contempler.

A une heure du matin, notre danseuse s'étant retirée pour prendre un repos nécessaire, notre bal se termina nécessairement ; mais le dîner du gouverneur nous interdisant le sommeil, nous nous déterminâmes à nous diriger avec le cotre vers un groupe d'îles gisant à environ un kilomètre au large. Je n'oublierai jamais, je crois, la délicieuse sensation que j'éprouvai alors, nonchalamment couché à l'arrière et prêtant l'oreille au bouillonnement des vagues contre les flancs de l'embarcation qui glissait sur leurs courbes liquides. Le fantastique et humide paysage, dont chaque promontoire se baignait silencieusement dans une couche éthérée de lumière, — le Snœfell, dont les pics lointains gardaient encore les rayons du soleil de minuit déjà couché pour nous, et dont les flancs, ravagés par le feu, étalent des témoignages aussi palpables, aussi saisissants de leurs convulsions que si la vie n'en avait disparu qu'hier, — tout enfin semblait réuni pour nous promettre dans cette étrange région arctique, dont nous foulions le seuil, une existence si nouvelle et si animée, que je ne pouvais pas assez me féliciter de notre bonne fortune. Le frottement de notre quille sur le sable de la plage ne tarda pas à me tirer de mes réflexions, et je n'eus pas plutôt fait quelques pas dans la mer avec de l'eau jusques aux genoux, que je me trouvai parfaitement éveillé et disposé à explorer l'île. Longue d'environ un kilomètre, un peu moins large, elle me parut d'abord une vraie garenne à lapins. De fait je ne pus y faire une douzaine de pas sans enfoncer dans les nombreux terriers dont la terre est criblée, et bientôt, au détour d'un monticule, nous nous trouvâmes en présence d'une douzaine de petits animaux, gravement accroupis devant leurs terriers. Ils étaient entièrement blancs, *sans oreilles* et avaient le nez rose! Je fis plusieurs tentatives désespérées pour saisir quelques-uns de ces êtres singuliers; deux ou trois d'entre eux m'attendirent même très près; mais au moment où je me croyais certain de leur capture, quelque chose d'inexplicable se passait.... ils jouaient non des jambes, mais des ailes, et littéralement ils s'envolaient. De plus, à moins que ma vue n'ait été frappée de la même infirmité bizarre qui affectait celle du docteur, j'affirmerai que ces lapins s'envolaient par couples. Des lapins ailés et au nez rose!... Je n'avais jamais rien lu ou entendu touchant cette variété de rongeurs; et je me lançai à leur poursuite, avec une sorte d'enthousiasme, dans l'espoir d'en rapporter chez nous quelque beau spécimen pour l'étonnement des naturalistes anglais. Enfin, et non sans difficulté, nous réussîmes à en prendre un ou deux qui avaient battu en retraite dans leurs terriers au lieu de se réfugier dans les airs. Ils mordaient, égratignaient comme des chats-tigres, criaient comme des perroquets, et je dois avouer qu'après un examen plus attentif je leur trouvai une apparence d'oiseau; ce qui peut-être explique leur faculté de voler. Une certaine confusion demeure encore dans mon esprit relativement à la nature réelle de ces créatures [1].

Vers les neuf heures, nous revînmes déjeuner; et le reste du jour se passa à prendre congé de nos amis et à organiser le convoi de nos bagages, qui devaient se mettre en mouvement à minuit sous le commandement du cuisinier. La caravane se composait de dix-huit chevaux, dont la moitié seulement étaient chargés, deux animaux étant toujours destinés à un fardeau, qui passe alternativement quatre heures sur le dos de chacun. Les bâts étaient des pièces de harnais fort grossières, mais de bon service, terminées, de chaque côté, par des crochets supportant une paire de petites caisses oblongues. Des bandes de gazon placées sous celles-ci préservaient le dos de l'animal de leur contact trop rude. Celles de nos richesses qui ne purent trouver place dans ces coffres furent logées entre deux sur le sommet du bât, de telle sorte que leur masse et leur poids compensés, chaque poney portât environ soixante-quatre kilogrammes. L'appa-

1. Il s'agit ici de la variété islandaise du macareux, *fratercula glacialis*, palmipède très répandu sur les côtes de la mer du Nord, et bien connu pour nicher dans des terriers

REYKIAVIK. — LA VILLE.

reil photographique nous causa le plus grand embarras et fut divisé en deux charges; comme nous aurions dû nous y attendre, les guides qui nous aidaient dans nos préparatifs empaquetèrent sens dessus dessous le bain de nitrate d'argent, erreur dont vous ne pouvez apprécier la gravité.

Enfin, chaque objet étant passablement disposé, les fusils, la poudre, les balles, les bouilloires, le thé, le riz, les tentes, les lits, les potages portatifs, etc., tout allait se mettre en marche, quand le désespérant Wilson vint à moi, son menton touchant la terre, et me dit qu'il y avait beaucoup à craindre que le cuisinier ne survécût pas à une telle chevauchée; que le pauvre diable n'avait jamais enfourché un cheval, et qu'en ayant monté un le matin même, en manière d'expérience, il s'en était très mal trouvé : rudement jeté à bas, il avait été relevé grâce à un honnête Islandais qui l'avait rapporté jusqu'au logis où il était maintenant couché, seule position qui lui convînt désormais.

Comme la première journée du voyage devait dépasser cinquante kilomètres, et forcer probablement mes gens à rester en selle douze ou treize heures durant, je commençai à être sérieusement alarmé pour mon pauvre chef; mais, ayant ouvert une enquête à ce sujet, je ne tardai pas à me convaincre que tous ces fâcheux pronostics étaient uniquement produits par l'imagination de M. Wilson, et que le serviteur en question, plein de zèle, avait été seulement un peu trop désireux d'ajouter l'équitation à ses autres perfections : en conséquence je ne crus pas devoir intervenir. Quant à Wilson lui-même, il n'y avait rien d'étonnant à ce qu'il vît toutes choses un peu de travers. Par un caprice inexprimable, il avait choisi la nuit précédente pour dormir en plein air sur une cage à poules, et naturellement s'était réveillé le matin avec un torticolis et la face si immuablement fixée sur l'épaule gauche, que les efforts réunis de tout l'équipage du navire n'auraient pas été capables de l'arracher à cette position, et que l'intervention d'une moufle eût à peine été suffisante pour lui rendre sa rectitude première.

A deux heures, nous allâmes prendre un goûter chez le recteur. Son hospitalité nous menaçait d'une seconde édition du dîner de la veille; mais je prétextai, pour y échapper, le désir que j'avais d'exhiber ma lanterne magique à sa petite fille Ragnilder et à une société choisie de ses jeunes amies. Durant le reste de la soirée, nous allâmes, comme les enfants de Job, festinant de maison en maison, prenant congé d'amis qui n'auraient pu être plus affectueux si nous les eussions connus toute notre vie, et échangeant avec eux de petits cadeaux, des souvenirs. Chez le gouverneur, j'ai laissé une gravure représentant, d'après un dessin de la princesse royale, la mort d'un soldat en Crimée; du recteur je reçus quelques livres curieux, les premiers presque qu'on ait imprimés dans l'île. J'aurais vivement désiré obtenir quelque échantillon des anciens manuscrits islandais, mais il y a longtemps que l'île est dépouillée de ces trésors littéraires. Enfin, je dois à l'obligeance du consul de France un charmant petit renard blanc, la plus drôle et la plus mignonne créature que j'aie jamais vue.

Après avoir dîné à bord de l'*Artémise*, nous descendîmes à onze heures sur la plage pour assister au départ du bagage. Les poneys étaient rangés sur une seule file, la tête de chacun attachée à la queue de celui qui le précédait immédiatement. Quelques articles additionnels furent fixés çà et là sur les colis, et Sigurdr ayant donné aux guides ses dernières instructions, une déclaration générale témoigna que tout était prêt pour le départ. Alors, avec l'air d'un premier sujet équestre descendant dans l'arène de l'amphithéâtre d'Astley, mon cuisinier fait son apparition, me salue majestueusement et se hisse sur sa selle; mon petit mousse le suit comme aide de camp.

Le jovial Wilson chevauchera avec nous demain matin. A moins que nous ne parvenions à lui redresser la tête cette nuit, il sera obligé de faire face à la queue de sa monture s'il veut voir en avant sur le chemin.

Nous ne courons pas le moindre risque de manquer de provisions, car on me rapporte de toutes parts qu'il y a dans l'intérieur du pays assez d'oiseaux pour nourrir une émigration israélite.

LETTRE VII

Reykiavik, 7 juillet 1856.

J'ai vu enfin ces fameux Geysers dont si souvent j'avais entendu parler, et de plus j'ai vu Thingvalla, dont personne ne m'avait jamais rien dit. Les Geysers sont certainement d'étonnantes merveilles de la nature, mais Thingvalla est bien plus étonnante et bien plus merveilleuse. Si l'on traverse la mer d'Espagne pour voir les premiers, on doit aller au bout du monde pour contempler la dernière.

Je crois pouvoir vous donner une idée assez exacte des fontaines bouillantes, mais je doute que je parvienne jamais à vous tracer une esquisse compréhensible des formes et de la nature de l'Almannagia, du Hrafnagia et de la vallée de lave appelée Thingvalla, qui s'étend entre les deux. Avant de venir en Islande, j'avais bien lu quelques relations écrites sur Thingvalla par d'anciens voyageurs, mais, quand j'arrivai sur les lieux, ils m'apparurent comme quelque chose de tout à fait inconnu. Aussi je crains bien d'éprouver le sort funeste de mes prédécesseurs, dont les pages, à défaut des ossements, blanchissent à l'entrée de la vallée qu'ils ont été impuissants à décrire.

Après avoir surveillé, comme je crois vous l'avoir mandé dans ma dernière lettre, le départ nocturne du cuisinier, des guides et du bagage, nous retournâmes à bord pour y passer le reste de la nuit dans un repos dont nous avions tous grand besoin. Le départ était fixé pour le lendemain matin, à onze heures, et vous pouvez croire aisément que nul de nous ne fut fâché de voir, en s'éveillant, les rayons du soleil tomber joyeusement à travers le plafond vitré de la cabine, et éclairer, avec une splendeur inaccoutumée, la nappe blanche et bien garnie de notre déjeuner.

À l'heure dite, nous gagnâmes le rivage, où huit poneys, deux pour chaque cavalier, stationnaient, sellés et bridés, devant la porte d'un de nos meilleurs amis. Là nous attendait aussi l'inévitable invitation de boire et de manger, et, bien que venant tout juste de quitter la table, nous dûmes consacrer une demi-heure à siroter des tasses de café, préparées pour nous, avec accompagnement de nombreux sourires, par notre hôtesse et sa jolie fille. Enfin, les libations ordinaires étant accomplies, nous nous levâmes pour partir. Je soufflai alors à l'oreille de Fitz que j'avais toujours entendu dire qu'il était d'usage en Islande qu'un voyageur, au moment du départ, embrassât les dames chez lesquelles il avait eu l'honneur d'être reçu. Je ne m'imaginais guère qu'il me prendrait au mot; jugez donc de mon effroi quand je le vis soudain, avec une intrépidité que j'enviai, mais que je n'osais imiter, préluder d'abord par embrasser la maman, puis se disposer, de la façon la plus naturelle du monde, à faire les mêmes tendres avances à la fille. J'avoue que je demeurai muet de consternation; la maison me sembla vaciller autour de nous, et je ne doutai pas que la minute suivante ne nous vît jeter dans la rue, et la jeune dame en proie à une attaque de nerfs. Mais c'était la chose à laquelle, certes, elle pensait le moins; avec une franche naïveté, qui lui seyait mieux que toutes les grâces qu'elle eût pu apprendre dans un pensionnat du grand monde, et ses yeux pétillants de malice et de bonne humeur, elle fit la moitié du chemin, avança ses deux lèvres roses, et gratifia le docteur d'un baiser aussi cordial qu'aucun de ceux dont ait jamais été favorisée une créature de notre sexe. À dater de ce moment, je pris la résolution de me conformer pour l'avenir aux coutumes des indigènes.

Il n'est pas étonnant que, sous l'impression toute fraîche de pareils adieux, nous nous soyons éloignés dans les meilleures dispositions d'esprit. Avec une courtoisie particulière à l'Islande, le docteur

Hjallelin, le plus jovial des docteurs, et un autre personnage, insis-
tèrent pour nous accompagner pendant les vingt premiers kilomètres de notre voyage ; et, comme nous ébranlions au loin les rues
de bois de Reykiavik, je pensai que jamais une plus joyeuse cavalcade n'était sortie de cette ville. En avant détalaient les poneys de
relais, sans selle, sans bride, et sans la moindre notion de responsabilité morale, jouant entre eux des sabots et des dents et hennis-

WILSON A CHEVAL

sant comme de malignes créatures. Ensuite venait Sigurdr, devenu
maintenant notre chef et qu'entourait le reste de la troupe, et
enfin, à quelque distance en arrière, plongé dans les profondeurs
de sa mélancolie, chevauchait Wilson. Je n'oublierai jamais son
apparence. Pendant la nuit, sa tête avait repris en partie sa position
rectiligne, mais, en manière de précaution, je suppose, il l'avait
enseveli jusqu'au menton dans un énorme casque en peau de phoque,
que je lui avais donné pour se garantir des intempéries de la mer
polaire. Or, au moment où, la température étant à 27 degrés centi-

grades un coup de soleil était la principale chose à craindre, une
tonne de fourrures autour de son crâne ne me semblait pas d'une
nécessité absolue. Un pantalon de matelot, une brillante veste écar-
late et des bottes à l'écuyère frangées de peau de chat complétaient
son costume, et, comme il cheminait dans son état habituel de
consternation chronique, avec ma carabine rayée pendue à son dos
et un télescope sur chaque épaule, il me rappelait la figure de Ro-
binson Crusoé telle que les gravures me l'ont si souvent représentée.

Une course d'une couple d'heures à travers la plaine de lave que
nous connaissions déjà nous conduisit à une rivière, sur les bords
de laquelle nos amis de Reykiavik, après nous avoir indiqué un
barrage à saumon, prirent finalement congé de nous, en exprimant
toutes sortes de souhaits pour notre prospérité. Comme ils jetaient
les yeux sur les eaux limpides qui bruissaient et bouillonnaient
entre les pieux du barrage, l'un d'eux aperçut un saumon arrêté
entre deux barreaux; il semblait mort, mais, une fois tiré hors de
l'eau, il se montra très vivant, quoique sa queue tordue fût immuablement prise dans sa bouche. Ce phénomène amena une consultation, et les deux docteurs réunis décidèrent que c'était là un cas
de *pleurosthotonos* causé par quelque blessure à l'épine dorsale
(nous venions justement de lire le procès de Palmer), et que l'animal n'en était pas moins bon à manger. Par suite de ce verdict, un
coup sec frappé sur sa tête mit fin à son existence anormale, et il
fut suspendu à l'arçon de la selle de Wilson.

Laissés à nous-mêmes, nous poursuivîmes notre voyage aussi
rapidement que nous le permit le sol du sentier qui sillonnait la
lave. Il était si inégal qu'à chaque instant je m'attendais à voir
Snorro, c'était ainsi que j'avais baptisé mon poney, le labourer de
son nez. Au bout d'une autre heure, nous étions au milieu des montagnes. Le paysage de cette partie de l'île n'est pas des plus beaux,
les hauteurs n'étant remarquables ni par leur élévation ni par leur
forme; çà et là cependant, nous apercevions de petits espaces, assez
semblables aux landes d'Écosse, avec des lacs bleus fort calmes en-
dormis dans la solitude. Après avoir parcouru quelque temps
encore une large plaine qui, graduellement, se resserra en un
étroit vallon, nous atteignîmes une petite prairie; il était trois
heures, et Sigurdr proposa une halte.

Ayant débridé et dessellé nos montures, nous les laissâmes chercher leur nourriture en liberté, tandis que nous-mêmes, assis au soleil, sur le gazon, nous procédâmes à une collation. Pour la première fois depuis que j'avais touché les rivages de l'Islande, j'étais affamé; car, pour la première fois, quatre heures s'étaient écoulées sur cette terre sans que j'eusse été mis en demeure de manger un morceau. L'appétit des poneys semblait également bon, quoique la famine ne fût pas, probablement, chose nouvelle parmi eux. Wilson seul semblait triste. Il me confia en secret qu'il craignait que son pantalon ne pût fournir une course de plusieurs jours sans quelque solution de continuité; mais sa douleur, comme un passage en *mode mineur* au milieu d'un *allegro*, n'eut d'autre effet que de rendre notre gaîté plus expansive.

Au bout d'une demi-heure, Sigurdr donna le signal du départ, et, après avoir saisi, sellé et bridé les poneys de réserve, nous lançâmes en avant Snorro et ses compagnons, et poursuivîmes notre joyeux voyage. Une heure d'ascension le long d'une pittoresque ravine nous fit aboutir à un plateau de lave immense et désolé, qui, pendant des milles et des milles, se déployait comme un océan de pierre. On ne peut concevoir un désert plus stérile. D'innombrables cailloux entassés par les débâcles hivernales encombraient le sentier; à peine pouvions-nous aller au pas. Pas un brin d'herbe, pas une tache de verdure n'animait cette nature morte d'où ne s'élevait que le cri du courlis et le gémissement du pluvier. Les heures succédaient aux heures, et ce sombre désert semblait toujours s'étendre indéfiniment. La seule consolation que Sigurdr se permit de nous donner fut l'assurance que notre voyage se terminerait au pied d'une rangée de montagnes pourprées qui, surgissant au loin, ressemblaient aux tentes d'une armée de démons qui avait investi un horizon de pierre.

Comme il était près de huit heures et que nous savions que le trajet total de Reykiavik à Thingvalla ne dépassait pas cinquante-cinq kilomètres, je ne pouvais comprendre comment nous étions encore si loin de notre destination. J'en vins à conclure que nous avions perdu en chassant, collationnant, etc., plus de temps que nous ne l'avions supposé, et, éperonnant mon poney, je me déterminai à franchir en un temps de galop la vingtaine de kilomètres qui semblaient s'étendre entre nous et les montagnes au pied desquelles, selon Sigurdr, notre camp était dressé pour la nuit.

Jugez donc de mon étonnement, lorsque, peu de minutes après, je fus arrêté en pleine carrière par un effrayant précipice, je devrais plutôt dire un abîme, qui, s'ouvrant subitement sous mes pieds, séparait complètement le plateau désert que nous venions de traverser avec tant de labeur, d'une charmante, gaie et lumineuse plaine dont la surface, déprimée d'une trentaine de mètres au-dessous de notre niveau, se déroulait sur un espace de seize kilomètres entre nous et les montagnes opposées. Je n'ai jamais éprouvé une surprise aussi complète; le but que Sigurdr s'était proposé par sa vague indication était atteint.

Nous voici sur les bords du fameux Almannagia; vis-à-vis de nous, dans le lointain, le Hrafnagia, l'abîme correspondant, découpe, comme une noire ligne de circonvallation, la base des montagnes, et, entre deux, repose dans sa beauté et sous les rayons du soleil, la large et verdoyante plaine de Thingvalla[1].

Il y a bien des siècles, — qui pourrait en fixer le nombre? — quelque vaste commotion ébranla l'Islande jusque dans ses fondements et fit jaillir du sein du massif central de l'île un déluge de feu, dont les courants se précipitèrent entre les escarpements des montagnes, jusqu'à ce que, s'étant frayé un passage entre les gorges et les défilés, ils se réunirent dans une vaste plaine qu'ils remplirent d'un bord à l'autre, comme un creuset, de leurs matières en fusion. Alors il arriva de deux choses l'une : ou la masse vitrifiée s'étant contractée en se refroidissant, son centre formant une aire de quatre-vingts kilomètres carrés, se fendit tout autour de sa circonférence, se sépara des plateaux environnants et descendit à son présent niveau, laissant à droite et à gauche, comme témoignages de sa dislocation, les deux *gias* parallèles qui forment ses limites latérales; ou bien, pendant que la matière centrale de la lave était encore dans un état de fluidité, sa couche supérieure se solidifia et forma une voûte sous laquelle les couches en fusion se tassèrent plus tard à un plus bas niveau, plancher d'une vaste caverne dont la croûte supérieure a disparu avec le temps.

1. La plaine de Thingvalla est en grande partie garnie de broussailles et de bouleaux nains.

L'ALMANNAGIA ET LE LAC DE THINGVALLA.

La coupe géologique suivante vous mettra peut-être à même de comprendre ce qui, dans ma description, ne serait pas assez clair pour vous.

Le n° 1 désigne les deux fissures du sol appelées respectivement Almannagia ou Maingia et Hrafnagia ou Raven'sgia.

Par le fait de la dislocation de la masse vitrifiée primitive, le côté intérieur du gia forme un angle d'inclinaison accessible, tandis que la paroi extérieure, entièrement perpendiculaire, présente, du point où je la vis, une hauteur de plus de trente mètres. Le cours des ans a graduellement nivelé le fond de l'Almannagia et l'a revêtu d'un beau tapis de gazon, excepté dans la partie qu'une rivière, se précipitant du haut du plateau, a choisie pour son lit. Il ne faut pas

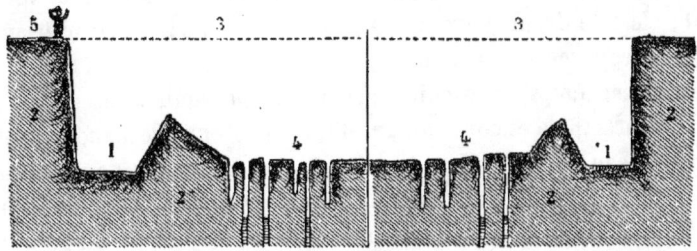

1, gias. — 2, déluge de lave. — 3, niveau primitif. — 4, niveau actuel du Thingvalla.
5, le voyageur étonné.

s'imaginer cependant que l'isolement et la dépression du sol du Thingvalla soient aussi nettement marqués dans la nature que dans la coupe ci-contre. En beaucoup d'endroits, la roche s'est fendue d'une manière très inégale, et le Hrafnagia est, sous tous les rapports, une pauvre tranchée, ses parois fréquemment éboulées ayant en bien des endroits rempli son lit de leurs débris. Dans l'Almannagia, au contraire, on peut aisément distinguer sur chaque côté des lignes et des angles correspondant, quoique à un niveau différent, avec les angles et les lignes du côté opposé, et cela aussi exactement que s'ils venaient d'être mécaniquement séparés.

2 représente l'épaisseur de la mer de lave sur les bords de la déchirure ; épaisseur que je n'ai pas eu les moyens d'évaluer.

3 marque le niveau de la surface primitive formée par la lave en ébullition.

4 indique la plaine de Thingvalla, dont la surface de treize kilomètres en tous sens est découpée par un réseau d'innombrables cre-
vasses et fissures profondes de quinze à dix-huit pieds, et assez larges
pour que chacune d'elles ait pu engloutir la bande entière de Corah.
Dans le fond de la plaine dort un vaste lac, dans lequel l'inclinaison
graduée du sol vers le nord a sans doute conduit les eaux, longtemps
amassées par les pluies et les neiges entre les strates de lave, dont
elles finirent par briser les cloisons. En regardant à travers leurs
couches d'émeraude, on peut encore suivre, sur le fond qu'elles recouvrent, des lignes profondes, indiquant des ravins et des abîmes, en
tout semblables à ceux qui ont excavé la portion sèche du Thingvalla.

Le plan ci-dessus complètera, je l'espère, ce qui peut manquer
encore à l'image que je cherche à évoquer devant les yeux de votre
esprit ; c'est le dernier argument qui me reste ; s'il est insuffisant,
je dois désespérer de ma tâche.

Mais il est temps de revenir à ma propre personne, laissée sur la
crête du précipice et contemplant d'un œil étonné le panorama de
terre et d'eau étalé au-dessous. J'étais presque muet de plaisir et
de surprise : Fitz n'était pas moins frappé de saisissement, et quant
à Wilson, il avait l'air d'un homme qui se croit arrivé au bout du
monde. Après nous avoir accordé un temps suffisant pour admirer
cette perspective, Sigurdr nous fit suivre à gauche l'arête du précipice jusqu'à un étroit défilé formé par une longue fente ouverte dans
le rocher. Nous descendîmes par là dans le fond du gia, puis, ayant
gravi la pointe opposée, nous nous trouvâmes dans la plaine de
Thingvalla. Régulièrement, nos tentes auraient dû nous y devancer ;
mais quand nous atteignîmes le petit emplacement qui leur avait
été fixé d'avance, nous n'y trouvâmes pas la moindre trace de serviteurs, de guides et de chevaux. Comme nous ne les avions pas
rencontrés sur la route, leur non-comparution était inexplicable.
Wilson émit la supposition que, le cuisinier étant mort en chemin,
ses compagnons s'étaient détournés quelque peu pour procéder à
ses funérailles, et sans doute nous les avions passés inaperçus pendant cette intéressante cérémonie. Quelle que fût la cause de l'incident, l'effet n'en était pas agréable. Nous étions exténués de fatigue
et de faim, et il commençait à pleuvoir.

Il est vrai que non loin de nous s'élevaient une église et la maison

L'ALMANNAGIA.　　　　LE THINGVALLA.　　　　L'OXERAA.

de son pasteur, toutes deux bâties en pierres et couvertes en plaques de gazon. Dans l'une peut-être nous-aurions pu trouver du lait, et dans l'autre une place pour dormir, ainsi que des gens qui valaient mieux que nous, y compris madame Pfeifer, avaient fait avant nous. Mais l'intérieur de l'église était si sombre, si humide, si froid, il avait une telle apparence de charnier, que nous nous demandâmes si coucher dans le cimetière ne serait pas réellement préférable. Vous pouvez donc vous imaginer combien nous fûmes soulagés lorsque notre convoi retardataire fut signalé à l'horizon, cheminant lentement le long de la crête pourprée du précipice que nous venions de traverser.

Une demi-heure après, le petit tertre de gazon choisi pour le site de notre camp était couvert de pieux, de caisses, de chaudrons, de bouilloires, enfin de tout l'attirail d'un établissement nomade de bohémiens. L'expérience que Wilson avait acquise chez les Cafres prit cette fois son essor, et, sous sa solennelle et effective direction, le cône sec et bien clos de notre tente s'éleva sur la pelouse. Lorsqu'il eut garni le sol de tapis de toile cirée, et disposé nos trois lits, avec leurs draps bien proprets, bien tirés, leurs rideaux et leurs couvertures au complet, dans le fond de la tente, il prépara sur le devant notre table à manger avec autant de décorum que si nous avions attendu à dîner l'archevêque de Cantorbéry. Pendant ce temps, le cuisinier, un peu pâle, à la vérité, et se mouvant, je l'avoue, avec difficulté, était mystérieusement enfermé avec une lampe à esprit-de-vin sous une tente en miniature d'où s'exhalaient de temps en temps les plus délicieuses odeurs. Olaf, le guide, et ses camarades avaient lâché les chevaux dans les pâturages voisins ; Sigurdr et moi, pour patienter, nous nous enfonçâmes dans une partie d'échecs. L'ondée qui nous avait un instant menacés était maintenant dissipée ; quoiqu'il fût plus de neuf heures du soir, on y voyait comme en plein midi ; le ciel avait l'air d'une voûte d'or, et un silence ininterrompu, une paix profonde régnaient sur cette belle plaine, dont la robe de gazon recouvre les traces de tant de convulsions antiques.

Vous pouvez croire que notre dîner se passa gaiement : le saumon attaqué de tétanos fut trouvé excellent ; il fut suivi de pluviers et de ptarmigans d'un inappréciable fumet ; mais hélas ! je regrette d'avoir à ajouter que l'artiste auquel nous devions la préparation de ces morceaux de choix, une fois sa tâche remplie, et n'étant

plus soutenu par l'énergie factice résultant de son enthousiasme
professionnel, succomba tout à coup à ses fatigues, et, se retirant
sous sa tente, comme Psyché dans *la Princesse*, tomba sur sa
couche, sans voix et sans mouvement.

Après une ou deux autres parties d'échecs, quelques causeries
enjouées et une charmante promenade, nous nous mîmes aussi au
lit ; et, pendant les huit heures suivantes, le silence complet de notre
petit camp ne fut troublé, de fois à autre, que par Wilson, ébranlant
de ses ronflements, semblables à des sanglots, les murs de toile
qui le protégeaient.

Quand je m'éveillai, je ne sais trop à quelle heure, car à cette
époque nous avions perdu toute notion distincte du jour et de la
nuit, des flots de lumière inondaient la tente, et tout le paysage
environnant étincelait, resplendissait dans sa beauté, sous les rayons
d'une des plus chaudes journées d'été dont j'aie jamais été favorisé.
Nous déjeunâmes en manches de chemise, et je dus enrouler un
mouchoir blanc autour de ma tête pour la préserver du soleil.

Nous sentant tous encore un peu courbaturés de notre chevauchée
de la veille, je ne pus résister à la tentation d'employer le reste du
jour tout entier à examiner à loisir les étranges beautés des environs. Indépendamment de ces curiosités naturelles, Thingvalla
m'offrait un intérêt d'un autre genre, mais plus vif encore, dans les
traditions historiques qui s'y rattachent. Là, dans les temps anciens,
à une époque où le despotisme féodal était le seul mode de gouvernement connu en Europe, des assemblées libres avaient coutume
de siéger en paix et de régler les affaires de la jeune république, et
à l'heure présente, l'enceinte de ce local parlementaire est aussi
distincte, aussi invariable que le jour où les généreux pères de la
colonisation islandaise le consacrèrent au service d'une société libre.

Par un caprice de la nature, au milieu de cette plaine déprimée et
que des milliers de fissures déchirent et découpent, une aire, formant un ovale irrégulier d'environ soixante mètres sur quinze, a été
réservée et entourée dans tout son pourtour par une crevasse dont
la largeur et la profondeur suffisent à rendre cette espèce d'île ina-
bordable, si ce n'est par un isthme étroit, placé à l'une de ses extrémités, et qui la joint à la plaine voisine en donnant accès dans son
intérieur. Il est vrai que sur un point, un seul de cette enceinte,

L'ALMANNAGIA. LE THINGVALLA. L'ALTHING.

l'ouverture béante du précipice se resserre assez pour qu'il ne soit pas impossible de la franchir d'un bond, et, dans les anciens jours, un galant homme, nommé Flosi, échappa par cette voie à ses ennemis qui le poursuivaient; mais comme deux ou trois centimètres en moins dans l'élan du sauteur eussent eu pour effet certain sa noyade dans les limpides eaux vertes qui dorment à une douzaine de mètres au-dessous, vous devez concevoir qu'il n'y a jamais eu beaucoup à craindre que ce mode de passage devînt très usité. Pour moi, j'avoue qu'un instant, pendant que je contemplais le théâtre de l'exploit de Flosi, j'éprouvai, — en vrai Breton, — un stupide désir de conquérir le droit de dire que j'en avais fait autant.... Cette lettre, écrite par un homme plein de vie, est une preuve que je n'ai pas tardé à reprendre possession de mon bon sens.

Le site, que la nature avait presque taillé en forteresse, fut donc choisi par des fondateurs de la constitution islandaise pour être le siège de leur Thing[1], ou Parlement.

Des gardes armés en défendaient l'entrée, pendant que les graves législateurs délibéraient en toute sécurité dans l'intérieur. Encore aujourd'hui, à l'extrémité supérieure de l'enceinte, on voit les trois éminences sur lesquelles siégeaient solennellement les chefs et les juges de l'île.

Mais ces grands vieux jours ont passé depuis lomgtenps; depuis longtemps l'Oxeraa ne voit plus sur ses rives se dresser les tentes et les huttes de l'assemblée souveraine, et nul athlétique Berserker ne garde l'étroite entrée de l'Althing. Les corbeaux seuls habitent sur la montagne sainte de la loi, et la pelouse de l'antique parlement islandais est ignominieusement livrée à la dent des moutons d'un pauvre ecclésiastique. Pendant trois cents ans, la vaillante petite république maintint son indépendance : trois cents ans d'une énergie politique et littéraire sans égale ! Mais les jours de décadence arrivèrent enfin pour elle aussi. Ses propres chefs intriguèrent contre l'indépendance du peuple confié à leurs soins, comme firent les nobles écossais au temps d'Élisabeth, et en 1261 l'Islande devint un apanage de la couronne de Norvège. Il est vrai que l'acte

---

1. De *thing*, parler. Il nous reste un vestige de ce même mot dans Dingwall, ville du Rosshire. (*Note de l'auteur.*)

même par lequel ils aliénèrent leur indépendance est conçu en termes assez altiers pour ressembler bien plus à une offre d'alliance sur le pied de l'égalité qu'à une renonciation à des droits souverains. Bientôt, néanmoins, l'engourdissement inévitable qui envahit les facultés de tout peuple qui *se laisse délivrer* du joug salutaire de la discipline et des devoirs de la liberté, plongea dans une complète atonie morale, politique et intellectuelle ces insulaires, jadis si remuants.

Lorsque l'union de Calmar réunit en une seule les trois monarchies scandinaves, le peuple islandais passa passivement sous le sceptre danois. Depuis ce temps, des proconsuls danois l'ont gouverné et administré, et des restrictions danoises ont régi leur commerce. Les traditions de leur antique autonomie sont devenues aussi vaines, aussi surannées que celles qui célèbrent la renommée évanouie de leurs poètes et de leurs historiens, ainsi que les exploits de leurs marins. A la vérité, l'adoption de la réforme de Luther galvanisa un instant le semblant d'activité que conservait leur vieil esprit littéraire. Une presse à imprimer fut introduite chez eux dès l'an 1530, et, depuis cette époque, quelques ouvrages de mérite ont été produits de temps en temps par le génie islandais. Shakespeare, Milton, Pope ont été traduits dans la langue des Sagas ; je n'ai jamais vu de journal aussi bien imprimé que celui qui se publie maintenant à Reykiavik, et les collèges de Copenhague se glorifient de maint illustre écolier islandais. Mais la gloire des anciens jours a disparu, et c'est à travers une série plate et désolée d'ignobles annales, aussi sèches et aussi arides que les plaines de lave qui leur servent de théâtre, que l'étudiant peut remonter jusqu'aux glorieux drames de l'histoire ancienne de l'Islande.

Comme je contemplais en silence la plaine déserte, et que j'errais çà et là sur la pelouse infréquentée qui revêt aujourd'hui le sol de l'Althing, j'avais quelque peine à me persuader que je parcourais la lice où tant de fiers et énergiques esprits s'étaient rencontrés; que ces rocs calcinés étalés devant moi fussent les mêmes qui inspirèrent jadis un des plus heureux arguments qui aient jamais été hasardés dans une assemblée politique.

Les détails du débat auquel je fais allusion ayant été soigneusement conservés, je puis vous en donner un extrait : aucun passage

plus caractéristique ne peut guère être détaché des annales parle-
mentaires de l'Islande.

Dans l'été de l'an 1000, lorsque Éthelred le Lent régnait en Angleterre, et quatorze ans après que Hugues Capet eut remplacé le
dernier Carlovingien sur le trône de France, la législature islandaise
fut appelée à délibérer sur un objet d'une haute importance; ce
n'était rien moins, en vérité, qu'une enquête sur les mérites
d'une nouvelle religion, récemment introduite dans l'île par les
émissaires d'Olaf Triggveson, le premier roi chrétien de Norvège,
et le même qui démolit le pont de Londres. L'assemblée se réunit;
les missionnaires norses furent invités à exposer devant elle les
dogmes de la foi qu'ils étaient chargés de propager, et les débats commencèrent. Grande et ardente était la divergence des opinions. Le
bon vieux parti *tory*[1], s'appuyant sur l'autorité d'un fait établi, le
culte d'Odin, déployait la plus violente opposition. Les *whigs* plai-
daient en faveur de la réforme, et comme le roi entrait dans leurs
vues, ils insistaient étrangement sur le *droit divin*. Quelques
orateurs libéraux se permirent même de parler avec sarcasmes de
la taverne du Valhalla et du cou-de-pied de Fréya. La discussion
était montée à ce niveau, quand un rugissement effrayant de
tonnerre souterrain ébranla le pourtour de l'Althing... « Écoutez !
s'écria un membre du parti païen, c'est Odin irrité et qu'outrage
cette délibération même; ses feux vont nous consumer. » A quoi un
orateur toujours prêt, du côté opposé, répliqua sur-le-champ en
désignant la plaine dévastée qui l'entourait : « Je demanderai à
l'honorable préopinant quels motifs irritaient ses dieux quand ces
rochers en ébullition jaillirent du sein de la terre? » Profitant de
l'effet produit par cette réplique, le *Commissaire de la trésorerie*[2]
demanda, sans désemparer, le vote par division, et la religion chrétienne fut adoptée à une grande majorité.

Les premiers missionnaires chrétiens débarqués en Islande
semblent avoir été des semeurs quelque peu étranges de la parole
évangélique. Leur chef se nommait Thangbrand. Semblable à ces

1. L'auteur emploie ici les noms des deux partis, les tories et les whigs, qui, depuis
près de deux siècles se disputent le gouvernement en Angleterre.
2. Titre que porte ordinairement le chef et le premier ministre du cabinet britannique.

ministres protestants que la reine Élisabeth chargea de la conversion de l'Irlande, il n'avait été dépêché en Islande que parce qu'il
était trop mal famé pour continuer à vivre en Norvège. Un vieux
chroniqueur nous en a laissé une singulière description : « Thangbrand, dit-il, homme passionné, ingouvernable et grand meurtrier,
était aussi un clerc habile et instruit. Thorvald et Veterlid le scalde
ayant composé une satire contre lui, il les tua tous les deux sans
scrupule. Il passa deux ans en Islande, et il avait sur la conscience
trois morts d'homme quand il la quitta. »

De l'Allthing, notre promenade nous conduisit à l'Almannagia,
en nous faisant visiter en chemin l'abîme des Exécutions. Ainsi que je
l'ai déjà mentionné, une rivière traversant le plateau se précipite
en cascade dans les profondeurs du Gia et coule pendant un certain
temps entre ses parois. Au pied de la chute, les eaux tournoient un
instant au fond d'un sombre et profond abîme bordé d'un cercle
de roches écroulées. Là, dans les anciens jours, toute femme con-
vaincue d'un crime capital était conduite et précipitée. La sorcel-
lerie semble avoir été le péché mignon des dames de cette époque,
surtout en Scandinavie. Pendant longtemps, aucune disgrâce n'avait
été attachée à la profession de cet art. Odin lui-même en avait été un
ardent adepte, et la tradition dit même formellement qu'il éprouvait
une grande faiblesse chaque fois qu'il avait accompli quelque acte
de magie, ce qui me ferait supposer que peut-être il se mêlait de
magnétisme.

L'avènement du christianisme fit tomber ces pratiques dans
le discrédit; de sévères châtiments furent décrétés contre elles,
et enfin leurs mystères devinrent le monopole des Lapons.

Tous les criminels, hommes et femmes, étaient soumis au
jugement d'un jury, et l'accusé avait contre les membres de celui-ci
le droit de récusation, ainsi qu'il résulte des deux passages suivants
du livre des Lois :

« Les juges doivent aller siéger le samedi (washday) et rester en
séance, à cause des récusations, jusqu'à ce que le soleil du dimanche
brille sur Thingvalla. Le droit de récusation cessera aussitôt que,
de la montagne de la loi (Lodberg), on n'apercevra plus le soleil
sur le bord occidental du précipice voisin. »

En nous éloignant de ce que je pourrais appeler le théâtre de plus

DESCENTE DANS L'ALMANNAGIA.

d'une tragédie oubliée, nous descendîmes vers le lac par le lit même
de l'Almannagia, et je profitai de cette circonstance pour étudier de
nouveau les merveilles de sa formation. Les murs perpendiculaires
qui le bordent de chaque côté surgissent aussi nettement du tapis
vert de gazon qui garnit son fond, que les eaux de la mer Rouge ont
dû se dresser de chaque côté de la voie ouverte aux Hébreux
fugitifs. Des flots de lumière inondaient une de ces parois de rochers, pendant que l'autre était laissée dans la plus profonde
obscurité; et, sur la surface rugueuse de toutes les deux, on pouvait
encore retrouver la correspondance des saillies et des dépressions
qui s'étaient formées dans chacune d'elles au moment du retrait de
la masse ignée. Les traces de cette convulsion sont encore si inal-
térées, paraissent si récentes, que j'aurais pu croire qu'une des plus
grandes et des plus violentes opérations de la nature venait de se
passer presque sous mes yeux.

Un trajet d'environ trente minutes nous amena sur les bords du
lac, — glorieuse nappe d'eau de vingt-quatre kilomètres de longueur
sur treize de largeur et occupant un bassin formé par les mêmes
montagnes qui ont, sans doute, arrêté les progrès ultérieurs du torrent de lave.

J'ai rarement été témoin d'une plus belle scène : sur le premier
plan gisent d'énormes masses de rocs et de laves, entassées comme
les ruines d'un monde, et lavées par des eaux aussi brillantes et
aussi vertes que de la malachite polie. Au delà se groupent des montagnes lointaines, revêtues, par la transparence de l'atmosphère, de
teintes inconnues en Europe, étageant l'une au-dessus de l'autre
leurs cimes dans le miroir d'argent étendu à leurs pieds, tandis
que de loin en loin, du sein de leurs flancs pourprés, des colonnes
de blanches vapeurs s'élèvent, comme l'encens d'un autel, vers
l'impassible azur du ciel.

Au retour, nous trouvâmes le dîner prêt. J'avais invité le pasteur
de Thingvalla, ainsi qu'un gentilhomme allemand qui logeait chez
lui, et en dix minutes nous étions les meilleurs amis du monde.
La conversation, il est vrai, se soutenait à l'aide d'un jargon quelque
peu sauvage, formé de six différents idiomes : islandais, anglais,
allemand, latin, danois et français. Mais, en dépit de la difficulté avec
laquelle s'exprimait mon convive germain, il était impossible de ne

pas être touché de la simplicité et de la naïve ardeur de son caractère. Il pouvait avoir vingt-cinq ans, avait le grade de *docteur en philosophie*, et était venu en Islande pour y chasser des moucherons. Après avoir tiré de cet exercice tout le parti possible en Islande, il espérait, disait-il, s'y livrer pendant quelques années en Espagne, la solitude des moucherons espagnols n'ayant pas, à ce qu'il paraît, été troublée jusqu'à ce jour. La vérité est que mon hôte était un entomologiste évidemment toujours préparé à aborder les épreuves et les dangers qu'il pouvait rencontrer dans la poursuite des objets de son étude, avec une sérénité d'âme digne d'un apôtre d'une religion nouvelle. Rien n'était plus touchant que de l'entendre décrire l'intensité de la joie qu'il éprouvait, lorsque, après bien des jours et des nuits de vains labeurs, il était enfin récompensé par la découverte de quelque petit diptère encore inconnu. Aussi ce fut de tout mon cœur qu'au moment du départ je lui souhaitai tout le succès possible dans sa carrière et la renommée que méritaient des travaux aussi consciencieux. Mais cette dernière partie de mes vœux lui causa comme une sorte de frisson et, avec une sincérité dont on ne pouvait douter, il renia, comme indigne, un aussi pauvre mobile que la soif de la gloire. Bref, c'était un de ces calmes, de ces laborieux esprits qu'on ne trouve plus guère que dans la race teutonique, et qui, consacrant tous les jours de leur existence, toute la simplicité et toute l'énergie de leur cœur à la poursuite de quelque objet spécial, vivent dans une noble obscurité et meurent, en fin de compte, avec la confiance d'avoir ajouté une pierre à la tour de connaissances que les hommes élèvent vers le ciel : satisfaits de ce résultat, lors même que le monde devrait toujours ignorer la main forte et patiente qui l'a obtenu.

Le lendemain matin, nous prîmes la route des Geysers, après avoir, cette fois, divisé le bagage et envoyé en avant le matériel du dîner avec un détachement de cavalerie légère sous les ordres du cuisinier. L'azur était encore sans nuage, et chaque mille franchi nous découvrait quelque merveille du sol et du ciel. Une course de trois heures nous avait fait traverser le Rabnagia, limite orientale du Thingvalla ; une fois au sommet de ces rugueux escarpements, nous donnâmes un dernier regard à la belle plaine déroulée sous nos pieds, puis nous nous lançâmes courageusement à travers un autre aride plateau de lave, de la même nature que celui que nous avions dû parcourir naguère pour atteindre l'Almannagia. Mais, au lieu de l'immensité sans bornes qui nous avait presque découragés là-bas, nous n'eûmes ici qu'une perspective terminée par une rangée de montagnes étrangement bigarrées et se dressant devant nous en formes si fantastiques que je ne pouvais détourner les yeux. Alors, je ne sais si ce fut le café trop fort que j'avais bu ou la vivacité de l'air ambiant qui agit sur mon imagination, mais, pour sûr, je me crus cheminant vers un point mystérieux de l'espace ou du temps, où je devais soudainement me heurter soit à un griffon aux vertes écailles, soit à une princesse aux cheveux d'or, ou enfin à toute autre bonne fortune des anciens jours. Il est vrai qu'on ne pouvait concevoir une scène plus appropriée à une pareille rencontre que celle qui s'ouvrit devant nous comme nous tournions autour des flancs de la chaîne calcinée que nous venions d'atteindre. C'était une plaine parfaitement unie et gazonnée, d'environ une lieue carrée, en forme de fer à cheval et entourée par un cercle nu de montagnes, de scories et de cendres qui dressaient en amphithéâtre rouge, noir et jaune une centaine au moins de pics fantastiques. Pas une trace de végétation n'animait l'aridité de leurs flancs vitrifiés, pendant que le verdoyant tapis étendu à leur base ne servait qu'à donner à leur cercle plutonien une apparence plus fatidique et plus infranchissable. Si j'avais eu un cor et une lance, j'aurais tiré de l'un une fanfare de défi, puis, après avoir dardé l'autre sur les quatre points cardinaux, j'aurais attendu avec calme ce qui aurait pu en advenir. Trois flèches bravement lancées devant moi auraient probablement amené la découverte d'une trappe massive portant un anneau de fer ; mais faute de cor, de lance et de flèches, nous mîmes simplement pied à terre pour collationner. Cependant, même alors, je ne pus m'empêcher de penser combien il était heureux que, ne mangeant pas de dattes, nous ne pussions, par inadvertance, lancer les noyaux dans les yeux de quelque génie curieux, rôdant dans le voisinage.

Après avoir donné au repas le temps voulu et échangé nos montures, nous gagnâmes au galop l'autre côté de la plaine[1] ; et quand

---

1. Le lecteur curieux peut remplacer l'ascension que n'a pas faite lord Dufferin par la lecture de celle qu'a effectuée M. Noël Nougaret en 1866 et dont il raconta le récit dans le tome II de l'an 1868 du *Tour du Monde*.

nous eûmes doublé l'extrémité de l'hémicyle, nous nous trouvâmes
tout à coup dans une région qui différait des montagnes de cendre
que nous venions de quitter, autant que celles-ci avaient peu rap-
pelé le paysage volcanique vu le jour précédent. Sur notre gauche
s'élevait un long rempart de montagnes vertes, découpées de loin en
loin par des gorges semblables aux glens écossais, pendant que de
leur base jusqu'aux bornes de l'horizon s'étendait une vaste surface
de prairies, arrosées par deux ou trois rivières, qui s'allongeaient,
se déroulaient, se repliaient sur elles-mêmes comme de bleus serpents. Çà et là, de blanches masses de vapeur s'échappant des innombrables ondulations du sol, rappelaient les puissantes chaudières
toujours à l'œuvre sous la fraîche, humide et verdoyante pelouse;
tandis que de grands lacs sauvages et des cônes de montagnes solitaires et tronqués rompaient l'uniformité de cette lande et dirigeaient les regards vers un point de l'horizon où les trois pics du
mont Hécla dessinaient leurs contours nets et glacés sur l'azur du ciel.

Rien n'était plus *tantalisant* que de passer dans le voisinage de
ce fameux volcan sans pouvoir y faire une ascension; mais une
expédition de ce genre nous eût demandé trop de temps. En apparence, l'Hécla diffère très peu des autres montagnes ignées qui
hérissent de leurs cônes innombrables la surface de l'île. Il consiste
en une pyramide d'environ cinq mille pieds de hauteur, formée de
scories et de cendres, consolidées et soudées par les matières en fusion qui sont sorties de ses flancs. Entre 1004 et 1766, on a compté
vingt-trois éruptions de ce volcan, séparées par des intervalles variant de soixante-six ans. Celle de 1766 fut des plus violentes. Elle
s'annonça par l'apparition d'une immense colonne de poussière noire
montant lentement vers le ciel avec accompagnement de tonnerres
souterrains et de tous les autres symptômes qui précèdent les convulsions volcaniques. Bientôt un cercle de flamme entoura le cratère,
et des masses rougies de rochers, de pierres ponces et magnétiques
furent lancées avec une effroyable violence à d'incroyables distances,
et cela en un jet si continu et si serré, que des témoins l'ont comparé
à un immense essaim d'abeilles s'échappant du sein de la montagne.
Un bloc de pierre ponce de six pieds de circonférence fut projeté à
plus de trente-deux kilomètres, et un autre, de fer natif, à plus de
vingt-cinq. La surface de la terre fut couverte, dans un rayon de

deux cent quarante kilomètres, d'une couche de cendres de dix centimètres d'épaisseur. L'air en était si obscurci, qu'en un lieu éloigné
de deux cent vingt-cinq kilomètres du foyer de l'éruption, on ne pouvait distinguer à quelques pas une feuille de papier blanc d'une
feuille noire. Les pêcheurs ne purent aller en mer, à cause des ténèbres, et les habitants des Orcades furent saisis d'effroi et mis hors
d'eux-mêmes par la chute de ce qu'ils crurent être *une neige noire.*
Le 9 avril, la lave commença à déborder du cratère, coula sur un espace de huit kilomètres dans une direction sud-ouest, et bientôt
après, comme si tous les éléments étaient tenus de jouer un rôle dans
cet infernal charivari, une large colonne d'eau fendit, comme la seconde flèche de Robin-Hood, la colonne de cendres, et jaillit à plusieurs centaines de pieds de hauteur. L'horreur de ce spectacle était
encore augmentée par des ébranlements souterrains et d'épouvantables détonations qui s'entendaient à quatre-vingt-treize kilomètres de
distance.

Si effrayante qu'ait été cette convulsion de l'Hécla, elle semble
pourtant pâle et insignifiante en comparaison des phénomènes bien
autrement terribles qui accompagnèrent l'éruption d'un autre volcan appelé le Skapta Jokul. De toutes les contrées de l'Europe, l'Islande est celle qui a donné lieu aux travaux topographiques les plus
minutieux; plus minutieux même que le cadastre de l'Irlande. Ces
travaux, qui semblent avoir été la marotte du gouvernement danois,
ont eu pour résultat une carte admirablement exécutée, sur laquelle
la moindre petite crevasse, le plus chétif torrent et le moindre
courant de lave sont reportés avec une perfection étonnante. Cependant, dans la partie sud-est de l'Islande, une large tache blanche
rompt la continuité de ces lignes microscopiques. Partout ailleurs,
les ingénieurs ont exploré le sol de l'île; seul un vaste espace de
mille cinquante kilomètres carrés a défié leurs investigations. Sur
cette aire, où le Skapta Jokul élève ses cimes ceintes de champs de
neige et d'éternels glaciers, le pied de l'homme ne s'est jamais posé.
C'est pourtant du sein de ce discret désert qu'est descendu le plus
épouvantable fléau qui ait ravagé l'île.

Cet évènement eut lieu en 1783. L'hiver et les premiers jours du
printemps avaient été d'une douceur inaccoutumée. Vers la fin de
mai, un léger brouillard bleuâtre commença à flotter autour de la

ceinture vierge du Skapta ; son apparition fut accompagnée, dans le commencement de juin, par un fort tremblement de terre. Le 8 du même mois, d'immenses colonnes de fumée, réunies dans la partie nord de cette région montagueuse, se mirent en mouvement dans la direction du sud, marchant contre le vent, et enveloppèrent de ténèbres tout le district de Sida. Un tourbillon de cendres s'abattit alors sur la face de la contrée, et, le 10, d'innombrables jets de flammes étaient vus jaillissant et serpentant au milieu des précipices glacés de la montagne, pendant que la rivière Skapta, une des plus larges de l'île, après avoir roulé dans la plaine un immense volume d'une fétide bouillie d'eau et de poussière volcanique, disparaissait tout à coup.

Deux jours après, un courant de lave issu de sources dont aucun pied mortel n'a foulé les abords, vint se précipiter dans le lit de la rivière desséchée et, en peu de temps, quoique ce chenal béant ne présentât pas moins de cent quatre-vingt-dix mètres de profondeur sur soixante de large, le déluge de feu surmonta ses rives, traversa la basse contrée de Medalland, et, roulant devant lui comme une nappe le sol tourbeux de cette plaine, vint se jeter dans un grand lac, dont les eaux, vaporisées au contact de cette brûlante invasion, s'évanouirent en bouillonnant et en sifflant dans les airs.

Ayant comblé entièrement en peu de jours le vaste bassin du lac, l'inépuisable torrent reprit sa marche ; mais, divisé cette fois en deux courants, il alla avec l'un recouvrir d'anciens champs de lave, et, se rejetant avec l'autre dans le lit de la Skapta, il s'élança en cascades de feu du haut des cataractes de Stapafoss. Ce n'est pas tout : pendant qu'un fleuve de lave avait choisi la Skapta pour son lit, un autre, descendant dans une direction différente, ravageait les deux rives du Herverfisfliot et se précipitait dans la plaine avec plus de fureur et de rapidité que le premier. Il est impossible de savoir si tous deux sortaient du même cratère, car le creuset d'où ils s'épanchèrent au loin était situé au cœur même d'un inaccessible désert, et même on ne peut mesurer la puissance de cet épanchement de matières ignées qu'à partir du point où il atteignit les districts habités. On calcule que le courant qui combla la Skapta a environ quatre-vingts kilomètres de long sur vingt ou trente dans sa plus grande largeur, et que celui qui suivit le cours du Herverfisfliot forme une bande de quatre-vingts kilomètres sur onze. Là où elle fut emprisonnée entre les hautes berges de la Skapta, la couche de lave atteint cent cinquante et même quatre-vingts mètres d'épaisseur, et en conserve près d'une trentaine dans la plaine même. L'éruption de poussière, de cendres, de ponces et de laves continua jusqu'à la fin d'août, époque où ce drame plutonien se termina par un violent tremblement de terre.

Pendant toute une année, un lourd dais de nuages pulvérulents demeura étendu sur l'île. Le sable et les cendres recouvrirent sans retour des milliers d'acres de fertiles pâturages. Les îles Féroé, les Shetlands et les Orcades furent inondées de cette poussière volcanique, qui souilla même d'une manière perceptible les cieux cléments de l'Angleterre et de la Hollande. Des vapeurs méphitiques infectèrent l'atmosphère de l'Islande entière; même le gazon que n'avait pas atteint la pluie de cendres fut entièrement consumé. Le poisson périt dans la mer infectée, une épizootie se déclara dans le bétail, et une épidémie semblable au scorbut attaqua les habitants eux-mêmes. Stephenson a calculé que 9000 hommes, 28000 chevaux, 11000 bêtes à cornes et 190000 moutons moururent par suite de cette seule éruption. Les calculs les plus modérés portent le chiffre des décès humains à 1300, et celui des animaux à environ 156000.

Au reste, ce même siècle avait été tout entier funeste à la malheureuse population de l'Islande. Pendant ses premières années, la petite vérole avait enlevé plus de 16000 personnes; plus tard, 10000 autres périrent par une famine causée par une succession de mauvaises saisons; sans compter que, de fois à autre, les côtes méridionales furent considérablement dépeuplées par les incursions de corsaires anglais et même de pirates d'Alger.

Le reste de notre journée nous conduisit à travers une contrée moins intéressante que celle que nous avions parcourue avant notre goûter. Nous longions presque toujours la base des montagnes, nous arrêtant seulement de loin en loin pour prendre un verre de lait dans quelque rare ferme perchée sur un monticule. Parfois, après avoir doublé une vallée verte et même buissonneuse (il n'y a pas d'arbres en Islande[1]; l'objet qui s'en rapproche le plus

---

1. On assure que l'île a jadis été couverte de bois qu'a détruits l'incurie des habitants.

est un bouleau nain qui mérite à peine le nom d'arbuste), il nous fallait gravir les flancs de quelque contrefort avancé d'où nous dominions la perspective sauvage des basses terres situées à notre droite. Si, au contraire, pour éviter la montée, nous prenions par la plaine, nous étions sûrs d'avoir à nous débattre, pendant une bonne demi-heure, sur les épaules des chevaux au milieu d'un bourbier digne de l'Irlande. Après cinq heures environ de ce travail, nous atteignîmes les bords d'une large et très singulière rivière, nommée la Bruarå. Sur une bonne moitié de sa traversée, elle est parfaitement guéable, mais juste au milieu de son lit existe une dépression profonde, dans laquelle les eaux de chaque rive se renversent d'elles-mêmes pour aller à quelques pas plus bas précipiter leurs masses réunies du haut d'un rocher. On franchit cet abîme sur quelques planches de bois placées, là, j'imagine, pour donner aux voyageurs la faculté de se vanter plus tard d'avoir traversé une rivière sur un pont qui lui-même est submergé.

Pendant tous ces exploits, la fatigue et la faim nous gagnèrent; il était onze heures du soir, et il y en avait bien douze ou treize que nous étions à cheval, sans compter quelque demi-heure de rude course à la poursuite des ptarmigans et des pluviers. Bien des questions furent adressées à Sigurdr sur la distance qui nous restait encore à parcourir; bien des conjectures furent hasardées sur cet autre sujet intéressant : « Le cuisinier serait-il arrivé à temps pour apprêter notre dîner ? » Enfin, après deux autres heures de pénible allure, nous aperçûmes droit devant nous une colline basse, brune, à pente rapide et rugueuse, entièrement détachée de la chaîne dont nous avions suivi le pied toute la journée. Quelques minutes après, nous avions tourné autour de son extrémité extérieure, et nous nous trouvions en présence des vaporeux Geysers. Je ne crois pas pouvoir vous donner une meilleure idée de l'aspect de la localité que de vous la représenter comme une surface d'à peu près six hectares cinquante ares, qu'un désastre quelconque aurait criblée de trous et d'orifices béants. Pas un brin de verdure ne croît sur ce sol brûlant formé d'une argile impure, d'un rouge livide, plissée par bandes et hérissée d'incrustations et de dépôts aquatiques.

Assez naturellement, notre premier mouvement, en descendant de cheval, fut de courir tout d'abord au grand Geyser. Comme il gît à l'extrémité la plus éloignée de ce groupe de sources thermales, nous dûmes traverser, pour l'atteindre, le diamètre entier de cet échiquier d'eau bouillante et de fondrières de vase chaude; conséquemment, nous n'arrivâmes devant lui qu'avec des pieds emplâtrés jusqu'aux chevilles. Mais notre empressement nous servit d'excuse.

Un calme bassin siliceux, de dix-neuf mètres de diamètre et d'un mètre vingt centimètres de profondeur, percé au fond d'une ouverture, exactement comme les cuvettes de toilette en usage sur les bateaux à vapeur, s'étendait devant nous, plein jusqu'au bord d'une eau chauffée juste au degré de l'ébullition, tandis qu'au-dessus de nos têtes s'élevait une grande colonne de vapeur, qu'avec un peu d'imagination on pouvait supposer prête à se changer d'un moment à l'autre en quelque génie fantastique. Les bords du bassin étaient formés d'incrustations siliceuses, et des couches de cette substance, rappelant assez celles qui forment la coquille de l'huître, s'étendaient, en pente douce, tout autour des flancs du réservoir.

Ce rapide coup d'œil donné à ce que nous étions venus voir de si loin ayant pour le moment satisfait notre curiosité, la faim nous poussa avec une grande anxiété à la recherche de notre cuisinier, et notre joie fut grande, vous pouvez croire, quand nous découvrîmes ce digne fonctionnaire élaborant, sur un mamelon du voisinage, les derniers apprêts de notre dîner. Parti une heure avant nous et dirigé par un bon guide, il nous avait devancés de près de deux heures sur le terrain; là, avec le coup d'œil d'un général consommé, ayant saisi la clef de la position, changé en bouilloire de campagne un méchant petit babillard de geyser, creusé ses fourneaux dans la molle et chaude argile et profité d'un tuyau naturel pour improviser une cheminée, il s'était complètement rendu maître de la situation. Il était près d'une heure après minuit lorsque nous nous assîmes autour de son dîner, sous une lumière égale à celle du jour.

Le convoi portant nos bagages, nos tentes et nos lits n'étant pas encore arrivés, nous trouvâmes très heureux d'être favorisés par une nuit aussi sèche. Après avoir dépêché tout ce qu'on nous avait servi, nous étions tranquillement assis, savourant notre café infusé dans l'eau des Geysers, quand soudain il nous sembla que sous nos pieds éclatait l'explosion d'une batterie souterraine; la terre trembla, et

Sigurdr, se levant en sursaut, renversa l'échiquier sur lequel nous allions commencer une partie, et s'élança en toute hâte vers le grand bassin. Lorsque nous arrivâmes sur ses bords, tout bruit avait cessé et nous ne pûmes remarquer qu'un léger mouvement ondulatoire dans sa partie centrale, comme si quelque génie avait troublé l'eau en la traversant. Irrités de cette fausse alerte, nous résolûmes de nous venger de notre désappointement en allant tourmenter le Strokr. Il faut que vous sachiez que le Strokr, ou *la Baratte*, est un infortuné geyser si peu maître de ses passions ou de son estomac, qu'on en obtient un jet à volonté. Il n'est nécessaire, pour cela, que de réunir une certaine quantité de mottes de terre ou de gazon et de les précipiter dans son orifice. Comme il n'a pas un bassin qui le protège contre ces libertés, on peut s'approcher jusqu'au bord de cette espèce de puits, large d'environ un mètre et demi, se pencher sur la margelle, en contemplant les eaux bouillantes qu'il contient à une grande profondeur. Au bout de quelques minutes, la potion que vous venez de lui administrer commence à l'incommoder; il s'agite avec colère, tourmenté par les nausées d'un malaise croissant; il grogne, il siffle, il bout, et vous crache au nez avec une maligne véhémence, jusqu'à ce qu'enfin, rugissant de douleur et de rage, il lance dans les airs une colonne d'eau de douze mètres de hauteur, qui emporte avec elle tous les bols que vous lui avez fait avaler et les rejette chauds et à demi digérés à vos pieds. L'estomac du pauvre diable est tellement irrité de l'outrage qu'il vient de subir, que longtemps encore après qu'il ne contient plus de matières étrangères, il continue à avoir le hoquet et à expectorer, jusqu'à ce qu'enfin, complètement épuisé, il se replie sur lui-même en gémissant et se retire au fond de sa tanière.

Fiers au plus haut point du succès de cette expérience, nous allâmes examiner les autres sources. Aucune d'elles ne mérite, je pense, une mention pariteulière; toutes ont le caractère général des deux que j'ai décrites; elles n'en diffèrent que par leurs dimensions infiniment plus étroites, leur puissance et leur importance infiniment moindres. Mais il y a dans le voisinage un autre jeu de la nature qu'on ne peut passer sous silence. Imaginez une large et irrégulière ouverture béante dans un lit de blanche et délicate argile, ouverture remplie jusqu'au bord d'une eau thermale parfaitement

LA PLAINE DES GEYSERS.

immobile, et d'un bleu aussi brillant que celle de la grotte d'Azur
à Capri, et dont les profondeurs transparentes vous permettent
d'entrevoir l'entrée d'une vaste caverne sous-marine qui s'étend
sous vos pieds dans une direction horizontale, jusqu'à une distance
que Dieu seul connaît. Les murs, les voûtes de ces galeries im-
mergées paraissent réellement, au regard qui les contemple, comme
si elles étaient construites avec le plus pur lapis-lazuli, et si mince
est la croûte qui enveloppe le tout, que nous n'étions pas sans
crainte que, se brisant sous notre poids, elle ne s'écroulât avec nous
dans un bain magnifique, mais des plus dangereux.

Ayant ainsi jeté un coup d'œil satisfaisant sur les traits principaux
de notre nouveau domaine, je m'enveloppai, pour dormir, dans les
plis d'un manteau, en prescrivant qu'on ne me dérangeât pas que la
tente ne fût arrivée et que les lits ne fussent prêts. Sigurdr suivit
mon exemple; mais le docteur s'éloigna pour chasser.

Comme notre principal objet, en venant de si loin, était de voir
une éruption du grand Geyser, il était nécessaire de guetter ce
spectacle, et tous nos mouvements furent réglés en conséquence.
Pendant les deux ou trois journées qui suivirent, semblables à des
pèlerins veillant autour de quelque sainte châsse, nous fîmes
patiemment sentinelle; mais à peine le génie du lieu daigna-t-il
déployer pour nous les plus légères manifestations de ses énergies
latentes. A deux ou trois reprises la canonnade que nous avions
entendue immédiatement après notre arrivée recommença et fut
même suivie une fois d'une éruption de deux à trois mètres de
haut, mais d'une durée si courte, qu'avant que nous eussions franchi
les quelque quatre-vingts mètres qui séparaient notre tente du
bassin, tout était fini. Comme, après chaque effort de la fontaine,
l'eau refluait mystérieusement du bassin dans le tube intérieur, cette
circonstance, bien que peu satisfaisante en elle-même, nous permit
d'approcher de cette espèce de puits et de jeter un regard dans son
brûlant œsophage. Au bout d'une heure, le bassin était toujours
invariablement rempli jusqu'au bord.

Notre curiosité nous fixant sur place comme des piquets pour une
période indéfinie, nous donnions à notre temps le meilleur emploi
possible. Nous avions la ressource, dont nous usâmes, de jouer aux
échecs, de collectionner des échantillons des trois règnes, et de

photographier le camp, les guides, les poneys et même deux ou trois
naturels stupéfaits. A tour de rôle nous allions chasser dans les
plaines environnantes, et je m'aventurai une fois jusqu'à pousser
une excursion sur les montagnes qui dominaient notre gauche.
La vue que l'on contemple de ces hauteurs est des plus belles :
ce sont des chaînes s'élevant derrière des chaînes dans un éternel
silence, comme les vagues gigantesques d'un océan dont les ondulations tumultueuses auraient été soudainement pétrifiées; mais la
crainte que le Geyser ne fît son exhibition durant mon absence
m'empêcha de bien jouir de ce grand spectacle. Le temps, heureusement, se maintint au beau, à l'exception d'une petite ondée
de pluie qui ne fit que nous rendre plus reconnaissants envers
le soleil. Du reste nous étions traités comme des princes : indépendamment du gibier, des oies, pluviers, ptarmigans et butors, que
nous procuraient nos fusils, nous avions toujours dans l'office un
agneau gras, sans compter des langues de renne, du *skier*, sorte de
lait caillé, délicieux quand il est bien préparé, du lait, des fromages
dont le goût et la nature défient toute description, et enfin du biscuit
et du pain que nous fournissait, à titre de présent, la dame d'une
ferme voisine. Telle est réellement l'hospitalité islandaise, que
je crois qu'il n'y avait rien à cent kilomètres à la ronde que nous
n'eussions pu obtenir pour peu que nous l'eussions désiré. Quant
à Fitz, il était devenu littéralement l'enfant gâté du voisinage.

Nous avions passé trois jours à surveiller le Geyser et à attendre
l'éruption qui devait nous rendre la liberté. Dans la matinée du
quatrième, je jouais aux échecs avec Sigurdr, Fitz Gerald photo-
graphiait, Wilson s'avançait pour nous annoncer le goûter, quand
un cri de nos guides nous fit lever en sursaut et précipiter tous
ensemble vers le bassin. Les tonnerres souterrains avaient déjà commencé leur tapage accoutumé et une violente agitation troublait le
centre de l'entonnoir; soudain un dôme d'eau se gonfle, se soulève
à une hauteur d'environ trois mètres, puis se brise et tombe immédiatement, suivi d'une brillante colonne d'eau ou plutôt d'une gerbe
de colonnes, qui, enveloppée d'une robe de vapeurs, jaillit dans les
airs, par une succession d'efforts saccadés dont chacun porte les
crêtes argentées de la masse liquide à un niveau plus élevé que le
précédent. Les forces ascensionnelles de la fontaine se déployèrent

ÉRUPTION DU GRAND GEYSER.

ainsi pendant quelques minutes; puis elles parurent s'épuiser toutes
à la fois. La masse mouvante hésita, vacilla, retomba sur elle-même
comme un projet avorté, et disparut immédiatement, absorbée dans
les mystérieuses cavités du tube.

Ce fut certainement un magnifique spectacle; mais nulle description ne peut donner l'idée de ses traits les plus saisissants. L'énorme
quantité d'eau soulevée, sa violence, sa puissance latente, les in-
commensurables tourbillons de vapeur lumineuse s'exhalant avec
une inépuisable profusion, tout est combiné pour faire de ce phénomène un des jeux les plus brillants des merveilleuses énergies de la
nature.

Et cependant, je ne crois pas qu'il se soit déployé pour nous dans
toute sa splendeur : entre le moment où le jet commença à s'élever et
celui où il rentra dans le tube de l'entonnoir, il ne s'écoula pas plus
de sept à huit minutes, et la cime de la colonne n'atteignit jamais au
delà d'une vingtaine de mètres au-dessus de la surface du bassin. Je
dois donc regarder comme fabuleux les cent mètres dont parlent les
anciens voyageurs; mais des personnes dignes de foi disent avoir vu
des jets de soixante mètres, et des rapports très authentiques, fondés
sur la mesure et le temps, fixent à trente-trois mètres la hauteur
d'une éruption.

Quant au mécanisme interne qui met de tels jets d'eau en mouvement, la théorie la plus accréditée est celle qui suppose l'existence
d'une grande cavité souterraine que l'eau remplit à peu près, mais
non entièrement, et qui communique avec l'air extérieur au moyen
d'un tube, dont l'orifice inférieur, au lieu d'être placé dans le plafond
de la caverne, débouche sur un des côtés et au-dessous de la surface
du réservoir souterrain. L'eau, amenée par les fournaises qui l'entourent au degré d'ébullition, engendre, on le conçoit, de continuels effluves de vapeur qui ont besoin de trouver une issue.
Comme cette vapeur ne peut s'échapper par le tube, dont l'extrémité
inférieure est plongée dans l'eau, elle se ramasse dans les espaces
vides entre le niveau de l'eau et la voûte de la caverne, jusqu'à ce
que, comprimée outre mesure, elle fait effort, d'une part contre le
rocher, de l'autre contre la masse liquide, dont elle force une portion à remonter dans le tube, où elle la pousse devant elle jusqu'à ce
qu'elle l'ait projetée triomphalement dans les airs. En résumé, le jet

d'eau formé par l'éruption du Geyser n'est rien de plus que l'expulsion de la masse d'eau renfermée dans le tube au moment où la
vapeur se met en liberté.

L'esquisse ci-jointe vous permettra de comprendre plus facilement
mon explication.

La dernière goutte d'eau venait de s'engouffrer dans le tube ; nous
étions devant la cuvette de l'entonnoir, de nouveau mise à sec,
nous regardant l'un et l'autre avec un joyeux étonnement, quand
soudain nous aperçûmes un cavalier doublant au galop la base d'une
montagne voisine et venant à nous de toute la vitesse de son cheval.

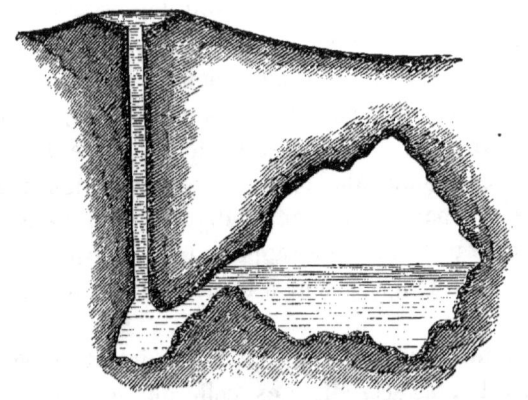

THÉORIE DU GEYSER.

Sa grande hâte s'expliquait facilement. Il avait vu de loin les masses
de vapeur qui s'élevaient de la source, et, devinant de quoi il retournait, il s'escrimait de la bride et des éperons pour arriver à temps.
Comme nous n'avions pas d'ami commun pour nous présenter l'un
à l'autre, sans doute en temps ordinaire je me serais drapé dans
cette froide réserve qui est le patrimoine de tout bon Anglais, et
j'aurais affecté une ignorance complète relativement à l'approche de
ce cavalier. Mais le spectacle que je venais de contempler avait
bouleversé mes nerfs, et j'avoue, en rougissant, que je compromis
ma dignité au point d'entamer une conversation avec cet étranger.
Comme circonstance atténuante de ma conduite, je dois m'empresser
d'ajouter que le nouveau venu n'appartenait pas à la race de mes

compatriotes, mais qu'il était Français de naissance et marin de profession.

Prenant donc une position avantageuse sur le seuil de ma porte, dès que je vis l'étranger à portée de la voix, j'enflai la mienne et lui criai, dans le style de la familiarité arabe : « O toi ! qui chevauches si bravement, quelque peu las et désappointé, arrête-toi, je te prie, dans la tente de ton serviteur ; accepte de lui le pain et le vin, et que ton âme soit réconfortée. » A quoi il répondit en ces termes : « Homme, ou qui que tu sois, habitant de ces lieux sulfureux, je ne puis manger ton pain, boire ton vin, ni même entrer dans ta tente, avant d'avoir déterminé une place pour le campement de Mgr le prince. »

En cet endroit intéressant, notre conversation fut interrompue par l'apparition de deux autres cavaliers, — un peintre et un géologue, — attachés à l'expédition du prince Napoléon. Ils nous informèrent que S. A. I., arrivée à Reykiavik deux jours après notre départ, avait campé la dernière nuit à Thingvalla et devait les suivre dans quatre heures au plus. Ils avaient pris les devants pour préparer son arrivée. Mon premier soin fut de faire apporter du café pour ces Français fatigués ; puis je pensai qu'une longue résidence nous ayant donné une espèce de droit de propriété sur les Geysers, nous étions tenus de faire les honneurs de la localité aux voyageurs dont on nous annonçait l'arrivée. Je mandai le cuisinier, lui développai longuement la gravité de la circonstance, lui ordonnai de faire un holocauste de tous nos approvisionnements et de préparer, en outre, un plum-pudding dont les dimensions pussent lui faire honneur même en Angleterre.

Une longue table fut dressée dans la salle, Sigurdr partit pour mettre au pillage la ferme voisine. Fitz Gerald se chargea de l'ordonnance du festin, et moi j'allai rôder sur mon poney à travers les marais dans le but d'ajouter à notre menu quelques pluviers supplémentaires. Une couple d'heures après, comme je tirais un canard qui reposait innocemment sur le lit d'un ruisseau, j'aperçus un peloton de cavaliers débouchant de la base d'une montagne éloignée, et à ma rentrée au logis, je trouvai le campement, que j'avais laissé si solitaire, animé et peuplé par un groupe de Français aussi joyeux qu'il ait jamais été donné à un voyageur d'en rencontrer dans un

jour de bonne fortune. A la vérité ils étalaient sur leurs personnes
toutes les variétés possibles de costumes : bottes à l'écuyère, pittoresques chapeaux de brigands calabrais, tartans écossais et bérets
d'Aberdeen, etc. ; mais quelles que fussent leurs coiffures, il n'y en
avait pas une qui n'ombrageât une bonne et riante physionomie.
Mon vieil ami le comte Trampe, qui accompagnait l'expédition, me
présenta au prince, qui déjà était occupé à sonder la profondeur du
tube du Grand Geyser. Encouragé par la gracieuse réception que me
fit S. A. I., je me hasardai à l'informer qu'il y avait dans son voisinage un pauvre banquet, dont j'espérais qu'elle daignerait prendre
sa part, ainsi que tous ceux de ses officiers que la table pourrait
contenir. Après un instant d'hésitation, dû, je le présume, à la crainte
de nous déranger, le prince fut assez bon pour accepter ma proposition, et quelques minutes après, avec une cordialité dont je sus
apprécier la franchise, il était assis dans ma tente et à ma table.

Quoique je n'eusse jamais eu le plaisir de voir le prince Napoléon
auparavant, sa grande ressemblance avec son oncle, le premier empereur, me l'aurait fait reconnaître entre mille. Je ne crois même
pas qu'une plus grande ressemblance puisse exister entre deux personnes. C'est la même coupe fine et arrêtée de traits, les mêmes
lèvres minces, la même hardiesse de modelé dans le menton. La
charpente du prince est taillée, néanmoins, sur une plus large
échelle, et ses yeux, au lieu d'être d'un bleu froid et perçant, sont
doux, bruns et animés d'une très aimable expression.

Malgré son improvisation, le dîner se passa assez bien, comme il
en sera de tout repas qui réunira d'aussi gais convives. Nous eûmes
bien, il est vrai, quelque difficulté à placer sous la table les jambes
d'un philosophe de haute taille, et pour chaque couteau il y avait
trois copartageants; mais les oiseaux étaient bien préparés et le
plum-pudding arriva à temps pour convertir un succès douteux en
un éclatant triomphe.

En sortant de table, chacun prit la direction que lui suggéraient
ses goûts particuliers. Le peintre se mit à dessiner; le géologue à
briser des pierres; le philosophe à moraliser, je le suppose : du
moins il alluma un cigare; et les autres s'employèrent à faire dresser
les tentes qui venaient d'arriver. Une heure après, le sommeil,
sinon le silence, car de tous les côtés s'élevait un chœur énergique

en l'honneur de Morphée, le sommeil, dis-je, régnait sur notre camp, dont les habitations de toile, dressées un peu pêle-mêle sur le plateau désert, rappelaient presque un campement de Crimée. Je ne sais si quelque notion de ce genre s'empara de mon imagination, mais, bien peu de temps après, je me trouvais en rase campagne, devant une batterie russe tirant, flamboyant et détonant à mes oreilles dans le style le plus effrayant. Je servais apparemment dans les rangs français, car tout à coup, au milieu de cet infernal brouhaha, j'entendis retentir ce cri fort distinct : « Alerte! alerte! aux armes, monseigneur! aux armes! » La terre trembla, des masses de vapeur surgirent et dérobèrent complètement à ma vue les défenses de Sébastopol, ce qui, la réflexion aidant, ne me parut que peu étonnant, car j'étais debout, en chemise, sur le seuil d'une tente, en Islande.

Les symptômes avant-coureurs d'une éruption, que j'avais pris pour une canonnade russe, avaient éveillé les dormeurs français ; un cri universel avait parcouru le camp ; tout le monde l'avait déserté ; jambes nues pour la plupart, afin d'être témoin de l'événement que la terre tremblante et l'eau fumante semblaient pronostiquer.

Le vieux Geyser, néanmoins, se montra moins courtois que nous ne l'avions d'abord espéré : après s'être péniblement retourné de côté et d'autre, dans son bassin, pendant quelques minutes, il se dressa sur son séant, retomba, fit un effort de plus, puis, abandonnant sa tâche comme inutile, il se replongea dans son inaction accoutumée, laissant les assistants désappointés regagner leurs dortoirs respectifs. Le lendemain matin, de bonne heure, tout le camp était en mouvement, se livrant aux préparatifs d'un prochain départ, car si peu satisfaisante qu'eût été l'exhibition incomplète du Geyser, les Français estimaient qu'elle les dispensait de faire plus longtemps antichambre, comme ils disaient, dans les domaines d'un aussi quinteux personnage. De mon côté, désirant beaucoup avoir une occasion nouvelle de photographier le Strokr, je m'aventurai à suggérer qu'il serait convenable de lui administrer l'indispensable dose de bols de gazon. Peu de minutes après, deux ou trois charretées de cet ingrédient bouillaient et dansaient dans sa chaudière. Dans le même temps Fitz saisit le moment où le prince était à déjeuner pour le peindre assis, entouré de son état-major et les yeux fixés sur une image représentant Napoléon la veille de la bataille d'Austerlitz.

Trente bonnes minutes s'étaient écoulées depuis que nous avions administré l'émétique; nul symptôme du moindre résultat n'apparaissait encore, et les Français commençaient à s'impatienter. Des insinuations blessantes furent hasardées contre la réputation du Strokr, insinuations qui me touchèrent beaucoup, je l'avoue, et me firent sentir ce qu'éprouve un piqueur dont les chiens sont en défaut. Enfin toute la caravane s'ébranla et partit, mais le dernier cavalier n'avait pas encore disparu derrière le premier pli des montagnes que, pif, paf, voilà la fontaine élastique faisant des siennes à vingt mètres dans les airs, avec une furie qui la vengea amplement de l'affront qu'elle avait subi, et justifia, et au delà, la bonne opinion que j'avais d'elle. Tous nos efforts, néanmoins, pour photographier le phénomène avortèrent. J'avais déjà tenté la chose sur le Geyser et le Strokr, mais toujours le spectacle était terminé avant que les plaques fussent prêtes, et, bien que dans le cas particulier du Strokr on pût prévoir jusqu'à un certain point le moment de son explosion, cependant ce moment pouvait être tellement avancé ou retardé par les caprices intestinaux de la source, qu'il aurait été indispensable de consacrer un grand nombre de jours à la recherche d'une moyenne passable. Dans cette dernière expérience, quoique je n'eusse préparé les plaques que vingt bonnes minutes après avoir administré la potion de gazon à la fontaine, celle-ci demeura si longtemps inactive que le collodion eut le temps de devenir insensible, et l'éruption passa sans y laisser la moindre impression.

Notre retour à Reykiavik s'opéra sans particularités bien intéressantes. Le temps, qui nous avait menacés de la pluie dans la première partie de la matinée, nous donna à midi un de ces jours sombres qui enveloppent les paysages les plus familiers d'un voile mystérieux. Une lourde et basse couche de nuages gris de fer recouvrait presque entièrement la voûte céleste, laissant toutefois à une extrémité de l'horizon une large bande d'atmosphère opalée, qui permettait à l'œil de plonger dans l'espace pour y chercher les portes perlées du paradis. A l'opposé s'élevaient les flancs contournés des montagnes de lave, dont les pics glacés, heurtant le ciel de fer, se perdaient dans une obscurité profonde qui revêtait des teintes encore plus lugubres là où les rouges escarpements des rochers contrastaient av.c les ombres étendues sur toute cette scène désolée. Si dans le domaine de la nature il existe une seconde région semblable, ce ne peut être que dans ces effrayantes solitudes que la science nous laisse entrevoir au milieu des remparts vierges des montagnes de la lune. Une heure avant d'atteindre notre ancien campement de Thingvalla, nous fûmes entourés, comme par enchantement, par un épais brouillard gris, qui, soudainement, confondit dans une masse sans forme tout ce qu'il y avait de grand et d'effrayant dans le panorama que nous venions de traverser : ciel, montagnes, horizon, tout disparut; et quand, du haut des berges de Hrafnagia nous vînmes à sonder des yeux la monotone couche grise déroulée sous nos pieds, il nous fut bien difficile de retrouver en elle cette même plaine magique dont la première vue avait presque fait époque dans nos existences.

Comme je m'étais fait précéder, plusieurs heures à l'avance, par le cuisinier, les bagages et les guides, nous trouvâmes, en arrivant, une bonne tente bien sèche et un dîner bien chaud tout prêts à nous recevoir. Les rapides transformations dont je venais d'être témoin dans l'aspect du pays me prouvèrent combien le succès d'une expédition en Islande dépendait surtout du beau temps, et me permirent de me rendre un compte juste de la divergence des impressions personnelles qu'en ont tirées les différents voyageurs. Autre chose est de chevaucher, à raison de soixante kilomètres par jour, à travers les paysages les plus curieux du globe, quand un soleil radieux, baignant chaque trait de la contrée dans des flots de lumière, transforme chaque escarpement tourmenté du sol en tours, en dômes en pyramides de métal éclatant, et revêt toutes les cimes lointaines des couleurs de l'iris; autre chose aussi est de vous traîner péniblement pendant une égale chevauchée, mouillé jusqu'aux os, sans autre objet en vue que la base grisâtre de montagnes qui s'élèvent, vous ne savez et peu vous importe où, et de n'avoir pas de meilleure distraction que de chercher à vous tenir bien éveillé et à rêver à la fin désirée de votre pénible voyage. Et de plus, si vous êtes obligé, ce qui est souvent le cas, d'attendre, mouillé, exténué et affamé, l'arrivée du convoi attardé qui porte vos tentes et votre nourriture, et s'il ne vous reste d'autre alternative, pendant ce temps, que de cou-

cher sur le sol nu d'une église au toit de gazon, ou d'aller *jouir*
de l'hospitalité de quelque ferme dont l'extérieur rappelle de point
en point ce que Macaulay rapporte des tanières des montagnards
écossais d'il y a cent ans; si enfin, après avoir vainement attendu
pendant plusieurs jours le bon plaisir d'un phénomène qui ne
se montre pas, vous regagnez Reykiavik dans ces mélancoliques
conditions, je conçois que, rentré dans votre patrie, vous soyez disposé à proclamer que l'Islande et ses Geysers ne sont rien de plus
qu'un piège illusoire tendu à la crédulité du voyageur.

La fortune, néanmoins, parut résolue à ne pas mêler cette amer-
tume à notre coupe ; dès le lendemain matin un ciel bleu et
sans nuages brillait joyeusement sur nos têtes, pendant qu'à nos
pieds se déroulait la plaine, brillante de tout l'éclat de l'émail.
J'éprouvai une forte tentation de passer encore un jour dans ces
environs; mais nous avons dépensé auprès des Geysers plus de
temps qu'il n'entrait dans mes plans de leur consacrer; et demeurer en Islande au delà du 15 de ce mois, c'est permettre à
l'hiver de barricader devant moi les passes de ses domaines arctiques. Mon projet, en rentrant à Reykiavik, est d'envoyer la goélette
nous attendre dans quelque havre de la côte septentrionale de l'île,
pendant que nous-mêmes nous traverserons à cheval l'intérieur de
celle-ci.

Le paysage y est, dit-on, magnifique. Nous trouverons sur notre
route plus d'un petit coin perdu dans les montagnes, mais qui est
consacré par quelque touchante histoire des anciens jours ; et puis,
la manière de vivre des habitants de ces districts éloignés doit être
plus caractéristique, moins altérée que celle des autres insulaires.
D'ailleurs c'est à peine si un étranger a pénétré à quelque distance
dans cette direction ; et nous aurons l'occasion de traverser une
partie de l'effrayant désert central de l'île, que sur une étendue de
soixante-dix-huit mille kilomètres carrés recouvre un entassement
désordonné de glaces et de laves, que dévastent périodiquement des
déluges de roches en fusion et d'eau bouillante, et que recouvrent
des tourbillons alternatifs de neige et de cendres : coin inachevé de
cet univers, où les éléments déchaînés du chaos sont encore à
l'œuvre dans toute leur rage primitive.

Notre dernière étape de Thingvalla à Reykiavik s'est faite fort

tranquillement et nous a semblé beaucoup plus courte que lorsque
nous l'avions franchie en allant. Nous avons rencontré un grand
nombre de fermiers retournant chez eux d'une sorte de foire qui
se tient annuellement dans leur petite métropole; et, comme je
suivais des yeux cette longue caravane de chevaux, de bâts et de
cavaliers se déroulant lentement en une seule file sur le désert
rocheux, je trouvai moins de difficulté à admettre que ces insulaires
perdus dans l'Océan occidental descendissent d'ancêtres venus de
l'Orient. En réalité, on n'a jamais oublié cette origine en Islande.

RETOUR DU MARCHÉ.

Dans les âges les plus reculés, les Islandais habitaient des tentes;
à l'époque de leurs anciens parlements, les législateurs, durant toute
la session, campaient dans des baraques mobiles autour de la place
réservée pour l'assemblée. Leur police domestique est toute patriarcale, et l'émigration de leurs ancêtres norvégiens fut une protes-
tation contre le principe, blessant pour eux, de la hiérarchie féodale.
Nul Arabe ne peut être plus fier de son coursier qu'ils ne le sont de
leurs poneys, ni comprendre plus largement qu'eux les devoirs
sacrés de l'hospitalité; enfin les salutations solennelles échangées
entre deux compagnies de voyageurs passant à côté l'une de l'autre
dans le désert, ainsi qu'ils appellent invariablement les parties
inhabitées de leur pays, ne déparerait pas l'imposante et tradi-
tionnelle courtoisie des plus anciens adorateurs du soleil.

Rien de plus varié que le chargement de ces caravanes regagnant l'intérieur de l'île; c'est tout l'approvisionnement nécessaire à la consommation de leurs ménages pendant l'hiver qui doit suivre : planches de sapin, cordages, fûts d'eau-de-vie, sacs de farine, de seigle et de froment, sel, savon, sucre, chandelle, tabac, café, etc. En échange de ces objets, qu'ils sont obligés de tirer de l'Europe, les Islandais exportent de la laine écrue, des bas et des gants tricotés, de la morue séchée, de l'huile de poisson, du lard de baleine, des peaux de renards, de l'édredon, des plumes et du lichen. Durant les dernières années, l'exportation de la laine seule s'est élevée à trente millions de francs et à cinq cent mille paires de bas et de mitaines. Bien que plus grande d'un cinquième que l'Irlande, l'île ne nourrit que soixante mille habitants, dispersés le long de la zone habitable qui court entre le désert central et la mer. Sur les quatre-vingt-dix-huit ou quatre-vingt-dix-neuf mille kilomètres carrés que comprend la surface entière de l'île, on a calculé qu'un peu plus d'un neuvième seulement est occupé ; les quatre vingt-cinq mille kilomètres carrés restants ne se composent que de rochers, de glaces, ou de vallées comblées par les laves et les scories volcaniques. Enfin Reykiavik elle-même ne contient pas plus de sept à huit cents âmes.

Durant l'hiver, les principales occupations des hommes sont les soins et la surveillance des troupeaux, le triage des laines, la fabrication des cordes, des brides, des selles et la construction des bateaux. La saison de la pêche s'ouvre avec le printemps; en 1853, plus de trois mille cinq cents embarcations y furent employées. Avec l'été commence la fenaison, pendant que les mois d'automne sont principalement employés à réparer les maisons, à amender les prairies, à tuer les moutons, dont on fait sécher la chair, soit pour l'exportation, soit pour la consommation du ménage pendant l'hiver. Dans chaque famille les femmes s'occupent, d'un bout à l'autre de l'année, à laver, carder et filer la laine, à tricoter des gants et des bas et à tisser du vadmal et de la flanelle pour leur propre usage.

La nourriture ordinaire d'une famille islandaise un peu aisée se compose de poisson séché, beurre, pain de seigle, petit-lait fermenté, formages, *skier*, une des meilleures friandises que j'aie jamais goûtées, et de temps à autre un peu de mouton. Comme on peut le supposer, ce maigre menu n'est pas fait pour entretenir la santé ; aussi le scorbut, la lèpre, l'éléphantiasis, tous les désordres cutanés sont communs parmi les Islandais, et la coutume funeste qu'ont les mères de cesser d'allaiter leurs enfants dès le troisième jour pour les nourrir uniquement de lait de vache, engendre une effrayante mortalité parmi les nouveau-nés.

La terre est exploitée, soit par des propriétaires libres de tous droits, soit par des tenanciers de la couronne, auxquels celle-ci a accordé des baux perpétuels. Le revenu est calculé en partie d'après la quantité d'acres exploitées, en partie d'après le nombre de têtes de bétail vivant sur la ferme, et il est acquitté en nature, soit avec du poisson séché, soit avec les produits de la ferme. Les tenanciers un peu aisés emploient généralement deux ou trois journaliers, qui, outre la nourriture et le logement, reçoivent dix à douze dollars de gages annuels. Nulle propriété ne peut être substituée, et à la mort d'un Islandais tout ce qu'il laisse est partagé entre ses enfants sur le pied d'une part égale pour chaque fils et d'une demi-part pour chaque fille.

Le produit des terres de la couronne, les taxes commerciales et les droits prélevés sur la transmission des propriétés élèvent le revenu public de l'île à environ trois mille livres sterling (soixante-quinze mille francs). Le budget des dépenses, y compris le traitement des fonctionnaires (celui du gouverneur est d'environ quatre cents livres sterling), les frais de l'instruction publique et du culte, dépasse six mil'e livres sterling (cent cinquante mille francs) ; si bien qu'on ne peut certainement pas prétendre que l'île soit une colonie lucrative pour le Danemark.

Le clergé perçoit une sorte de dîme ; le salaire des ministres est excessivement modeste et ne dépasse pas une moyenne de six à sept livres sterling par an (cent cinquante à cent soixante-quinze francs). Ils vivent principalement de leurs fermes, et, comme saint Dunstan, ils sont tous invariablement d'excellents forgerons.

Comme nous approchions de Reykiavik, nous eûmes, pour la première fois, maille à partir avec nos poneys de relais ; soit qu'ils fussent sous l'influence de la fatigue ou de celle du voisinage des cantons où ils avaient coutume d'errer en liberté, toujours est-il

que pendant un trajet de dix à douze kilomètres il ne se passa pas
dix minutes sans que l'un ou l'autre d'entre eux ne se détachât de la
bande et ne se lançât au galop dans la plaine rocheuse à travers laquelle serpentait le sentier frayé, nous occasionnant chaque fois
une grande perte de temps et des fatigues pour rattraper et ramener
les fuyards. Enfin, après avoir été encore violemment secoué, embrassé et presque jeté à bas de mon cheval par un fermier plein
d'enthousiasme ou plutôt d'eau-de-vie, lequel me prit pour le
prince, nous fîmes notre rentrée triomphante dans la capitale de
l'île, les fastes de l'expédition n'ayant à enregistrer d'autre accident
d'homme ou de cheval qu'une chute effrayante dont Wilson avait été
le héros et la victime. C'était le matin même de notre départ des
Geysers : nous galopions sur une seule file le long du sentier de
lave, quand tout à coup j'entendis derrière moi un grand cri suivi
d'un bruit pareil à l'éboulement d'une avalanche. En me retournant,
que vis-je? Wilson et son poney étendus tous les deux sur le sol,
le premier à quelques mètres en avant du second. Le pauvre diable
se croyait mort, évidemment, car lorsque je m'approchai pour lui
porter secours, il était sans voix, sans mouvement, et pouvait à peine
lever vers moi un regard éteint et suppliant. Un examen attentif
prouva néanmoins qu'aucun des deux patients n'était en danger.

Le cuisinier, avec le reste du parti, n'arriva que vers minuit.
Je ne doute pas que cet habile et courageux fonctionnaire, lorsqu'il se retrouva de nouveau sur le pont de la goélette, n'ait senti
ses joues s'animer d'un juste orgueil à la pensée que, durant la
courte période de son absence à terre, il avait ajouté à la somme
de ses perfections un talent de plus, celui de cavalier accompli.

Malgré tous les plaisirs goûtés dans cette excursion, je ne fus
pas fâché de me retrouver à bord. Après notre existence de bohémiens, je ne descendis pas dans notre coquette petite cabine, je
ne revis pas ses livres familiers et ses douces et chères images
sans un sentiment de contentement intime dont je crois que les
Anglais sont seuls susceptibles.

J'ai maintenant à vous faire part d'un événement pénible survenu pendant mon voyage aux Geysers; c'est, en réalité, moins
une catastrophe qu'une mutinerie des gens de mon équipage,
jusqu'à ce moment si exemplaires ! Je suppose qu'eux aussi ont été

mis à même de rendre témoignage à l'hospitalité proverbiale de l'Islande : les salaisons et les innocents biscuits qui composent généralement la ration du bord n'auraient jamais pu produire une telle effervescence. Qu'il me suffise de dire que, la dyspepsie et ses suites fatales s'étant emparées d'eux, dans une heure de désespoir ils se déterminèrent à un acte désespéré, et, faisant invasion en corps sur l'arrière, ils vinrent demander à mon fidèle commis aux vivres, non seulement de violer le sanctuaire où reposait la pharmacie du docteur absent, mais de leur administrer lui-même tout ce qui pouvait s'y trouver de médicaments. En vain M. Grant couvrit de son corps la porte de la cabine, ses remontrances furent vaines, mes gaillards aux mains calleuses furent inexorables. Ils le menacèrent, s'il n'accédait pas à leur requête, de formuler une dénonciation contre lui à mon retour. Le tabernacle du docteur fut donc ouvert, et toutes ses douceurs, si une telle appellation peut leur être donnée, furent pillées. Une énorme boîte de pilules de calomel, qui leur tomba sous la main, fut vidée et partagée entre eux, ainsi qu'un assortiment de fioles de rhubarbe et de séné, et ce ne fut que lorsque la dernière goutte d'huile de ricin eut été soigneusement absorbée, que les maraudeurs permirent à leur complice involontaire et contraint de se retirer dans les solitudes de son office.

Mais une Némésis vengeresse veillait sur le sanctuaire violé d'Esculape. Lorsque je revins, les exigences de la justice étaient plus que satisfaites et l'outrage plus qu'expié. Je n'avais devant moi que des estomacs repentants, et l'esprit encore tout fraîchement imbu des idées orientales que m'avait suggérées mon dernier jour de voyage, je renvoyai les inconsolables délinquants avec ce verdict de forme asiatique : « Mashallah ! vous avez rendu vos faces blanches ! allez en paix ! »

Durant notre expédition dans l'intérieur, le havre de Reykiavik s'était peuplé de nouveaux arrivants en tête desquels brillait ma vieille connaissance, la Reine-Hortense, magnifique corvette de onze cents tonneaux. Il y avait trois ans déjà que je l'avais quittée dans la Baltique, où elle m'avait remorqué l'espace de cent trente kilomètres, entre Bomarsund et Stockholm. Il y avait là aussi deux steamers anglais loués par le gouvernement français pour rester

au service du yacht impérial. Je ne mentionne pas un brick espa-
gnol et deux ou trois voiles étrangères, qui pourtant faisaient
nombre et coopéraient avec la brillante corvette, notre goélette
et les bâtiments qui nous avaient devancés au mouillage, à donner
à cette baie, si déserte ordinairement, un aspect d'animation inaccoutumé. C'était même la première fois que des steamers étonnaient
ces eaux solitaires.

Ce matin, aussitôt après déjeuner, je me suis rendu à bord de
la Reine-Hortense pour présenter mes respects au prince Napoléon ;
mais il s'est trouvé que Son Altesse Impériale venait de partir, en
ce moment même, pour honorer *l'Écume* de sa visite.

Lorsque j'avais été présenté au prince, devant les Geysers, il
m'avait interrogé sur nos plans pour l'avenir ; et, en apprenant ma
résolution de faire voile droit au nord, il avait eu l'obligeance de me
proposer de l'accompagner à l'ouest, vers le Groënland. Mon ambi-
tion d'atteindre, s'il est possible, Jean-de-Mayen et le Spitzberg,
m'avait seule empêché d'accepter cette offre tentante ; mais depuis,
Son Altesse s'est elle-même, à ce qu'il semble, déterminée à visiter
Jean-de-Mayen, et elle vient d'avoir la bonté de me dire que si je
suis prêt à partir à six heures demain matin, *la Reine-Hortense* me
prendra à la remorque. Je ne puis accepter cette proposition sans
renoncer à mon plan de voyage à travers l'intérieur de l'Islande,
plan si chèrement caressé ; d'un autre côté, la saison est déjà si
avancée, les mauvaises chances qui ont accompagné notre départ
d'Angleterre nous ont déjà mis en retard sur notre programme,
qu'il semble peu rationnel de négliger une occasion si favorable
de regagner le temps perdu. D'ailleurs, après tout, ces îles polaires,
peu et mal visitées, sont ce que je suis surtout désireux de voir.
Avant de clore cette lettre, mon choix sera fait pour l'une ou
l'autre direction ; car je dois dîner ce soir avec le prince, et d'ici là
j'aurai fixé mes idées. Après dîner il y a un bal à bord de la frégate,
bal auquel sont invités tous les fonctionnaires, toute la *fashion*,
toutes les beautés de Reykiavik.

Trois heures après minuit.

Je renonce à voir le reste de l'Islande et m'en vais droit au nord.
Cette résolution me coûte un peu, mais c'est, je crois, ce que j'ai à

faire de mieux. Dix à quinze jours d'été gagnés dans ces latitudes
sont très précieux et valent bien un sacrifice. En ce moment, nous
venons de nous amarrer à l'arrière de *la Reine-Hortense*, et nous
sommes prêts à partir dans une demi-heure. Ma prochaine lettre,
s'il plaît à Dieu, sera datée d'Hammerfest. Je suppose qu'il me
faudra quinze ou vingt jours pour arriver là; tout dépendra de
l'état des glaces autour de Jean-de-Mayen. Si l'ancrage est bon devant cette île, je passerai quelques jours à l'étudier; selon tous les
rapports, c'est une terre des plus curieuses.

La première notion que j'ai eue de son existence m'a été donnée
par un très intelligent capitaine baleinier que j'ai rencontré, il y
a quatre ans, dans les Shetlands. Il avait fait voile de Hull, avait pêché
dans les eaux du Spitzberg, puis, en revenant vers le sud, était
arrivé en vue de la haute montagne qui forme l'extrémité nord
de Jean-de-Mayen ; le temps fut heureusement assez beau pour
lui permettre d'en faire une esquisse qui me frappa d'un tel étonnement, que dès lors je pris la résolution d'aller, dès que je le
pourrais, voir de mes yeux un objet si merveilleux. Imaginez-vous
un pic de roche volcanique (toute l'île est d'origine ignée) se dressant au-dessus de la mer à une hauteur de deux mille quatre-vingt-
quinze mètres, non pas sur une large base, comme une pyramide,
non pas arrondi comme un pain de sucre, mais taillé en aiguille
comme la flèche d'une église gothique. Si mon pêcheur de Hull
est seulement aussi bon dessinateur qu'il m'a paru être bon marin,
nous sommes maintenant sur la voie d'une des merveilles du
monde. Beaucoup de gens ici présentent la chose sous un aspect
plus fâcheux et prétendent, d'abord, qu'il est probable que l'île
entière est hermétiquement bloquée dans l'éternel champ de glaces
qui s'étend à deux cent vingt-cinq kilomètres en avant de la côte
orientale du Groënland, et qu'enfin, lors même que la mer serait
libre dans son voisinage, les épais brouillards qui y stationnent à
poste fixe ne laissent que bien peu de chances d'y aborder. Mais le
fait est que la disparition du dernier vaisseau de guerre français
qui a fait voile pour ces parages les a rendus très impopulaires à
Reykiavik[1].

1. Allusion au sort mystérieux de *la Lilloise*, corvette commandée par de **Blosseville**,
et qui disparut dans ces mers en 1835. Voy. plus loin, p. 149.

Certes, notre dernière soirée passée en Islande a été la plus joyeuse de tout notre séjour dans ce pays. Le dîner du prince fut des plus agréables ; j'y renouvelai connaissance avec quelques-uns de mes vieux amis de la Baltique, et l'on me présenta à deux ou trois personnes qui n'avaient pas accompagné l'expédition aux Geysers, entre autres au duc d'Abrantès, fils du général Junot. Je fus placé à table entre Son Altesse Impériale et M. de Saulcy, membre de l'Institut de France, un des plus gais, des plus aimables compagnons que j'aie jamais rencontrés. On s'est livré à une grande dépense de rires et de paroles, aussi bien qu'à beaucoup d'hypothèses relativement aux costumes que les dames islandaises allaient déployer.

Il était près de neuf heures quand nous quittâmes *la Reine-Hortense* pour aller au bal. Déjà, depuis quelque temps, des embarcations se dirigeant vers *l'Artémise* avaient passé sous l'arrière de la corvette, toutes chargées de joyeuses toilettes et semblables à des plates-bandes de fleurs qui auraient surgi du fond de la mer, quoique certainement leur réunion ne composât pas un parterre ; si bien que, lorsque nous-mêmes enfin nous abordâmes les flancs élevés de la frégate, des effluves mélangés de musique, de lumière et de rires argentins s'exhalaient de chacun de ses sabords. La salle de bal était fort artistement disposée. Le second pont avait été recouvert d'un haut plafond de toile d'où pendaient, suspendus, des lustres étincelants formés de baïonnettes, dont les pointes réunies simulaient des pyramides renversées et dont les douilles supportaient des bougies. Tout le pour tour de cette immense tente était tapissé de drapeaux ; l'armement formidable de la frégate avait disparu ou s'était métamorphosé po ur l'usage des dames. Les canons de 80 étaient devenus des sofas, les piques d'abordage des balustrades, les pistolets des candélabres, les caronades de bronze dressées debout comme des piliers étalaient des bouquets dans leurs gueules béantes ; enfin, les portraits de l'empereur et de l'impératrice, des bustes, des pavillons de toutes les couleurs, disposés avec une habileté toute parisienne, donnaient à la scène une apparence de fête qui, dans une aussi sombre localité, avait quelque chose de féerique. Quant à notre brave hôte, je n'ai jamais vu rien de si animé ; c'est une belle et haute tête grise d'un peu plus de cinquante ans, parlant anglais comme un natif d'Albion et réunissant la franche et ouverte cordialité du marin avec cette gracieuse et entraînante gaieté particulière aux Français. Je ne connais rien de plus parfait que la courtoisie bienveillante, je dirai presque paternelle, avec laquelle il accueillait successivement les groupes fleuris de jeunes filles qui accostaient son navire.

A deux heures un souper fut servi dans l'entrepont. J'eus l'honneur d'y prendre place auprès de miss Thora de Bessestadt ; et, pendant le repas, j'avoue que je ne me sentis nul besoin de remonter dans le passé à la recherche de la pâle figure de la Thora des anciens jours.

FEMME ISLANDAISE.

A trois heures j'ai regagné la goélette et nous sommes tous très occupés à faire les derniers préparatifs du départ. Fitz remet en état son échoppe d'apothicaire ; Sigurdr écrit des lettres. Les derniers accords de la musique s'éteignent à bord de *l'Artémise;* le soleil est déjà haut dans le ciel ; les planches de fleurs retournent au rivage, un peu ravagées peut-être, comme si elles avaient été battues par un tourbillon orageux ; *la Reine-Hortense* fait provision de vapeur et la sérieuse et réelle portion de notre voyage va commencer.

Je crains que mes descriptions n'aient rendu justice qu'à moitié aux merveilles de cette intéressante Islande ; mais je puis vous renvoyer, pour plus amples renseignements, à votre ami sir Henry Holland, qui visita cette île en 1810, en compagnie de sir G. Mackenzie, et qui l'a parfaitement étudiée sous tous ses rapports historiques et scientifiques.

ACTE FINAL

Scène : La goélette l'*Ecume* à la remorque de la *Reine-Hortense*.

PERSONNAGES

La VOIX du capitaine français commandant *la Reine-Hortense.*
Lord DUFFERIN.
Le docteur.
WILSON.

LA VOIX DU CAPITAINE : Nous partons.

LORD D. : Tout est prêt, monsieur.

WILSON AU DOCTEUR (*à voix basse*) : Monsieur !

LE DOCTEUR : Eh bien ?

WILSON : Vous ne savez pas, monsieur ?

LE DOCTEUR : Quoi ?

WILSON : Oh ! rien, monsieur ! Seulement, nous allons dans les régions glaciales, monsieur ! Nous y allons ! Comme nous arrivions ici, j'ai justement vu un brick qui en revenait, monsieur, et son équipage dit qu'il y a là-bas un fier entassement de glaces cette année ! (*Moment de silence.*) Vous ne savez pas, monsieur, ce que le pilote m'a dit de la membrure de son bâtiment, monsieur ? Il a sept pieds de bons bois sur son avant ; nous en avons seulement deux pouces, monsieur ! (*Wilson plonge dans les profondeurs de l'Écume.*)

LA VOIX DU CAPITAINE FRANÇAIS (*avec un léger accent*) : Êtes-vous prêts ?

LORD D. : Oui, oui, monsieur ! (*Se tournant vers ses gens*). Levez l'ancre !

LETTRE VIII

I

Hammerfest, juillet 1856.

Nous voici de nouveau sur une plage européenne, et munie d'un bureau de poste! Le joyeux soleil brille, un doux zéphir nous caresse et des roses parfument la table de notre cabine. A tous ces signes de l'été nous pourrions croire que la région des brumes et des glaces où nous étions naguère n'existe que dans nos songes. Je ne puis vous exprimer combien tout cela nous semble gai et plein de vie, tout frais sortis que nous sommes d'un climat qui n'eût pas déparé *l'Enfer* du Dante. Et cependant, les choses eussent-elles été deux fois pires, ce que nous avons vu nous aurait plus qu'indemnisés de nos peines, bien que ce ne soit pas un jeu d'enfant que d'aller chercher ce spectacle.

Mais je dois reprendre mon récit au point où je l'ai laissé dans ma dernière lettre, c'est-à-dire au moment où, toués par *la Reine-Hortense*, nous sortions du havre de Reykiavik. Je venais de passer toute une nuit blanche, la mer n'offrait aucun danger et la remorque se faisait aussi bien que possible; en conséquence, j'allais me coucher pour quelques heures. Quand je remontai sur le pont, nous marchions au nord : le Faxafiord était traversé, et nous contournions la base du Snaefell, volcan éteint dont le cône glacé s'élève à quinze cent vingt-cinq mètres au-dessus du niveau de la mer et semble menacer le Groënland, qui lui fait face. Le jour était magnifique ; le sommet de la montagne resplendissait dans un azur sans nuages, et tout semblait nous promettre une vue sans interruptions de la côte occidentale de l'Islande, dont peu de marins ont longé les sauvages escarpements. Je crois même qu'il y a fort peu d'années encore, le passage était tout à fait impraticable par suite de l'encombrement des champs de glace, continuellement dérivant du nord dans l'étroit canal qui s'étend entre le continent glacé et l'extrémité nord de l'île. Dernièrement, quelque grand changement semble s'être opéré dans la banquise groënlandaise, et, durant quelques semaines de l'été, vous pouvez passer entre les deux rivages, quoique peu avant et peu après une solide jetée les unisse.

Au double point de vue de l'histoire et de la science, toute la contrée qui s'étend autour des pentes plutoniennes du Snaefell est des plus intéressantes. Au pied de ses flancs méridionaux on peut voir d'étranges colonnes de basalte, des cavernes prismatiques, d'anciens cratères, des échantillons enfin de toutes les formations variées qui peuvent résulter de l'action des feux souterrains, tandis que chaque vallon, chaque baie, chaque promontoire du voisinage est fécond en souvenirs de traditions locales.

C'est au nord-ouest de la montagne que s'étend le fameux district d'Eyrbiggia, le plus classique canton de l'Islande, avec ses cités, ou, pour mieux dire, ses fermes de Froda, d'Helgafell et de Biarnarhaff. Cette dernière localité fut le théâtre d'une des sagas les plus curieuses et les plus caractéristiques qu'on puisse trouver dans tout le catalogue des chroniques islandaises.

Dans le temps où ce Iarl Habon, dont je vous ai déjà parlé, régnait sur toute la Norvège, un Islandais, nommé Vermund, venu à la cour du seigneur de Ladé pour lui présenter ses devoirs, conçut un violent désir d'engager à son service deux gigantesques berserkirs, appelés Hali et Leikner, que le Iarl gardait auprès de sa personne. L'Islandais pensait que deux gardes du corps comme ces deux gaillards ajouteraient beaucoup à sa propre considération quand il reviendrait dans ses foyers. En vain le Iarl l'avertit que de tels personnages étaient fort intraitables et ne pouvaient guère être qu'une source de troubles dans une maison ; rien ne put détourner Vermund de sa résolution, et, pour les déterminer à venir avec lui, il alla jusqu'à leur offrir pour salaire la faculté de choisir, parmi les choses dont il pouvait disposer, celle qui serait à leur convenance. Le marché fut conclu ; mais, en arrivant en Islande, la première chose qui passa par la tête de Hali fut de demander une femme riche, belle et de noble naissance. Comme la demande était difficile à satisfaire, Vermund, qui était connu pour un homme d'un caractère débonnaire, se détermina à envoyer ses fâcheux créanciers à son frère, Arngrim *Styr* ou *le Turbulent*, lequel lui sembla un homme plus capable que lui-même de les rappeler à l'ordre.

Arngrim avait justement une fort jolie fille, nommée Asdisa, dont l'inflammable berserkir tomba sur-le-champ amoureux. N'osant pas la lui refuser ouvertement, Arngrim dit à son aspirant gendre qu'avant de se rendre à ses désirs il lui fallait consulter ses amis et aller à Helgafell, où demeurait le grand prêtre païen Snorre. Le résultat de ce voyage et de cette conférence fut que le Turbulent consentit aux vœux du berserkir, en apparence du moins, et s'engagea à lui donner sa fille aussitôt que les deux champions auraient ouvert une route à travers les rochers de lave de Biarnarhaff. Hali et Leikner se mirent immédiatement en devoir d'exécuter cette tâche prodigieuse, pendant que la dédaigneuse Asdisa, attifée de ses plus beaux atours, venait balayer derrière eux en silence, comme pour se railler de leurs fatigues. Les poétiques reproches adressés à ce sujet à la jeune dame par son farouche admirateur et par le compagnon de celui-ci sont parvenus jusqu'à nous.

Pendant ce temps, le cauteleux Arngrim faisait creuser par d'autres serviteurs un bain souterrain, construit de manière à pouvoir être rempli d'eau bouillante en un instant. Les deux berserkirs, leur tâche une fois terminée, vinrent réclamer la récompense promise, et Arngrim Styr, comme mû par une effusion affectueuse, les invita à se délasser d'abord dans le bain qu'il venait de créer. Ils n'y furent pas plutôt descendus qu'Arngrim laissa retomber la lourde trappe qui le fermait, fit étendre par-dessus la peau d'un bœuf fraîchement dépouillé et ordonna de lâcher l'eau bouillante. Terribles furent alors les efforts des géants échaudés : Hali réussit même à forcer l'ouverture ; mais son pied ayant glissé sur la dépouille sanglante du bœuf, il tomba, et Arngrim le frappa au cœur de son épée. Son frère, rejeté dans l'étuve, y périt étouffé.

Le chant inspiré au Turbulent par cet exploit existe encore et
n'est pas inférieur, en mérite poétique, à celui que j'ai déjà mentionné comme émanant de ses victimes.

Dès que le pontife Snorre eut appris le résultat du stratagème
d'Arngrim Styr, il vint et épousa mademoiselle Asdisa. Les vestiges
de la route taillée par les malheureux champions sont encore visibles
près de Biarnarhaff, et la tradition les rattache toujours au tombeau
des berserkirs.

LÉGENDE DE LA DAME DE FRODA ET DU CHAMPION DE BREIDAVIK

Au nom de ce même grand prêtre Snorre est intimement unie
une de ces mystérieuses notions que renferment les anciennes chroniques relativemement à une grande terre placée dans l'océan Occidental, notions mêlées de tant de traits reconnus véritables qu'il est
impossible de ne pas leur reconnaître une certaine valeur. Cette
histoire est particulièrement remarquable, d'ailleurs, par son dé-
nouement, plongé brusquement par une saga dans le plus profond
mystère et incidemment révélé par une autre, qui raconte des
événements sans liaison avec ceux de la première.

Il paraît que Snorre avait une sœur d'une grande beauté, nommée
Thured de Froda, dont un certain Biorn Astrandson, brave gentilhomme du pays, devint éperdument épris. Malheureusement survint
un rival plus riche que lui, et, bien que la belle eût donné son cœur
à Biorn, le prêtre Snorre, que nous connaissons déjà comme un
homme prudent, la força à donner sa main au nouveau prétendant.
L'âme pleine de dégoûts et de douleurs, Biorn s'embarqua et fit voile
vers la Baltique, où il se fit admettre dans la confrérie des pirates si
célèbres sous le nom de Vikings de Jomsburg. Parmi ces rois de la
mer il ne tarda pas à se distinguer par sa valeur et son audace, qui
lui valurent le titre de Champion de Breidavik. Après maintes
prouesses sur terre et sur mer, il revint enfin, chargé de butin et de
renommée, dans son île natale.

Peu après son retour, dans l'été de l'an 999, une grande foire
réunit à Froda tous les marchands des contrées voisines, « qui s'y
rendirent, dit la chronique, vêtus d'habits aux couleurs variées. »
Là vint aussi l'ancienne passion de Biorn, la dame de Froda, « et

Biorn, dit encore la saga, s'approcha d'elle et lui parla ; et on peut supposer que leur conversation fut longue, car bien du temps s'était écoulé depuis qu'ils ne s'étaient vus. Mais à ce renouvellement de vieille connaissance le mari et le frère de la dame trouvèrent beaucoup à redire, et il parut à Snorre qu'il serait prudent et sage de tuer Biorn. » En conséquence, vers le temps de la fenaison, il monta à cheval et se dirigea vers la maison de sa victime, avec une troupe de coupe-jarrets dont chacun avait reçu, au préalable, du grand prêtre, des instructions spéciales sur la manière dont il devait frapper. Biorn était dans son enclos (*tùn*), occupé à raccommoder son traîneau, quand il aperçut de loin la cavalcade ; et, soupçonnant le motif réel de sa venue, il s'élança sur Snorre, qui marchait en tête, *en manteau bleu*, et, lui appliquant sur la poitrine la pointe du couteau avec lequel il venait de travailler, il se tint prêt à l'enfoncer dans le cœur du grand prêtre au premier mouvement hostile de ses compagnons. Ceux-ci, comprenant parfaitement la position des affaires, se tinrent cois. Biorn ayant alors demandé à Snorre « ce qu'il y avait de nouveau », le prêtre avoua qu'il était venu dans l'intion de le tuer ; « mais, ajouta-t-il, tu as pris sur moi un tel avantage dans cette rencontre, que je dois t'accorder la paix, quelque dessein que j'aie pu former auparavant. » La conversation se termina par un arrangement à l'amiable, et Biorn consentit à quitter le pays, se sentant incapable de ne pas chercher à voir Thured tant qu'il demeurerait dans son voisinage.

Ayant équipé un navire, Biorn prit la mer dans le courant de l'été. Comme il mettait à la voile, le vent du nord-est soufflait et ne cessa point de toute la saison ; et l'on n'entendit plus jamais parler de son navire. Mais est-ce là le dernier mot de la tradition sur le pauvre champion de Breidavik ? Il n'en est rien. Trente ans plus tard elle nous le montre de nouveau sain et sauf aux extrémités de la terre.

Dans l'année 1029, un Islandais nommé Gudlief entreprit un voyage à Limerick, en Irlande. A son retour, assailli sans relâche par les vents de nord-est, il fut poussé hors de sa route, entraîné à l'ouest pendant un grand nombre de jours, jusqu'à ce qu'enfin il vint en vue d'une terre inconnue. Comme ses gens et lui atteignaient le rivage, une grande multitude d'indigènes environna les étrangers avec

des intentions très peu amicales en apparence. Peu après, néanmoins, un grand et vénérable chef apparut, et, au grand étonnement de Gudlief, lui adressa la parole en islandais. Après avoir traité
honorablement les marins fatigués et leur avoir fourni des vivres, le
vieillard les avertit qu'ils devaient retourner en Islande, car faire
un long séjour dans le lieu où ils se trouvaient pouvait n'être pas
sans danger pour eux.

Il refusa de faire connaître son nom; mais, ayant appris que Gudlief
demeurait dans le voisinage du Snaefell, il lui confia une épée et un
anneau, avec la mission de porter l'un à Thured de Froda et l'autre
à Kiartan, fils de cette dame. Gudlief lui ayant demandé de la part

de qui il devait remettre ces présents, le vieux chef se contenta de
répondre : « Dites-leur que ce sont des souvenirs d'un homme qui
fut l'ami de la dame de Froda bien plus que de son frère Snorre
d'Helgafell. » D'après toutes ces données on conjectura que cet
homme n'était autre que Biorn Astrandson, le champion de
Breidavik.

D'après ceci, madame, j'espère que vous ne médirez plus de la
constance des hommes, et que vous penserez comme moi qu'après
tout Thured aurait mieux fait d'épouser Biorn.

J'oublie de mentionner que lorsque Gudlief aborda à cette étrange
terre, il lui sembla que les indigènes parlaient irlandais. Maintenant
il y a pas mal d'antiquaires qui inclinent à croire à l'existence d'une

ancienne colonie irlandaise au sud du Vinland des Scandinaves. On trouve dispersées dans les sagas un grand nombre d'allusions à une lointaine contrée occidentale, appelée Ireland it Mikla, Grande-Irlande ou Hvritamannaland, la terre des hommes blancs. Lorsque Cortez pénétra dans le cœur du Mexique, une tradition relative à des hommes blancs venus antérieurement de l'Orient y existait encore. Les Indiens Shawanèses ont conservé jusqu'à ce jour une tradition, d'après laquelle la Floride aurait été habitée jadis par des hommes blancs qui se servaient d'instruments de fer. En 1658, sir Erland, le prêtre, possédait une carte d'une époque bien plus ancienne, sur laquelle la *Terre des hommes blancs*, ou *Hibernia Major*, était située vis-à-vis la *bonne Vinland*, et enfin des philologues gaéliques prétendent retrouver plus d'une affinité remarquable entre quelques dialectes indo-américains et l'ancien celte.

Mais revenons à bord de *l'Écume*. Dès que nous eûmes doublé le Snaefell, nous nous trouvâmes par le travers du spacieux fiord de Breidi, roulant et tanguant à raison de quinze à seize kilomètres à l'heure sur les talons du steamer, qui semblait à peine s'apercevoir de l'inégalité de la surface sur laquelle il nous entraînait. A mesure que le Snaefell s'enfonçait sous l'horizon, les sombres crêtes du Bardestrand s'élevaient devant nous comme des fantômes drapés dans la brume du soir. La partie nord-ouest de l'Islande se compose d'une âpre péninsule, découpée sur la mer comme une main humaine dont les doigts s'étendent vers le cercle arctique, pendant qu'entre eux se creusent de sombres fiords de trente, quarante-huit et même de soixante kilomètres de profondeur. Rien ne peut se concevoir de plus grand et de plus mystérieux que l'aspect de leurs solennelles entrées vues de la haute mer. On pourrait prendre chacune d'elles pour le portique spécial de quelque enfer poétique, si lugubres, si menaçants, semblent les perspectives que chaque coup d'œil découvre entre leurs rangées de précipices et de pyramides sans fin.

Il y a, en outre, je ne sais quoi de particulièrement mystique dans la grise et fantastique atmosphère d'une nuit arctique: à travers le vague de ses couches estompées, les montagnes et les caps semblent aussi impalpables que les frontières de l'empire du démon, et comme je contemplais les pics étincelants, les masses monstrueuses et les stratifications déchirées, entassées le long de la côte dans un désordre cyclopéen, je compris combien il fut facile à la mythologie scandinave, dont les mystères avaient trouvé dans les Islandais des gardiens et interprètes naturels, de revêtir cette rude et hardie simplicité qui en fait la beauté caractéristique. Au milieu de la grandiose âpreté d'une telle contrée, les raffinements du paganisme grec auraient été un non-sens. Combien eussent été déplacés un Jupiter à la barbe bichonnée, un Apollon élégant, un Bacchus anodin, une délicate Vénus, une svelte Diane, avec tout leur cortège d'Oréades et de Cupidons, au milieu d'un Océan brumeux, des torrents mugissants, des montagnes en fusion et des nuits de quatre mois d'une terre que les forces opposées du froid et du chaud ont choisie pour champ de bataille ! Les facultés non développées de la raison inclinent à attacher une valeur exagérée et une signification aux formes des choses, et l'esprit des peuples au berceau est plus porté à adorer les manifestations de la force qu'à plonger plus avant pour découvrir la cause de celle-ci. N'est-il pas naturel que les hommes du Nord, chaque jour en communion avec cette grande nature primitive, aient été portés à percevoir dans ses opérations une mystérieuse et indépendante énergie, et soient arrivés peu à peu à confondre dans une personnalité imaginaire, les luttes morales de la pensée humaine et les luttes physiques de la matière ? C'est ainsi que pour eux le retour du soleil, rappelant à une existence nouvelle la terre glacée par l'hiver, devient un type de l'être omniscient qui seul peut rendre le soufle de la vie à une créature frappée de mort. Ainsi, ils crurent même découvrir plus d'une analogie entre le règne du froid et des ténèbres et la désolation et les ravages d'une âme pervertie par le crime. Mais, dans ce climat de fer, donnant lieu à d'aussi effrayantes associations de choses et d'idées, la lutte était trop terrible, la mêlée des puissances rivales trop rapprochée des regards, pour que l'esprit pratique et consciencieux du Scandinave se contentât pour ses divinités des proportions restreintes des habitants de l'Olympe classique. Le Nectar, la Volupté et l'inextinguible Rire étaient des éléments trop mesquins de félicité pour la rude atmosphère du Walhalla. Pour ces tempéraments énergiques, pour ces esprits sains, qu'avait trempés de vigueur et de gravité le milieu sévère de leur terre natale, la Force, le Courage, la Fermeté et surtout le Dévouement parurent naturellement, et bien

plus que l'Élégance et la Beauté, les attributs essentiels de la Divinité.
Il ne faut pas oublier, en outre, que pendant que la vigoureuse imagination du Nord se complaisait dans la création d'une magnifique
terre de songes, où elle s'efforçait de fondre, comme dans un
immense tableau, toujours harmonieux, quoique non toujours
logique, les influences diverses qui entretiennent ensemble l'ordre
physique et moral de cet univers, un travail intérieur du sobre bon
sens du génie gothique amena celui-ci, comme une espèce de réaction
contre l'interprétation trop matérielle du symbolisme, à clore tout
le système de ses croyances religieuses par le balayage général, dans
le chaos de l'oubli, de tout le glorieux édifice qu'il avait évoqué, et
à proclamer, à la place de ses dieux transitoires et du ciel péris-
sable de leur Asgaard, ce dieu unique et indivisible à l'approche
duquel les piliers du Walhalla doivent s'écrouler, et Odin, avec ses
pairs et tout le subtil merveilleux de leur existence, s'évanouir,
pendant que l'homme, immortel lui-même, est appelé à recevoir des
mains de l'éternel Père du Tout le prix ou le châtiment de ses actions.
Il est vrai que ce système plus pur n'appartient qu'à la période la
plus reculée de l'odinisme. Comme il arrive à toutes les fausses
religions, le symbolisme de la mythologie scandinave perdit, à
chaque génération, quelque chose de sa transparence première, et
finit par dégénérer en une grossière superstition. Mais des traces de
l'esprit profond et philosophique dans lequel il avait été conçu, se
conservèrent jusqu'aux temps même où apparut le christianisme
triomphant; et à travers ses conceptions familières circule une veine
de douce gaieté comme celle qui caractérise encore les cœurs
chauds et la tendresse souriante des races du Nord. On peut
puiser une idée assez exacte de ce mélange de philosophie et de
joyeuseté dans l'histoire du voyage de Thor à Jotunheim.

Cependant nos montres marquaient minuit.... Chaque vingt-quatre
heures écoulées depuis notre départ d'Angleterre nous ayant amenés
plus près du pôle, il s'ensuivait qu'à chaque révolution diurne l'intervalle obscur qui sépare le jour du jour devenait graduellement
plus étroit, jusqu'à ce qu'enfin, dans le voisinage du cercle arctique,
que nous devions franchir la nuit suivante, cet intervalle se réduisit
à une simple ligne d'ombre. Encore quelques demi-douzaines de
lieues, et nous allions entrer dans les limites d'un jour de quatre

mois! Depuis quelques heures la voûte céleste était entièrement
couverte de nuages, à l'exception d'une bande de pur azur qui,
s'étendant sur l'horizon du nord, semblait promettre un digne théâtre
pour les dernières obsèques du soleil. Mais, comme les héros des
vieux âges, il avait voilé sa face pour mourir, et ce ne fut que lorsqu'il plongea dans les flots que l'hémisphère tout entier resplendit
de sa gloire et que la pompe dorée réunie pour ses funérailles défila
lentement autour de son tombeau. Toute la scène rappelait les
tardifs honneurs que nous rendons parfois à ces rois de la poésie
qui, après avoir langui toute leur vie oubliés dans une mansarde,
jouissent après leur mort d'un gîte fastueux dans l'enceinte aristocratique de Westminster. Quelques minutes après, le dernier segment
de feu avait disparu sous l'horizon pourpré, et tout était fini.

Le roi est mort! Vive le roi! Et voilà que du fond de la mer qui
vient d'engloutir la majesté de la veille, surgit le jeune monarque du
jour nouveau; tandis qu'une cour de nuages vermeils, encore resplendissants des faveurs de leur maître défunt, se tourne vers le
nouveau souverain pour puiser plus d'éclat encore dans son sourire.

On ne peut concevoir un plus beau, un plus étrange spectacle que
ce dernier coucher du soleil arctique. Le matin et le soir, comme
des frères qu'une futile querelle a momentanément désunis, se donnent la main à travers l'ombre de la nuit évanouie.

Pardonnez-moi si de fois à autre vous me trouvez un tantinet
phraseur; car, en réalité, au milieu de la grandeur et de la nouveauté de ce monde primitif, il est presque impossible d'empêcher
l'imagination, pour peu qu'on en ait, d'absorber une dose de couleur locale. Nous sommes comme des gens qu'on aurait subitement
transportés dans le colossal milieu de l'Hipérion de Keat. Le sang
de jeunes Titans bout dans nos veines. Le Temps lui-même, qui a
secoué le joug de toute division mesquine, a revêtu un aspect plus
majestueux. Enfin nous avons un appétit de géants, qui fait croire
que nous allons être forcés d'adopter aussi les habitudes outrées
des anciens dieux.

Comme *la Reine-Hortense* ne pouvait porter la quantité de
charbon nécessaire à ses courses projetées, il avait été arrêté que le
steamer *le Saxon* l'accompagnerait pour lui en fournir, et l'Onunder-
Fiord, sur la côte nord-ouest de l'île, lui avait été assigné comme

LE DYRAFIORD, PRÈS DE L'ONUNDERFIORD

lieu de rendez-vous. En conséquence, tournant subitement à droite, nous quittâmes les flots du large pour donner dans un long et sombre canal qui s'enfonce aussi loin que l'œil peut s'étendre, entre deux hautes rangées de porphyre et d'amygdaloïdes. La conformation de ces montagnes est des plus curieuses : on dirait que ce canton tout entier est le produit de quelque prodigieuse cristallisation, si géométriques sont les contours de ces montagnes, qui affectent les formes de cubes, de cônes, plus souvent encore celle de pyramides s'élevant de la base à la cime en assises régulières. Çà et là la pyramide, tronquée à son sommet, se termine par une large terrasse, comme les temples de Babel ou les téocallis mexicains ; et lorsque le soleil, au niveau de l'horizon, n'atteint les regards du spectateur qu'en se frayant une route dorée à travers les gorges de ces montagnes et dépose comme une brillante auréole sur quelque pic lointain, on pourrait facilement la prendre pour la lueur du feu d'un sacrifice.

L'apparence symétrique de ces rochers provient de ce qu'ils sont formés de coulées de trapp alternant avec des couches de formations marines ; l'action dissolvante de la neige et du froid, en désagrégeant graduellement leurs strates les plus saillantes, a taillé leurs flancs comme une suite de terrasses superposées en retrait.

C'est dans ces couches marines que se trouve le fameux *suturbrand* sorte de bois bitumineux, noir et luisant comme le jais, mais dont l'origine est encore un mystère pour les savants : faut-il la rattacher au système général de la formation des houillères, ou est-elle due à d'anciens bois flottés, c'est ce que ces messieurs n'ont encore pu décider. Dans son voisinage on trouve presque toujours de la zéolithe et de la chabasie[1] ; mais, généralement parlant, l'Islande est moins riche en minéraux qu'on ne pourrait le supposer ; les principaux sont l'opale, la calcédoine, l'améthyste, la malachite, l'obsidienne, l'agate et le feldspath ; quant aux mines de soufre, elles y sont inépuisables.

Après avoir glissé quelques heures entre ces hauteurs en terrasses, nous avons enfin atteint l'extrémité du golfe, où nous avons trouvé *le Saxon*, qui nous attendait, semblable à un noir dragon de mer replié sur lui-même, au bord de son antre. Au premier signal,

1. La chabasie est aussi une espèce de zéolithe.

parti du grand mât de la corvette, il répondit en jetant quelques
bouffées de vapeur et en tournant sur lui-même. Bientôt, comme
irrité par l'apparition d'un intrus, le monstre endormi parut soudain se mettre en mouvement, et, lançant d'énormes colonnes de
vapeur sulfureuse, il se jeta, avec de sourds mugissements, à la
poursuite du téméraire qui venait troubler sa solitude. Telle, j'en
suis sûr, a été la notion la plus claire que les pauvres habitants de
deux ou trois chaumières éparpillées le long du golfe ont conçue, en
entendant, au saut du lit, les bruyants sifflements de ces deux navires
longs et noirs comme des serpents, et en les voyant mus sur la surface limpide des eaux par une puissance incompréhensible et magique. Excités par la nouveauté de tout ce que nous venions de voir,
nous avions oublié le sommeil et le temps qu'on lui consacre d'ordinaire. Or il était six heures du matin ; il devait s'écouler quelque
temps avant que nous fussions hors du golfe et quelques heures
après nous devions nous trouver sous le cercle arctique ; si donc nous
voulions nous reposer un peu, il était urgent d'y songer. Ayant pesé
ces considérations, nous descendîmes tous les trois dans la cabine ;
et, pendant la demi-douzaine d'heures qui suivirent, je fus transporté en songe au milieu de montagnes désertes pour être témoin
d'une cérémonie funèbre dans laquelle un dragon de mer menait le
deuil, pendant que des ours blancs revêtus de manteaux de pairs
tenaient les cordons du poêle.

Quand nous remontâmes sur le pont, l'extrémité septentrionale de
l'Islande, déjà à plusieurs lieues de notre tribord, s'abaissait et s'ef-
façait dans la brume de l'horizon ; sur nos têtes resplendissait un
soleil sans taches, et sous nos pieds scintillait la mer, calme et unie
comme un disque de cristal bleu pâle enveloppé dans un filet d'argent. J'ai rarement vu une journée plus brillante ; le thermomètre
marquait 22 degrés centigrades, et, en réalité, nous semblions être
dans le voisinage de l'équateur bien plus que sur le chemin du pôle.

Animés par cette joyeuseté de caractère qui les pousse à faire une
fête de toute chose, les officiers français imaginèrent d'organiser une
sorte de carnaval, pour inaugurer leur entrée dans les mers arctiques, et, au moyen d'un morceau de craie et d'une large planche
noire arborée sur l'arrière de *la Reine-Hortense*, ils me deman-
dèrent quelle idée féconde j'avais à leur offrir comme ma quote-part,

dans l'accomplissement de ce louable projet. Grâce à la pauvreté
d'invention et au goût des spiritueux qui caractérisent ma nation, je suis obligé d'avouer qu'après de profondes réflexions je
ne trouvai pas de meilleure réponse que ce mot : « Grog! » Mais
ayant vu un ou deux pavillons d'extra flotter au sommet de chaque
mât de la corvette, j'eus l'heureuse idée de parer *l'Écume* de toutes
ses couleurs. La toilette du schooner terminée, je me rendis à bord
de *la Reine-Hortense*, et vous ne pouvez rien vous représenter de
plus léger, de plus gracieux et de plus coquet que *l'Écume* vue du
pont de la corvette. Se balançant et s'inclinant au moindre gonfle-
ment des ondes, ou repoussant dédaigneusement de ses flancs ar-
rondis les caresses de la vague, elle ressemblait réellement à une
noble petite créature vivante.

Je fus tiré de cette agréable contemplation par le son d'une grosse
voix, qui semblait partir du fond de la mer, et qui héla le navire de
la façon la plus impérieuse, demandant quel était son nom, sa destination, d'où il venait et qui il portait.... Un jeune officier, debout
sur la dunette, répondit à toutes ces questions chapeau bas et avec
la plus grande politesse. Notre invisible interlocuteur parut satisfait
sur tous ces points, et annonça son intention de monter à bord.
Tous les officiers du navire se rassemblèrent sur la poupe pour le
recevoir. Quelques minutes après, au milieu du tapage d'une infernale musique, nous vîmes paraître un personnage à longue barbe
blanche, vêtu d'une peau d'ours, un chapeau à trois cornes sur l'o-
reille, des lunettes sur le nez, accompagné d'une troupe de monstres
épouvantables. Il tendit à l'officier de quart, en guise de carte de
visite, un grand écriteau sur lequel on lisait : *le père Arctique;* puis,
s'avançant gravement, il se mit en devoir de prendre la hauteur du
soleil avec un instrument qui n'était autre qu'un de ces triangles de
bois dont se servent les maçons.

Cette opération préliminaire achevée, une vraie bacchanale commença sur tout le vaisseau ; les vergues se peuplèrent tout à coup
de diables rouges, de singes noirs, de toute espèce de monstres
grotesques, pendant que le reste de l'équipage, officiers et matelots
confondus, dansait le cancan sur le pont. De peur que la grande
chaleur de ce jour ne nous fît oublier que nous entrions dans ses
domaines, le père Arctique avait fait poster quelques-uns de ses

familiers dans les haubans, d'où ils lançaient sur nous, au signal
convenu, des averses de pois secs, pour représenter la grêle, tandis
que la farine avec laquelle chacun s'efforçait de poudrer la figure de
son voisin, était chargée de rappeler à tout le monde que nous
avions atteint la latitude des neiges. Lorsque ce bruyant divertisse-
ment commença, je me trouvais assis sur la dunette à côté d'un des
graves savants attachés à l'expédition ; il contemplait les extravagants
qui s'agitaient à ses pieds avec ce triste sourire d'indulgence que la
sagesse accorde parfois aux gaietés de la folie. Tout à coup il disparut
d'auprès de moi, et quand mes yeux purent le retrouver, il était en
train de pirouetter sur le pont avec un démon à queue rouge, et il
déployait dans ses entrechats une verve et une audace gracieuses,
qui à Paris lui auraient certainement valu l'honneur d'être expulsé
du bal par l'autorité municipale. Un sermon prononcé du haut d'une
vergue par le chapelain attaché à la personne du père Arctique termina les divertissements de la journée, et l'on arrosa ce discours
d'un chaudron de grog servi dans des bols à tous les acteurs de cette
cérémonie inusitée.

Comme le prince avait eu la bonté de nous inviter à dîner, je ne
retournai pas à bord de la goélette, et je passai l'heure suivante à
me promener sur la dunette avec le baron de La Roncière, commandant chargé de la conduite de l'expédition. Il parlait anglais
à merveille, comme tous les brillants officiers de la marine française, et je garderai toujours un souvenir reconnaissant de l'accueil
cordial qu'il me fit à son bord, et de son attentive sollicitude
dans ses manœuvres pour le petit bâtiment qu'il avait à la remorque.

A cinq heures, on annonça le dîner, et je me demande si cette
excentrique partie du monde avait jamais vu servir un aussi somptueux banquet, embelli encore par des morceaux choisis des
meilleurs opéras, qu'exécutait l'orchestre amené de Paris par le
prince. Pendant les silences de la musique, la conversation roulait
naturellement sur les étranges pays que nous allions visiter, et sur
la meilleure manière de *pourfendre* les ours blancs, qui sans doute
tremblaient déjà pour leurs vêtements de neige. Mais, hélas ! au
moment même où nous ne songions qu'aux triomphes que nous
réservaient ces nouveaux domaines de notre imagination, le génie

du pôle traçait de son doigt raidi notre *Mané, Thécel, Pharès* sur les vitres glacées de la cabine. En moins d'une demi-heure, le thermomètre tomba graduellement au-dessous du 0 centigrade. Un brouillard dense et pénétrant enveloppait les deux bâtiments; des flocons de neige tournoyaient lentement dans l'air, et une bise glacée du nord-ouest nous disait bien clairement que nous avions atteint la frontière des glaces éternelles, bien qu'il y eût encore au moins cent soixante kilomètres entre nous et les côtes groënlandaises.

Dans tout autre moment, le climat terrible où nous nous engagions nous eût fort assombris; mais je ne sais comment ce changement subit ne fit qu'augmenter notre belle humeur, par cela même peut-être que la rencontre inattendue du brouillard et de la glace après une belle journée de juin avait parfaitement l'air d'une mystification à notre usage. En tout cas, nous étions incontestablement entrés dans ce que nos amis les Français appellent les *mers glaciales*, où, quel que fût notre sort, à coup sûr les aventures nouvelles et intéressantes ne pouvaient nous faire défaut!

En attendant, la soirée était déjà fort avancée. Je convins avec M. de La Roncière d'un système de signaux en cas de brouillard, et d'un pavillon qui, déployé au mât de misaine de *la Reine-Hortense* ou à l'artimon de *l'Écume*, voudrait dire que l'un de nous désirait se séparer de l'autre; puis nous descendîmes dans la chaloupe, qui nous déposa sur le flanc de notre propre embarcation.

Depuis notre départ d'Islande, le steamer s'était dirigé au nord-est, d'après la boussole; mais, pendant la nuit suivante, il inclina au sud-est, car par ce brouillard épais il y aurait eu de l'imprudence à s'avancer dans la direction de la *banquise*. C'est ainsi qu'on nomme la lisière extérieure de cette ceinture de glace qui s'appuie à la côte orientale du Groënland. A trois heures du matin, le temps s'éclaircit un peu; à l'heure du déjeuner, le soleil reparut et notre vue put s'étendre à huit ou dix kilomètres autour de nous. Bientôt après, comme j'étais à contempler la surface unie et bleue de la mer, un point blanc, lumineux et scintillant, attira tout à coup mes yeux à une huitaine de kilomètres sur notre gauche. Le télescope décida que c'était une montagne de glace qui glissait et dansait au soleil! A cette nouvelle, tout le monde accourut sur le pont,

comme de juste ; et, lorsque, en quelques minutes, montagnes
après montagnes apparurent à la file, scintillant comme un collier
de diamants, notre excitation fut au comble.

Ce que nous avions devant nous, c'était bien de la bonne eau salée
à l'état très solide. A mesure que nous avancions, les fragments
épars s'aggloméraient et passaient comme une flottille d'argent des
deux côtés du navire, si bien qu'enfin nous nous trouvâmes enveloppés par d'innombrables collines de glace sans pouvoir nous lasser
d'admirer un spectacle si étrange et si beau. Du reste, ces îlots
étaient remarquables par leur forme et par leur couleur, plus que
par leurs dimensions. Nous n'avons pas rencontré de véritables
icebergs[1], et je ne pense pas que nous en rencontrions dans notre
voyage ; ces montagnes de glace si élevées, qui errent comme des
îles flottantes le long de la côte d'Amérique, ne dépassent jamais, ou
bien rarement, le cap Farewell, à l'est et au nord. Ce sont des glaces
de terre, produites dans les découpures de la baie de Baffin, et qui
pénètrent dans l'océan Atlantique bien au sud de l'Islande, tandis
que les glaces polaires, parmi lesquelles nous jouions à colin-
maillard en ce moment, se forment sur la mer et n'offrent que des
masses comparativement aplaties, à moins que quelque pression extraordinaire n'en ait empilé plusieurs l'une par-dessus l'autre. Celles
que j'ai vues n'atteignent pas, je pense, plus de neuf à dix mètres
au-dessus du niveau de la mer, bien qu'à quelque distance,
surtout à travers le brouillard, elles puissent paraître bien plus
élevées.

Pour l'étrangeté de la forme et l'éclat des couleurs, ces singu-
lières collines surpassaient tout ce que j'avais jamais imaginé, et
nous ne nous lassions pas d'observer leur procession fantastique.
Tantôt c'était un chevalier sur un palefroi, avec une cuirasse de
saphir et un plumet blanc à son casque ; ou bien une fenêtre de
cathédrale, dont la rosace coloriée aurait été blanchie par une ra-
fale de neige ; ou encore un beau pic, bien aigu, de lapis-lazuli ; ou
bien un bananier, avec ses racines partant du milieu des branches,
et son feuillage dont la délicatesse aurait défié l'ouvrage de tous
les fondeurs de métaux ; ou un dragon féerique, opposant à la

---

1. Iceberg, montagne de glace.

vague ses écailles d'émeraude; ou, enfin, tout ce qui peut passer
par le cerveau d'un rêveur.

Mais bientôt le brouillard s'abaissa de nouveau sur cette scène
et changea chaque image étincelante en une informe masse blanche.
En même temps nos efforts pour suivre notre direction septentrionale devinrent inutiles; il nous fallut virer, tournoyer dans toutes
les directions; et quelquefois même, pendant plusieurs heures,
courir des bordées à l'est et au sud.

Ces obstacles continuels devenaient très contrariants; et, pour
me distraire de l'ennui de notre marche, je priai le docteur de
m'arracher une dent, ce qu'il fit avec la plus grande habileté. Un
demi-tour à bâbord, un autre à tribord, et elle s'envola par l'abat-
jour de la cabine. Toute cette journée-là, et la suivante, c'est à
peine si nous avons fait un pas vers le nord; le lendemain, la glace
semblait plus obstinée encore à nous barrer passage; nous ne pouvions pas même nous amuser à communiquer d'un bord à l'autre
au moyen de la craie et des planches noires, car le brouillard
était trop épais pour qu'on pût distinguer du pont d'un des navires
ce qui se passait sur l'autre. Tout le soin et toute l'habileté que mettait la *Reine-Hortense* à choisir son chemin entre les masses flottantes, ne pouvaient empêcher que des glaçons ne vinssent heurter
nos flancs avec assez de violence. Avant d'y être habitués, nous
trouvions fort désagréable d'entendre, la nuit, de notre lit, les
glaçons passer à cinq centimètres de nos oreilles en frottant rudement le navire. Le soir du quatrième jour, la brise s'éleva; à minuit, le vent souffla pour tout de bon; en maintenant constamment
le cap à l'est, nous avions fini par trouver la mer à peu près libre,
et je m'étais couché avec l'espoir qu'en tous cas le vent emporterait
le brouillard et que nous y verrions un peu plus clair devant nous
le lendemain matin.

A cinq heures, l'officier de quart entra comme un tourbillon
dans ma cabine, avec la nouvelle *que le Français disait quelque
chose sur sa planche noire.* Je sentis tout de suite, au mouvement
du vaisseau, que la mer était devenue très grosse pendant la nuit,
et je craignis qu'il n'y eût quelque chose de dérangé dans les drisses
de remorque, ou qu'un cordage ne se fût engagé dans l'hélice de la
corvette (la crainte de ce dernier accident me poursuivait depuis

mon départ); de sorte que, passant à la hâte une paire de bottes fourrées, que j'avais toujours près de mon lit en cas de besoin, et jetant un manteau de fourrure sur

Le simple appareil
D'une beauté qu'on vient d'arracher au sommeil,

je saisis le télescope et je gagnai le pont en trébuchant. Rien ne saurait être plus âpre et plus désagréable que la bise glacée qui me saisit autour du corps dès que j'eus atteint le haut de l'escalier; j'avais besoin de mes deux mains pour pointer ma longue-vue, et je ne pouvais empêcher le vent de faire voler mon manteau derrière mes épaules, si bien que, sauf pour l'acquit de ma conscience, j'étais absolument comme en chemise...

Je fus, en ce moment, si frappé de ma ressemblance avec une image coloriée que me rappellent mes souvenirs d'enfance, et qui représente le célèbre *Chat-Botté*, dont la robe de pourpre flotte au vent bien loin derrière lui, pour exprimer la rapidité de sa course magique, que je fus pris d'un fou rire, tout en grelottant sous la bise. De plus, avec le brouillard et l'écume, il me fallut bien dix minutes pour déchiffrer l'écriture; et le sens n'en était pas bien réconfortant.... *Nous retournons à Reykiavik.*

Ainsi donc, ils laissaient là leur projet comme déraisonnable! Ils concluaient que l'île est inaccessible! Pourtant c'était bien dur de reculer après avoir tant fait! Nous étions au moins à trois cent quatre-vingts kilomètres au nord de l'Islande; il n'y en avait certainement pas plus de deux cents à deux cent dix jusqu'à Jean-de-Mayen; ... les apparences n'étaient sans doute pas des plus favorables; mais je voyais encore tant de chances de succès que je n'eus pas le cœur d'abandonner la partie.

Je fais donc hisser le pavillon convenu à l'artimon (écrire sur les planches était hors de question, nous étions sous un déluge d'écume); je m'élance en bas et j'éveille Fitz Gérald et Sigurdr, pour les avertir que, sur le point de poursuivre seuls notre route, ils aient à profiter du départ de la corvette, dans le cas où ils auraient quelques lettres à envoyer chez eux. De mon côté, je griffonne une ligne de remerciements et de souhaits affectueux à M. de

La Roncière, une autre pour vous, et nous lançons nos dépêches à bord de la corvette.... dans une boîte à lait.

En même temps, tout est en mouvement sur le pont, et je pense que chacun se réjouit sincèrement à la pensée de remettre notre goélette sous voiles.

« Sommes-nous prêts à partir, monsieur Wise ?

— Oui, oui, monsieur, tous prêts !

— Lâchez les amarres !

— C'est fait, monsieur. »

Et les haussières tombent pesamment dans la mer ; la voile d'étai se déroule, puis, se balançant un moment sur les vagues, avec l'hésitation effarouchée d'un oiseau soudainement remis en liberté, la petite créature déploie ses ailes, baisse trois fois son pavillon en signe d'adieu, reçoit en retour les chaleureuses acclamations des Français, et glisse comme un fantôme vers le nord, tandis que *la Reine-Hortense* vire de bord pour regagner l'Islande.

II

L'extrait suivant du *Moniteur* du 31 juillet 1856, recueilli par les navigateurs de *l'Écume*, trouve ici naturellement sa place comme document complémentaire.

EXPLORATION DE LA BANQUISE AU NORD DE L'ISLANDE,

Par *la Reine-Hortense*.

« L'Islande est tout entière dans la zone tempérée. Sa latitude est la même que celle de la Norvège septentrionale, que couvrent d'immenses forêts de sapins, et dont la végétation rappelle, au moins pendant quelques mois de l'année, celle de l'Europe centrale. Et cependant l'Islande n'a pas un seul arbre ; le bouleau lui-même a disparu de cette terre balayée par un vent glacial. Elle n'a, pour couvrir la nudité de son sol volcanique, que l'éternel manteau de neige étendu sur ses montagnes et la pâle verdure des graminées que le soleil de juillet fait apparaître au fond de ses vallées.

» La partie méridionale du Groënland présente une exception
encore plus remarquable aux lois générales qui président aux rapports entre les latitudes et les climats. Là, sous une latitude qui ne
dépasse pas celle des Shetlands et d'une partie de la Suède, la nature
s'est plu à accumuler les rigueurs d'un hiver éternel. L'herbe même
n'y croît plus ; une sorte de mousse est la seule végétation permise
à ces régions désolées, et l'homme n'y a d'autre ressource pour
soutenir son existence et celle du chien, l'unique compagnon de son
affreux exil, que la chair, la peau et l'huile du phoque, le plus im-
monde des habitants de la mer.

» Et cependant le ciel n'a pas toujours traité ces contrées, aujour-
d'hui déshéritées, avec autant de rigueur. L'Islande a produit jadis
d'épaisses forêts, dont les débris, à peine desséchés, frappent encore
le regard du voyageur étonné ; sous un climat plus doux, la nature,
moins avare, y a permis à l'homme d'arriver au plein développement de son activité, de son intelligence, de sa force ; et le modeste
et paisible Islandais de nos jours rappelle avec une mélancolie naïve
que le sang de ses fiers et héroïques ancêtres s'est glacé dans ses
veines au souffle du vent mortel que le nord déchaîne sur son pays.

» Les changements survenus dans la constitution climatique du
Groënland ont été encore plus sensibles, et leurs effets sur l'ancienne population de cette contrée plus terribles. Là, une race
entière, bloquée tout à coup par les glaces, séparée du reste du
monde, s'affaissant sous les rigueurs d'une température inconnue
jusqu'alors, une race entière, dis-je, a disparu. Quelques siècles
plus tard, le Danemark a installé quelques chétifs comptoirs sur la
côte occidentale du Groënland, mais la présence de ces rares et misérables établissements à côté des ruines souvent imposantes qu'ont
laissées les anciennes colonies islandaises ne témoigne que trop de
la révolution dont ces contrées ont été le théâtre, et leurs premiers
habitants les victimes.

» Comment et à quelle époque cette révolution a-t-elle eu lieu ?
C'est assurément l'une des questions les plus intéressantes qui
puissent être soumises aux méditations des savants et aux recherches
des navigateurs, puisque ce grand changement dans l'état physique
d'une partie du globe s'est accompli presque de nos jours, puisque
son histoire est intimement liée à l'histoire et aux malheurs d'un des

nombreux tronçons de la famille humaine, dispersée sur la surface de la terre.

» Il est certain qu'il y a environ quatre siècles toute la partie méridionale du Groënland, jusqu'au 70ᵉ degré de latitude pour le moins, était complètement libre de glaces. Que les colonies islandaises qui ont fourni au dixième siècle la première population européenne du Groënland se soient établies sur la côte orientale ou sur la côte occidentale, ou qu'elles se soient répandues sur les deux côtes, question que l'archéologie n'est pas encore parvenue à résoudre d'une manière satisfaisante, il n'en est pas moins avéré qu'à la fin du quatorzième siècle ces colonies communiquaient librement avec l'Islande, avec l'Europe et même avec l'Amérique ; de plus, l'état de leur commerce et de leur navigation, l'étendue de leurs relations avec les principaux ports de l'Europe, ne permettent pas de douter qu'à cette époque le Groënland ne fût habité par un peuple qui trouvait dans la constitution de son sol et de son climat, et dans la nature des mers qui l'environnaient, les éléments d'une prospérité véritable.

» C'est dans les premières années du quinzième siècle que des bancs épais de glace, descendus du nord, semblent avoir fait leur première apparition le long de la côte orientale du Groënland jusqu'au cap Farewell et rendu plus difficiles et plus précaires les relations des colonies groënlandaises avec l'Islande et l'Europe. Depuis cette époque, la ceinture de glace s'est resserrée chaque année davantage autour de ce malheureux pays isolé de plus en plus du reste du monde. En 1440, déjà le souvenir même de la navigation du Groënland était perdu dans les ports de la Norvège, et quelques années plus tard les rois de Danemark faisaient d'inutiles efforts pour en retrouver la trace. Que sont devenus les colons islandais auxquels Éric le Rouge montra le premier le chemin du Groënland, et qui ont occupé une place importante dans les annales maritimes du moyen âge et dans l'histoire ecclésiastique de cette époque?... Qu'il nous suffise de mentionner ici que l'apparition de la banquise entre l'Islande et le Groënland, le refroidissement de ces deux contrées, constaté par l'état de la végétation, le décroissement de la population dans la première, son extinction complète dans la seconde, sont des faits contemporains, datant du commencement du quinzième siècle,

liés les uns aux autres par des rapports tels que le physicien, le navigateur et l'historien ne sauraient les méconnaître.

» Aujourd'hui la banquise, sous la forme d'une bande compacte
d'épaisseur variable, règne tout le long de la côte orientale du Groënland, depuis le 70ᵉ degré de latitude nord jusqu'au cap Farewell,
double ce cap à une distance de vingt ou trente lieues, et va se perdre
le long de la côte occidentale, qu'elle encombre souvent de ses glaçons
détachés dans le détroit de Davis. Au nord de l'Islande, rien n'est
plus variable que l'état de la banquise. Souvent, s'appuyant sur le cap
nord de cette île, elle ferme complètement le canal qui la sépare du
Groënland. Tous les *fiords* ou golfes de ces parages sont, dans ce cas,
obstrués par les glaces, qui débordent même quelquefois au delà du
cap Langaness. Mais la plupart du temps, l'Islande reste complètement libre, ainsi que le canal dont nous venons de parler. C'est alors
l'île de Jean-de-Mayen, qui sert pour ainsi dire de base à la bande
glacée qui se projette dans la direction du nord-ouest jusqu'au cap
Farewell, sur une étendue de plus de quatre cents lieues. L'île,
entourée d'une impénétrable ceinture de glaces, élève au-dessus
d'une mer immobile ses pics volcaniques, couverts d'une neige éternelle, tandis qu'une brume épaisse et noire enveloppe ses rivages de
ténèbres que dissipe rarement un rayon de soleil du nord.

» Depuis longtemps les questions de physique générale que soulève
la formation de la banquise groënlandaise ont préoccupé les savants.
Cependant aucun système n'a été formulé pour en donner une explication complète, si ce n'est la théorie du refroidissement général de
l'hémisphère boréal, dont le premier symptôme serait la marche
progressive des glaces polaires vers le sud. Bien que cette opinion
puisse s'appuyer sur l'abaissement bien constaté de la température
du Spitzberg, les géologues ne paraissent pas l'avoir adoptée. La
science voit, en général, dans l'invasion de la banquise groënlandaise
un phénomène local et accidentel. Un illustre géologue français, sans
prétendre donner une solution positive de la question, a proposé aux
recherches des navigateurs et des physiciens l'hypothèse d'un exhaussement sensible de la côte orientale du Groënland et du fond du
canal qui la sépare de l'Islande. En effet, dans cette supposition, les
glaces polaires, entraînées autrefois par les courants jusque dans
l'océan Atlantique, où la chaleur provenant du grand courant qui

vient du golfe des Antilles les faisait disparaître, auraient pu, à un moment donné, se trouver arrêtées par les fonds récemment exhaussés, et, s'accumulant sur l'espèce de banc où elles échouaient, former la banquise permanente qui défend l'approche du Groënland. Peut-être encore l'exhaussement de la côte groënlandaise en aurait-il éloigné quelque courant dérivé du Gulf-Stream, qui, dans les temps antérieurs, aurait suffi, par l'élévation de sa température, pour fondre les glaces amenées du pôle par les courants. On voit, par la forme sous laquelle ces solutions sont proposées et par les réserves qui les accompagnent, que le problème est encore à résoudre, et que les questions théoriques relatives à ces régions glacées sont enveloppées d'autant de ténèbres pour les savants que leur exploration offre de difficultés et de périls pour les navigateurs.

» Ces derniers cependant, pour pénétrer les mystères de cette partie de la zone arctique, n'ont manqué ni de persévérance, ni de courage, et plus d'un a payé de sa vie son dévouement à la science. C'est d'abord Scoresby, le baleinier de génie, qui tourne la banquise par le nord, relève en plusieurs voyages toute la côte groënlandaise, depuis le 75e jusqu'au 70e degré, et constate ce fait important, qu'en général la banquise proprement dite ne s'élève pas au delà de cette dernière latitude. Plus tard, en 1829 et 1830, un officier de la marine danoise, le capitaine Graah, dans le but de retrouver la trace des anciennes colonies islandaises, remonte, tantôt par terre, tantôt sur la glace, rarement par mer, toujours au milieu de fatigues et de périls inouïs, la côte orientale, depuis le cap Farewell jusqu'au cap Dan. Ses découvertes ont paru confirmer l'opinion émise par Scoresby, que la banquise, en général, n'était pas adhérente à la terre du Groënland ; que si l'on pouvait avoir quelque espoir de la traverser en l'attaquant de front pendant un dégel, il y avait bien plus de chances de réussir et d'atterrir en la tournant, soit par le nord, soit par le sud.

» On voit qu'entre les voyages de Scoresby et ceux de Graah une grande partie de la côte groënlandaise, celle qui s'étend entre le cap Dan et le 70e degré, était restée complètement inconnue. Il appartenait à un officier de la marine française, M. Jules de Blosseville, d'en tenter l'exploration et d'illustrer ces parages éloignés, autant par ses découvertes que par sa fin tragique et prématurée. Au printemps

de 1833, à la suite d'un dégel, *la Lilloise,* que commandait cet intré-
pide marin, put traverser la banquise aux environs du 69ᵉ degré et
relever au sud de cette latitude environ trente lieues de côtes. Revenu
dans les parages de l'Islande, il repartit en juillet pour une seconde
campagne. Depuis cette époque *la Lilloise* n'a plus reparu. Le secret
de son naufrage est resté enfoui au fond de la mer, bien que, dans les
poétiques et sauvages *fiords* du nord de l'Islande, l'imagination du
pêcheur se soit obstinée longtemps à reconnaître dans chaque épave
jetée sur la côte un débris du navire du navigateur français.

» L'année suivante *la Bordelaise,* envoyée à la recherche de *la
Lilloise,* trouva tout le nord de l'Islande engagé dans la banquise,
et revint après avoir été arrêtée par les glaces à la hauteur du cap
Nord.

« En 1835, *la Recherche,* montée par le capitaine Tréhouart, après
avoir inutilement fouillé dans les *fiords* pour y découvrir la trace de
la catastrophe de *la Lilloise,* reconnut et releva la grande banquise,
depuis le cap Nord jusqu'au cap Farewell. Cette exploration longue,
pénible et souvent dangereuse, est l'un des travaux les plus intéressants que *la Recherche* ait accomplis pendant son long séjour dans
les parages du nord.

» Le voyage aux colonies danoises de la côte occidentale faisant
partie du programme de notre navigation arctique, nous savions, à
notre départ de Paris, devoir faire une ample connaissance avec la
partie méridionale de la banquise pendant la traversée de Reykiavik
au cap Farewell. Mais pendant notre relâche à Peterhead, le grand
port d'armement des navires destinés à la pêche du phoque, le prince
et le commandant de La Roncière recueillirent des renseignements
précieux sur l'état actuel des glaces en interrogeant les pêcheurs
revenus de leur campagne du printemps. Ils apprirent d'eux que
cette année la navigation était complètement libre autour de l'Islande;
que la banquise, s'appuyant sur Jean-de-Mayen et l'entourant d'une
ceinture de vingt lieues d'épaisseur, descendait au sud-ouest le long
de la côte du Groënland, mais sans fermer le canal qui sépare cette
côte de celle de l'Islande. Ces circonstances inespérées offraient un
champ nouveau à nos explorations, en nous permettant de relever
toute la partie de la banquise qui s'étend au nord de l'Islande, pour
faire suite au travail de *la Recherche* et à celui que nous nous pro-

mettions de faire nous-mêmes pendant notre voyage du Groënland. La tentation était trop grande pour que le prince pût y résister, et le commandant de La Roncière n'était pas homme à laisser échapper une idée qui s'offrait à lui avec les caractères de la hardiesse et de la nouveauté.

» Mais les difficultés de l'entreprise étaient sérieuses et d'une nature telle, qu'il faut avoir quelques habitudes de la navigation pour les apprécier. *La Reine-Hortense* est un charmant bâtiment de plaisance, mais qui ne présente que bien peu des conditions nécessaires pour une longue navigation, et aucune des conditions nécessaires pour une longue navigation dans les glaces. La soute au charbon ne peut recevoir qu'un approvisionnement de six jours, et la soute à eau qu'un approvisionnement de trois semaines. Quant à la voilure, on peut dire que la corvette n'est mâtée que pour la forme, et que sans la vapeur elle est incapable de fournir une marche régulière et soutenue. Ajoutons que le bâtiment est en fer, c'est-à-dire qu'une feuille de tôle de deux centimètres d'épaisseur constitue tout son bordage, et que le pont, percé de douze grands panneaux, est tellement faible, qu'il a été jugé incapable de porter l'artillerie que le navire devait recevoir en raison de son tonnage. Ceux qui ont visité les massifs navires des pêcheurs de Peterhead, leurs énormes doublages, leurs armatures en fer et en bois, leurs étançons intérieurs, ont pu mesurer, aux précautions imposées par une longue expérience, la nature des dangers que le choc ou même le contact des glaces peut faire courir à un bâtiment dans les parages où nous allions entrer. En revanche, *la Reine-Hortense* est merveilleusement disposée pour recevoir les hôtes illustres auxquels elle est destinée de tout temps. Sans parler des vastes et somptueux aménagements de son faux-pont, le quart de sa longueur est coupé par un rouf, élevé de deux mètres au-dessus du pont, qui nuit certainement à la marche du bâtiment autant qu'à son élégance extérieure, mais qui offre aux passagers deux grands salons.

» On sait que *le Cocyte* avait été mis pareillement à la disposition de S. A. I. le prince Napoléon. Ce bâtiment, arrivé en rade de Reykiavik le même jour que nous, 30 juin, est une corvette à vapeur et à roues, tenant bien la mer, portant douze jours de charbon, mais d'une lenteur de marche déplorable.

» Nous avons trouvé, en outre, à Reykiavik la gabare de l'État *la Perdrix* et deux vapeurs de commerce anglais, *le Tasmania* et *le Saxon*, nolisés par le ministère de la marine pour porter en Islande le charbon nécessaire pour notre voyage au Groënland. Ces cinq bâtiments formaient, avec la frégate *l'Arthémise*, chargée du service de la station, la flottille la plus considérable que la capitale de l'Islande eût jamais vue rassemblée dans sa rade.

» Malheureusement, ces éléments variés et nombreux ne présentaient aucune homogénéité, et le commandant de La Roncière reconnut bientôt que tout concours étranger ne nous apporterait que des embarras certains pour prix d'une sûreté douteuse ; qu'enfin *la Reine-Hortense*, obligée de marcher vite, puisque son approvisionnement lui défendait de marcher longtemps, n'avait à compter que sur elle-même. Cependant, le capitaine du *Saxon* montrant un vif désir de visiter les parages du nord et y mettant une sorte d'amour-propre national, promettant d'ailleurs une marche moyenne de sept nœuds, il fut décidé qu'à tout hasard ce navire partirait en même temps que *la Reine-Hortense*, dont il pourrait renouveler la provision de charbon, dans l'éventualité, fort douteuse il est vrai, d'un atterrissement sur l'île de Jean-de-Mayen et d'un mouillage convenable. Au reste, *la Reine-Hortense*, au moyen d'un chargement supplémentaire sur le pont, avait du charbon pour huit jours, et dès le départ l'équipage devait être rationné d'eau, ainsi que les passagers.

» Quelques heures avant de lever l'ancre, l'expédition se compléta par l'adjonction d'un nouveau compagnon de voyage tout à fait inattendu. Nous avions trouvé en rade de Reykiavik un yacht appartenant à lord Dufferin, jeune Anglais passionné pour la navigation, d'un caractère et d'une instruction dignes de sa naissance et de sa fortune, un de ces hommes que l'on estime et que l'on aime à la première vue. Voyant son vif désir de visiter les parages de Jean-de-Mayen, le prince lui proposa de faire donner la remorque à sa goélette par *la Reine-Hortense*. C'était une bonne fortune pour un chercheur d'aventures maritimes ; et une heure après, la proposition acceptée avec empressement, l'Anglais s'amarrait par deux long câbles à l'arrière de notre corvette.

» Le 7 juillet 1856, à deux heures du matin, après un bal donné par le commandant Demas à bord de *l'Arthémise, la Reine-Hortense* et sa remorque quittent la rade de Reykiavik, se dirigeant, par la côte ouest de l'Islande, sur Onundarfiord, où nous devons rallier *le Saxon*, parti quelques heures avant nous. A neuf heures, les trois bâtiments, ayant le cap à l'est-nord-est, doublent la pointe du cap Nord ; à midi, le relevé de la latitude nous place aux environs du 67ᵉ degré ; nous venons de franchir le cercle arctique. En ce moment, la température était celle d'une belle journée de printemps, 10 degrés centigrades ; l'air était d'une transparence et d'une pureté admirables, le soleil éclatant. Les immenses falaises volcaniques du cap Nord projetaient leurs croupes irisées de rose et de vert sur le bleu foncé de la mer et de l'azur du ciel. Des milliers d'oiseaux au plumage argenté voltigeaient autour du navire ; de grands poissons bondissaient dans son sillage ; des souffleurs suivaient sa marche en lançant dans les airs leurs gerbes étincelantes. On eût dit que la nature, comme pour faire parade de son inépuisable fécondité, se plaisait à nous ouvrir l'entrée des régions polaires, ce sombre empire des ténèbres et de la mort, par des splendeurs dignes des climats heureux où elle prodigue la chaleur, la lumière et la vie.

» *La Reine-Hortense* ralentit sa marche. Une ligne filée le long d'une des amarres permet à lord Dufferin de haler une de ces embarcations jusqu'à la corvette. Il vient dîner avec nous et assister à la cérémonie du passage du cercle polaire. Quant au *Saxon*, le commandant de La Roncière reconnaît en ce moment que le brave Anglais a trop présumé de ses forces. Il est décidément incapable de nous suivre. Le commandant lui fait signe de naviguer pour son propre compte, de tâcher de gagner Jean-de-Mayen, et s'il ne peut y réussir, de se diriger sur Onundarfiord et de nous y attendre. Bientôt, en effet, le bâtiment anglais cesse de naviguer dans nos eaux ; sa coque disparaît d'abord, puis sa voilure ; le soir, la trace de sa fumée s'est évanouie à l'horizon.

» Nous ne raconterons pas les détails grotesques de la cérémonie du passage du cercle polaire. Qu'il nous suffise de dire que la gaieté de l'équipage, de l'état-major et des passagers, excitée par le beau temps et la musique du bord, n'a pas tardé à atteindre le diapason le plus élevé. Les discours du père Arctique et de ses dignes ministres ont brillé par des saillies fort plaisantes et d'un bon goût suffisant à l'adresse des princes, des savants, des commandants de bâtiments et autres sommités sociales.

» Cependant, dans la soirée, la température de l'air s'est abaissée graduellement; celle de l'eau a éprouvé un changement plus rapide et plus significatif encore. A minuit elle n'est plus que de trois degrés. A ce moment, le navire entre dans une couche de brume dont la permanence du jour, sous cette latitude et à cette époque de l'année, permet d'apprécier toute l'intensité. A ces signes, il n'est pas douteux que nous approchons des glaces fixes. En effet, à deux heures du matin, l'officier de quart aperçoit tout auprès du navire un troupeau de phoques, ces habitants de la banquise. Quelques minutes plus tard, la brume s'éclaircit tout à coup, un rayon de soleil glisse sur la surface de la mer et fait scintiller jusqu'aux dernières limites de l'horizon des myriades de points d'une blancheur éclatante. Ce sont les glaces détachées qui précèdent et annoncent la banquise. Elles augmentent de nombre et de volume à mesure que nous continuons notre route. A trois heures de l'après-midi, nous nous trouvons en présence d'un banc de glaces continu, qui ferme la mer devant nous. Il nous faut sortir de notre route pour nous dégager des glaces qui nous entourent. C'est là une manœuvre qui demande de la part du commandant une grande sûreté de coup d'œil et une connaissance parfaite des qualités de son navire. *La Reine-Hortense* marchant à demi-vapeur, tous ses officiers et son équipage sur le pont, se glisse entre les blocs de glace qu'elle paraît raser et dont le plus petit la ferait couler à pic si l'abordage avait lieu. Un autre danger, qu'il est presque impossible de conjurer, menace le navire dans ces moments difficiles. Qu'un fragment de glaçon s'engage sous l'hélice, elle sera infailliblement brisée comme verre, et les suites d'un pareil accident peuvent être funestes. La petite goélette anglaise nous suit bravement, bondissant dans notre sillage, n'évitant que par une surveillance continue et de vigoureux coups de barre les glaçons que nous avons dépassés.

» Mais les difficultés de cette navigation, lorsque le temps est clair, ne sont rien en comparaison de celles qu'elle présente pendant la brume. Alors, malgré le ralentissement de la marche, il faut presque autant de bonheur que d'adresse pour éviter les abordages. C'est

ainsi qu'après être sortis des glaces une première fois, et avoir repris
notre route à l'est-nord-est, nous nous sommes trouvés tout à coup,
vers les deux heures de cette même journée du 9, à un quart de mille
de la banquise, que la brume cachait à nos regards. En général, la
banquise, côtoyée par nous pendant trois jours, et relevée avec le plus
grand soin sur une étendue de près de cent lieues, nous a présenté
une côte irrégulière courant de l'ouest-sud-ouest à l'est-nord-est, et,

GLACES FLOTTANTES.

poussant vers le sud des caps ou promontoires d'une saillie variable,
assez bien représentés par les dents d'une scie. Toutes les fois que
nous faisions notre route à l'est-nord-est, nous ne tardions pas à nous
engager dans un des golfes de glace formés par les dentelures de la
banquise. C'était en mettant le cap au sud-ouest que nous nous dé-
gagions des glaçons flottants, pour reprendre notre première direction aussitôt que la mer devenait libre.

» Cependant, à mesure que nous avancions vers le nord, la brume
devenait plus épaisse, le froid plus intense (deux degrés centigrades

au-dessous de zéro). La neige tourbillonnait au milieu des rafales du vent, et s'abattait en larges nappes sur le pont. Les glaces avaient pris un autre aspect et affectaient ces formes et ces couleurs fantastiques et terribles que la peinture a rendues populaires. Tantôt elles s'élevaient comme des pics couverts de neige, creusés de vallées vertes ou bleues; le plus souvent elles se présentaient sous la forme de larges plateaux aussi hauts que le pont du navire, sur lesquels la mer, déferlant avec fureur, arrondissait des golfes, taillait des falaises à pic, ou creusait des grottes profondes où elle s'engouffrait en écumant. Souvent nous passions à côté d'un troupeau de phoques qui, couchés sur des îles flottantes, suivaient le navire d'un long regard effaré et stupide. Plus d'une fois il nous est arrivé d'être frappés du contraste que présentait le monde factice au milieu duquel nous vivions à bord du navire avec la réalité terrible de la nature qui nous environnait. Assis dans un élégant salon, au coin d'un feu clair et pétillant, entourés de mille objets des arts et du luxe de la patrie, il nous était possible de croire que nous n'avions quitté ni nos demeures, ni nos habitudes, ni nos plaisirs. Une valse de Strauss, une mélodie de Schubert, touchées sur le piano, par notre chef de musique, complétaient l'illusion; et cependant il nous suffisait d'effacer la légère couche de vapeur qui couvrait les carreaux pour apercevoir les formes gigantesques et terribles des glaces s'entre-choquant sur une mer noire et houleuse, et tout le spectacle de la nature polaire, avec ses périls et ses sinistres splendeurs.

» Outre le relevé exact de la côte de la banquise, qui était le but principal de notre exploration, le prince et les officiers du bord, l'ingénieur hydrographe, M. de Laroche-Poncié et l'ingénieur des mines, M. Chancourtois, se livraient à des recherches pleines d'intérêt sur la température de la mer à différentes profondeurs, sur les incroyables anomalies de la température de l'air sur le pont et sur les vagues; sur les variations de l'aiguille aimantée, du baromètre; sur la salure des glaçons, enfin sur tous les problèmes de physique et de navigation qui se rapportent à ces latitudes élevées et à la présence des glaces. Quatre fois par jour on jetait à la mer des blocs de bois d'une forme particulière. Dans la masse de chacun d'eux était noyée une petite fiole contenant, dans une légende écrite en plusieurs langues, l'indication du jour, de l'heure, de la latitude et de la longitude

UN ICEBERG.

correspondant au lancement du bloc. Ce moyen avait été conseillé comme le plus sûr pour arriver à la détermination des courants dans les mers où nous naviguions. Il était fondé sur la probabilité qu'un certain nombre de blocs seraient recueillis sur les côtes où les courants les auraient portés, et que des conclusions précises pourraient ressortir de la comparaison des points de départ avec les points d'arrivée.

» Cependant nous avancions, mais nous avancions lentement. Le 10 juillet, à midi, nous étions encore loin du méridien de Jean-de-Mayen, quand, au milieu de la brume, nous nous trouvâmes tout à coup au fond d'un des golfes formés par la banquise. Nous virons de bord, mais le vent vient d'accumuler les glaces derrière nous. A distance, la ceinture qui nous entoure paraît être compacte et sans issue. Nous avons noté ce moment comme le plus critique de notre navigation ; après avoir tâté la banquise sur plusieurs points, nous découvrons un passage étroit et tortueux ; nous nous y engageons, et ce n'est qu'après une heure pleine d'émotion que nous voyons la mer libre et que nous pouvons la gagner. A partir de ce moment, nous avons côtoyé la banquise en la relevant sans interruption.

» Le 11 juillet, à six heures du matin, nous étions enfin arrivés sous le méridien de Jean-de-Mayen, et à dix-huit lieues de la pointe sud de cette île[1]. Nous reconnaissions que la banquise était devant nous, s'étendant à perte de vue dans la direction est-nord-est. Dès lors, il devenait évident que l'île de Jean-de-Mayen était bloquée par les glaces, du moins le long de ses côtes méridionales. Pour s'assurer si elle était encore abordable par le nord, il eût fallu tenter à l'est un détour dont il était impossible de calculer l'étendue. D'ailleurs la moitié de notre charbon était brûlé, et nous avions perdu tout espoir de rallier le *Saxon*. Renonçant à pousser plus loin l'exploration, le commandant de La Roncière, après avoir fait sortir le navire de la zone des glaces flottantes, fit mettre le cap à l'ouest-sud-ouest, pour reprendre le chemin de Reykiavik. Au moment où *la Reine-Hortense* entrait dans sa nouvelle route, un signal télégraphique, d'après un système convenu, informait lord Dufferin de notre détermination. Pres-

---

1. Je pense qu'il y a ici une erreur de plus de moitié et qu'à la date précitée nous étions encore à plus de cent milles marins au sud de Jean-de-Mayen. (*Note de l'auteur.*)

que aussitôt, le jeune lord faisait passer à bord de la corvette une
boîte en fer-blanc contenant deux lettres. L'une était pour sa mère,
l'autre pour le commandant. Dans cette dernière, il lui faisait connaître que la goélette avait beaucoup fatigué par suite de cette
remorque rapide et prolongée; que, se trouvant hors des glaces et
libre de ses mouvements, il préférait continuer seul son voyage,
incertain s'il le pousserait directement en Norvège ou s'il retour-
nerait en Écosse. Aussitôt les amarres qui lient les deux navires sont
larguées, un hourra d'adieu se fait entendre, et en un clin d'œil la
goélette anglaise disparaît dans la brume.

» Notre retour à Reykiavik n'a donné lieu à aucun incident remarquable. *La Reine-Hortense*, maintenant sa route en dehors des
glaces, n'a eu sa marche retardée que par des brumes intenses, qui
l'ont forcée, dans l'impossibilité où elle était de reconnaître sa route,
de passer une partie de la journée et de la nuit du 13 à la cape et à
l'ancre. Le 14 au matin, en sortant du Dyre-Fiord, où nous avions
relâché, nous avons, à notre grand étonnement, rencontré *le Cocyte*,
faisant route vers le nord. Appelé à bord, le commandant Sonmart
nous apprit que, le 12 au soir, *le Saxon* était rentré à Reykiavik par
suite d'une avarie considérable. Ce navire, dès son entrée dans les
glaces, le 9 juillet, a abordé un glaçon; cinq de ses membres ont été
brisés; une énorme voie d'eau s'est déclarée. Coulant bas, il s'est
échoué une première fois dans l'Onundarfiord, et une seconde fois
dans la rade de Reykiavik, où il n'est arrivé qu'avec la plus grande
peine. »

III

Seuls sur la mer polaire. — Jean-de-Mayen. — Le lever du rideau. — Le mont Beerenberg. — Les colons de Jean-de-Mayen. — Traversée jusqu'à Hammerfest.

Dix minutes après avoir lâché nos grelins de remorque, nous
étions les seuls habitants visibles de cette mer ténébreuse. J'avoue
que j'éprouvai un vif chagrin de la perte de si joyeux compagnons,
qui nous avaient toujours prodigué l'accueil le plus affectueux le

prince lui-même m'avait témoigné tant de grâce et de considération,
il était entouré d'un état-major si distingué et si instruit, que ce fut
avec le plus profond regret que je vis la magnifique corvette et tout
ce qu'elle contenait s'enfoncer et disparaître dans la brume. D'un
autre côté, notre propre situation n'était pas sans me causer quelque
appréhension. Nous n'avions pas vu le soleil depuis deux jours; le
temps était sombre, la mer lourde, et, après avoir louvoyé de çà et
de là au milieu des glaces, comme nous l'avions fait à la suite du
steamer, nous ne pouvions compter beaucoup sur notre estime. Le
plan qui me parut le meilleur fut de chercher la latitude de Jean-de-
Mayen en nous tenant aussi éloignés de la glace que possible, et,
aussitôt que nous aurions atteint le parallèle de son extrémité septentrionale, de courir dessus pour y atterrir. Il me parut évident que, si
l'île était abordable, ce devait être sur sa côte nord ou orientale, car,
maintenant que nous étions seuls, il ne pouvait être question de
traverser en tâtonnant, dans un épais brouillard et sur notre fragile
goélette, cent soixante kilomètres au moins d'espace glacé.

Ayant réglé la marche du vaisseau conformément à ce point de
vue, je retournai me coucher et achever mon sommeil interrompu.
A midi, le temps s'adoucit; et, vers quatre heures, nous courions sur
une mer calme, toutes voiles dehors. Cet état de choses prospère
se prolon ea pendant les vingt-quatre heures suivantes; nous avions
alors filé quatre-vingts nœuds depuis que nous avions quitté les
Français, et je jugeai qu'il était temps de virer de bord vers l'ouest
pour trouver la terre. Heureusement le ciel était assez clair, et,
comme nous naviguions sur une mer libre d'obstacles, je commençai
à croire sérieusement au succès de nos opérations. Mais dès la première heure du second jour des fragments de glace commencèrent à
apparaître çà et là autour de l'horizon, puis de larges blocs vinrent
flotter autour de nous, étalant des formes aussi pittoresques que
jamais (l'un d'eux particulièrement ressemblait à une main humaine
sortant de l'eau et étendant l'index comme pour nous avertir de ne
pas aller plus loin); enfin la surface entière de la mer parut chargée
de masses flottantes amoncelées sur notre route avec une magique
rapidité.

Pendant tout ce temps, nous n'eûmes aucune connaissance de l'île,
bien que mon estime ne nous en plaçât pas à plus de quelques milles

de distance; bientôt, pour augmenter le charme de la situation, nous nous vîmes enveloppés dans un brouillard si épais, qu'à peine aurais-je pu supposer l'atmosphère capable d'en soutenir un pareil; il semblait suspendu en massives draperies à nos mâts et à nos vergues. A peine pouvions-nous, et ceci sans figure de rhétorique, distinguer nos doigts de nos mains. La glace même disparut, à l'exception des fragments immédiatement voisins du bord et dont la brume ne pouvait éteindre entièrement l'éclat livide, pendant qu'ils dérivaient autour du navire comme une ronde de phosphoriques fantômes. Le calme parfait de la mer et du ciel ajoutait beaucoup à la solennité de cette scène. Tout souffle d'air était éteint; à peine le long du bordage de cuivre de notre solitaire petit navire son sillage, d'un demi-nœud à l'heure, gonflait-il une faible ride d'eau; et le seul bruit parvenant jusqu'à nous était un clapotis lointain de vagues heurtant soit quelque grande côte, soit les bords immobiles de la banquise; lequel des deux? c'est ce qu'il nous était impossible de savoir. Pour employer le langage des premiers découvreurs de Jean-de-Mayen : « Par un tel temps, il était plus facile d'entendre la terre que de la voir. »

Ainsi les heures succédèrent aux heures sans nous apporter le moindre changement. Fitz et Sigurdr, qui commençaient à douter sérieusement de l'existence de l'île, allèrent se mettre au lit, et je restai seul à arpenter le pont en long et en large, sondant anxieusement du regard tous les coins et recoins du sombre dais qui nous enveloppait. Enfin, vers quatre heures du matin, il me sembla voir se détendre la rigidité de ses plis. Les lourdes couches de vapeur obéirent à un mouvement de dislocation imperceptible, et, au bout de quelques minutes, la noire et massive voûte s'étant déchirée dans toute son épaisseur, j'aperçus au fond de cette brèche, à des milliers de pieds au-dessus de ma tête, et comme suspendu dans l'azur du ciel, un cône de neige, illuminé par le soleil.

Vous pouvez vous imaginer ma joie. C'était réellement celle d'un anachorète entrevoyant un rayon du septième ciel. La montagne si longtemps cherchée était bien celle qui se dressait là, devant nous. Colomb put à peine être plus heureux quand, après de longues nuits de veille, il aperçut, dansant sur la surface des flots, la flamme du premier foyer du nouveau monde; et il fut à peine plus désappointé,

en la voyant disparaître soudainement, que je ne le fus lorsque,
après avoir été éveiller Sigurdr, en lui criant que nous avions enfin
la vue de la terre, je trouvai, en remontant sur le pont, la voûte de
brume refermée de nouveau et toute trace de l'éphémère vision
disparue. Néanmoins, j'avais mis la main sur l'île, et désormais nul
léger motif ne pouvait me faire lâcher prise. Nous n'avions plus
qu'à attendre patiemment le lever du rideau, et jamais enfant assis

PIC DE JEAN-DE-MAYEN.

au théâtre devant la toile verte qui lui cache *le royaume d'éblouis-
sante splendeur* promis sur l'affiche, ne fixa sur cette toile des yeux
plus ardents que les miens plongés dans la draperie sombre et immobile qui pesait sur nous. Enfin l'heure de la délivrance arriva,
une clarté plus pure parut se répandre graduellement dans l'atmosphère; le brun tourna au gris, le gris au blanc et celui-ci au bleu
transparent, jusqu'à ce qu'enfin l'horizon masqué reparut complètement, excepté dans une direction où un impénétrable voile de vapeur
était encore suspendu du zénith au niveau de la mer. Derrière ce
voile s'étendait Jean-de-Mayen.

Quelques minutes s'écoulèrent encore, puis lentement, silencieusement, sans que l'œil de l'observateur pût s'en rendre compte, les
sombres plis de ce voile se colorèrent d'une teinte violacée, et, se
soulevant graduellement, découvrirent une longue ligne de côtes,
teinte en pourpre foncé et formant en réalité la base du Beerenberg.
Obéissant à la même impulsion, les nuages qui roulaient sur ces
sommités se reployèrent et permirent à la montagne d'apparaître
dans toute la magnificence de sa taille de six mille huit cent soixante-
dix pieds (deux mille cent mètres), entourée d'une mince ceinture de
vapeurs perlées, dont les franges flottantes semblaient donner naissance à sept énormes glaciers qui se précipitaient jusque dans la
mer. La nature s'était montrée si artiste dans la mise en scène de ce
glorieux spectacle, qu'elle en avait fait valoir successivement tous
les détails.

Bien qu'ayant abordé le Beerenberg par une de ses faces au lieu
de l'accoster par son profil, cette montagne nous parut se rapprocher
par sa forme bien plus d'un pain de sucre que d'une aiguille, et
quoique sa base fût plus large et sa cime plus ronde que je ne l'avais
pensé, il dépassait cependant de beaucoup en hauteur, en coloris,
en effet général, l'idée que je m'en étais faite d'avance. Ses glaciers
formaient un élément complètement inattendu de beauté. Imaginez-
vous une puissante rivière d'un volume aussi fort que celui de la
Tamise, jaillissant des flancs d'une montagne, surmontant tous les
obstacles, roulant ses flots en tourbillons, bondissant et se précipitant de terrasse en terrasse en légères cascades d'écume, puis soudainement arrêtée et congelée dans sa course par une puissance si
instantanée que les flocons de l'embrun et les ondulations bouillonnantes de l'écume ont revêtu la rigidité immuable de la sculpture!...

A moins d'en avoir été témoin, il est impossible de concevoir l'étrangeté du contraste que présente le calme actuel de ces silencieuses
rivières de cristal et la violence fougueuse de leur chute apparente.
Il faut se rappeler aussi que tout cela est sur une échelle d'une si
prodigieuse grandeur, que lorsque nous parvînmes plus tard à nous
approcher d'un point, où, avec l'apparence du Niagara, un de ses
glaciers plonge à pic dans la mer, l'œil, incapable plus longtemps
d'en saisir le caractère fluvial, dut se contenter de contempler avec
stupéfaction ce qui lui apparut alors comme un éblouissant escarpe-

ment de glace verdâtre, dominant de plus de deux cent cinquante mètres la cime des mâts de notre goélette.

Aussitôt que nous fûmes un peu revenus du premier mouvement de surprise que nous avait causé le panorama si subitement révélé à nos regards par la dispersion de la brume, je commençai à rechercher les moyens de jeter l'ancre sur la côte ouest ou groënlandaise de l'île. Dix ou douze kilomètres nous séparaient encore du rivage,

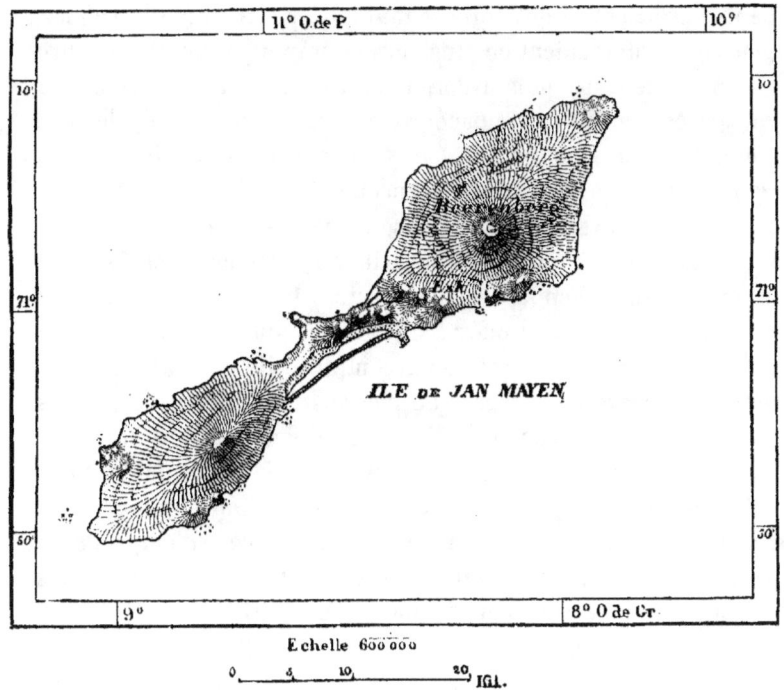

Echelle 6⁰⁰⁄₀₀₀

ILE DE JAN MAYEN

et l'extrémité nord de l'île, que nous devions arrondir, nous restait encore entre l'ouest et le nord, à environ vingt-cinq kilomètres, pendant qu'entre nous et la terre s'étendait un lit de glaces flottantes. Leurs masses cependant n'étaient pas soudées les unes aux autres, et semblaient promettre entre elles quelques petites ouvertures, à travers lesquelles j'espérais pouvoir engager le navire et atteindre une mer libre sur l'autre côté de l'île. Mais, hélas! lorsque, non sans efforts et sans difficultés, nous fûmes parvenus jusque par le travers du cap, nous nous trouvâmes arrêtés court par un solide rempart de glace fixe, soudé, dans la direction de la terre, et s'étendant de l'autre aussi loin que l'œil pouvait plonger dans le sombre horizon du nord. Ainsi toute espérance de découvrir la côte ouest et un sûr mouillage nous fut enlevée, et il ne nous resta plus qu'à louvoyer le long du côté oriental de la terre, pour nous efforcer d'y atteindre une sorte de petite crique ouverte, située au sud du volcan décrit par le docteur Scoresby. Mais cette tentative échoua aussi ; car, après avoir couru des bordées multipliées à travers des paquets de glaçons qui devenaient de plus en plus serrés, au fur et à mesure que nous pénétrions plus avant, nous vînmes nous heurter à une autre barrière également impénétrable courant autour de l'île, par l'est et le sud. Dans ces circonstances, la seule chose à faire était de regagner une zone d'eau moins encombrée, et d'y attendre pour atterrir qu'une ouverture favorable se présentât d'elle-même dans la banquise. Mais ce n'était pas chose facile que de nous tirer de notre position présente. Pendant notre dernière heure de navigation le vent avait sauté au nord-ouest, c'est-à-dire qu'il favorisait notre marche en avant ; pour revenir, au contraire, il était indispensable de louvoyer à travers un espace de mer aussi encombré de glaçons que le boudoir d'une dame peut l'être de colifichets. En outre de la diminution graduelle de tout espace ouvert, il devint évident qu'une pression considérable se faisait sur les glaces qui nous entouraient. Que cette pression fût due à un courant, à un changement, ou à un autre champ de glace dérivant du nord, c'est ce que je ne pouvais dire ; mais ce qui me parut hors de doute, c'est qu'il fallait sortir de là, à moins de vouloir être écrasé comme une coquille de noix entre la glace en dérive et la banquise sous le vent. Confiant donc le gouvernail à une main solide, car ces phénomènes inaccoutumés commençaient à faire perdre un peu la tête à nos gens, dont aucun n'avait vu de glaces auparavant, je me plaçai moi-même sur l'avant, pendant que M. Wise, posté sur la vergue d'artimon, surveillait la marche du navire. Alors commença le plus joli, le plus émouvant échantillon de manœuvre nautique qu'il soit possible d'imaginer. Tout l'équipage était réuni sur le pont, chaque homme au poste que lui assignaient ses fonctions, à l'exception toutefois du cuisinier, que son instinct poussait à se rendre utile partout et à tous. Dès que tout fut prêt, le gouvernail tourna, le bâtiment fit son abattée, et la partie critique de l'opération commença. De fait, pour que la goélette pût se diriger parmi les sinuosités des chenaux ouverts entre les glaçons, il lui eût fallu un peu d'espace devant elles ; mais quelquefois le passage était si resserré, les détours étaient si brusques, les coudes si rentrants, que si mon navire n'avait pas été le mieux doué des bâtiments, il s'y serait fait quelque fâcheuse affaire. Je n'ai jamais rien vu d'aussi beau que son allure. Eût-il été une créature vivante et pensante, il n'eût pas évité, paré, viré, et doublé avec plus de prestesse et d'habileté ; et c'était chose étonnante que d'entendre les éloges que nos gens lui adressaient, chaque fois que l'agile créature parvenait à éviter quelque pointe de glace plus menaçante que d'ordinaire. Une ou deux fois, en dépit de nos efforts, nous ne réussîmes pas à le préserver d'une collision. Tout ce que nous avions à faire, dès qu'il devenait évident que nous ne pouvions doubler un banc de glace ou éviter à temps sa rencontre, était d'amener la voile d'étai, afin de ralentir la marche du bâtiment autant que possible, et d'incliner le gouvernail de manière à recevoir le glaçon directement sur notre étrave et non sur une partie de la membrure, pendant que tous les bras armés d'espars et de gaffes s'efforçaient d'amortir la rudesse du choc. Ici je dois payer un juste tribut d'admiration au cuisinier, qui ne manquait jamais de déployer en ces occasions une énorme somme d'énergie fougueuse, mais le plus souvent mal dirigée ; c'est ainsi que dans un combat singulier avec un glaçon qui ne nous menaçait d'aucun danger réel, mais contre lequel l'ardent chef semblait avoir conçu un violent courroux, il brisa à la fois et du même coup un aviron et la fenêtre de ma cabine. Une épaisse couche de neige recouvrait heureusement ces glaçons, et, agissant comme un tampon, tempérait la violence des chocs, et donnait au petit navire une plus grande sécurité en lui prouvant la fragilité des masses qui l'assiégeaient. Je dois avouer pourtant que plus d'une fois, pendant que j'attendais, penché sur l'avant, le conflit que je voyais venir, je me suis surpris invoquant, à peu près en ces termes, la belle figure de bronze qui semblait contempler avec une douceur sereine la masse blanche et glacée qui s'approchait : « O madame ! n'est-ce pas le moment de vous montrer plus que jamais la bienveillante protectrice du bon navire dont vous êtes l'orgueil ? »

Enfin après avoir éprouvé deux ou trois heurts assez rudes, qui pourtant ne nous causèrent d'autre dommage que la perte d'un peu de cuivre, nous parvînmes à regagner l'extrémité nord de l'île, où la couche des glaces était moins serrée et où, sous tous les rapports, nous pouvions respirer plus à l'aise.

Il commençait à faire froid cependant; si froid, que M. Wise, incapable de se tenir plus longtemps accroché aux manœuvres, tomba lourdement de la vergue sur laquelle il était perché. Le vent avait fraîchi et la glace dérivait encore d'une manière visible; mais, quoique très désireux de rentrer dans des eaux libres, nous ne pouvions songer à repartir sans aborder à l'île, ne fût-ce que pour une heure. Ayant laissé la goélette à l'abri sous la falaise, et ayant chargé la guigue de notre ancienne figure de proue, depuis longtemps mise en réforme, d'un drapeau blanc, d'un mât de pavillon et d'une boîte en fer-blanc, qui avait contenu jadis du biscuit et renfermait alors un papier sur lequel j'avais inscrit à la hâte le nom du vaisseau, la date de sa venue, et les noms de tous ceux qu'il portait, nous poussâmes au rivage. Un ruban de plage de moins de treize mètres en largeur, composé de sable ferrugineux et de débris de schorl vert et noir, et se déroulant à la base d'une chaussée basaltique de plus de trois cents mètres d'élévation qui forme comme une sorte de plinthe au Beerenberg, voilà le seul point abordable de cette partie de l'île.

Après beaucoup de peines et une bonne heure d'ascension, nous parvînmes à hisser la vieille déesse de *l'Écume* jusqu'à un amas de neige, reposant dans une crevasse de la chaussée, puis de là sur une petite corniche formée un peu plus haut par une cassure du basalte. Sur ce piédestal naturel nous dressâmes la susdite demoiselle, la boîte de fer-blanc pendue à son cou et la blanche enseigne de Saint-Georges dûment fixée à ses côtés. Elle y restera sans doute, jetant sur l'Océan glacé qui se déroule à ses pieds un sourire assez grimaçant, jusqu'à ce que quelque Bacchus à peau d'ours vienne consoler dans sa solitude cette Ariadne de bois.

En regagnant le bord de l'eau, nous fîmes une courte promenade le long de la plage sans observer rien de très remarquable, si ce n'est la précision mathématique des couches verticales et horizontales du basalte qui traverse dans toutes les directions les masses de scories et de conglomérats qui semblent former la falaise. D'innombrables oiseaux de mer couvraient chaque crevasse, chaque saillie de sa raboteuse paroi, ou venaient nous examiner avec une curiosité si confiante, qu'en étendant la main je pouvais toucher leurs larges ailes battant l'air autour de nous. Il y en avait un, entre autres, vieux gaillard plein de sang-froid, avec lequel je passai bien des minutes en tête-à-tête, sans qu'aucun de nous deux pût faire perdre contenance à l'autre.

Cependant il était temps de partir. Aussitôt que nous eûmes collectionné quelques spécimens géologiques et baptisé la petite crique où nous avions abordé du nom chrétien de Clandeboye, nous regagnâmes le gig. Mais la glace avait été si rapidement drossée sur l'île, qu'il fut un moment douteux pour nous si nous ne serions pas forcés de traîner le bateau à travers la barrière qui, durant la couple d'heures que nous avions passées à terre, s'était formée entre nous et la mer. Dans ces circonstances, il était clair que ce que nous avions de mieux à faire c'était de remettre en mouvement la goélette le plus rapidement possible. En conséquence, aussitôt rentrés à bord, et un coup de canon tiré en signe d'adieu à cette terre désolée que nous ne devions plus fouler désormais, nous remîmes à la voile, et le vaisseau recommença à chercher son chemin vers une mer ouverte. Comme cette opération devait requérir quelque temps, de suite après déjeuner (il était déjà onze heures), et après une vaine tentative pour prendre une image photographique de la montagne, que la brume enveloppait de nouveau, j'allai faire une sieste, dont j'avais le plus grand besoin, espérant bien qu'à mon réveil nous commencerions à entrer dans des eaux à peu près ouvertes. Néanmoins, quand je remontai sur le pont, quatre heures après, bien que nous fussions déjà à une bonne distance de la terre et que nous eussions dépassé le point où, la veille, la mer était presque libre, nous étions plus que jamais entourés par les glaces, et même du haut des mâts on n'apercevait pas le moindre espace d'eau bleue. Aussi loin que l'œil pouvait s'étendre, la mer avait disparu sous un blanc et froid linceul de glace.

La perspective d'être bloqués dans des retranchements si brusquement élevés était, pour le moins, peu récréante. Si, comme on pouvait le croire, les nouvelles masses de glaces étaient poussées sur nous par les mêmes vents et les mêmes courants d'où nous

cherchions à nous tirer, la meilleure direction à prendre devenait
fort douteuse. Demeurer stationnaire était hors de question. La
marche des champs de glaces en dérive est quelquefois très rapide
et leur moindre atteinte aurait mis fin pour toujours aux affaires
du pauvre petit navire. En même temps il était très possible que nos
progrès dans une direction quelconque, loin de servir à notre délivrance, ne fissent que nous jeter dans de plus grands embarras.
Une seule chose était certaine : le nord et le sud n'ayant à nous offrir
que des chances également mauvaises, nous ne pouvions espérer
mieux qu'en essayant à l'est. Je me déterminai donc à suivre chaque
chenal qui semblerait conduire vers cette aire du compas. Deux ou
trois ouvertures s'offrirent successivement à nous avec l'apparence
désirée, mais toutes après un certain parcours se terminaient en
cul-de-sac, et force nous était de rétrograder désappointés. Je n'espérais plus qu'en un changement de vent ; il avait soufflé depuis
longtemps grand frais du nord et de l'ouest, et s'il venait à varier
de quelques points, il est plus que probable que la glace se dislo-
querait aussi vite qu'elle s'était amoncelée. En attendant, la seule
chose à faire était d'avoir l'œil autour de nous, de naviguer prudemment et de saisir toutes les chances qui pouvaient s'offrir
d'avancer vers l'est.

Le froid ne tarda pas à devenir plus aigre que jamais : la terre
dont nous nous éloignions avait presque disparu dans la brume, de
noirs et livides nuages s'amoncelaient dans le ciel, et Wilson, arpentant péniblement le pont, avait l'air que Cassandre dut prendre
au moment de la conflagration de Troie. Nous étions au dimanche
14 juillet, et, dans un accès éphémère de rêverie, il me sembla
entendre résonner à travers la froide atmosphère qui nous entourait,
le doux son des cloches de l'Angleterre. Enfin, vers cinq heures, le
vent varia d'un point ou deux, puis sauta au sud-est. Peu après,
comme je l'avais espéré, un mouvement de scission s'opéra dans la
glace, une ouverture de bonne apparence nous fut signalée du haut
des mâts à moins de deux kilomètres sur notre tribord, et, vers
neuf heures, nous filions sous deux ris et à raison de huit nœuds
(15 kilomètres) à l'heure le long d'un large canal, bordé de deux
berges de solides glaçons. Avant minuit, nous avions regagné la mer
ouverte et nous voguions à toutes voiles vers la Norvège.

Avant de nous éloigner de Jean-de-Mayen, nous devons payer un tribut à la mémoire de quelques-uns de nos semblables, enfants de la Hollande, qui, il y a deux siècles, essayèrent de lutter contre ce ciel inclément et ce sol inhospitalier. La Compagnie hollandaise des mers du nord ayant résolu de pousser ses découvertes dans la direction du pôle, sept marins forts et vigoureux furent choisis pour hiverner à Jean-de-Mayen, afin de s'y livrer à des observations sur les variations du temps et les autres particularités qui pourraient contribuer aux progrès de l'astronomie, de la physique du globe et du commerce.

En conséquence, le 26 août 1633, ils furent déposés sur cette île. Le lendemain, les sept marins remarquèrent qu'il n'y avait pas de nuit. Le 28, il tomba beaucoup de neige, et ils réglèrent leur approvisionnement de tabac à raison d'une demi-livre par semaine et par homme. A cette époque de l'été, la chaleur du soleil était quelquefois si forte, qu'elle ne leur permettait pas de garder leurs habits; aussi se donnaient ils le plaisir de la promenade, qu'ils dirigeaient presque toujours le long d'une montagne voisine de leur demeure.

Ils se firent une règle constante de recueillir des herbes salutaires pour les manger en salade : c'était un assaisonnement pour les rôtis d'oiseaux de mer que l'île leur fournissait en abondance.

Vers la fin de septembre, le temps, jusqu'alors supportable, devint orageux et froid, et la continuité des pluies glacées fit pourrir toutes les plantes.

Dans les premiers jours d'octobre, ils découvrirent dans la partie méridionale de l'île une belle source très limpide; mais bientôt la gelée devint si forte, qu'elle couvrit tout d'un revêtement de glace qui, sur les étangs et les pièces d'eau, pouvait aisément porter un homme. Puis des ouragans se succédèrent, dont la violence menaçait d'emporter leurs tentes; la fureur des vents, les mugissements de la mer agitée et le bruit affreux de la chute des avalanches troublaient leur sommeil chaque nuit.

Le froid les obligea, non seulement à faire du feu, mais à se tenir renfermés, et ils ne purent plus faire sécher leur linge que devant leur foyer, parce que, à quelque distance du feu, il se raidissait en moins d'une minute et prenait la rigidité du bois. L'humidité qui résulta de cette obligation et le défaut d'exercice les fatiguaient beaucoup, et ils commencèrent à être en proie à de fréquents vertiges.

La neige tomba en abondance, et un baril de chair d'ours se gela à six pieds du feu. Ils avaient souvent affaire à ces animaux carnassiers, mais ce n'est pas un gibier facile à se procurer. Outre leur force et leur férocité, qui les rendent très dangereux, ils ont la vie si dure, qu'ils courent longtemps encore après qu'ils ont reçu des blessures mortelles. Ils venaient rôder en si grand nombre pendant la nuit autour des tentes, qu'il y avait péril pour les Hollandais à ne pas se tenir parfaitement clos. D'un autre côté, la gelée était si intense, qu'ils furent obligés d'allumer de grands feux dans leur cellier, pour qu'elle ne détruisît pas leur bière et leurs autres liqueurs.

A partir du 19 novembre, les jours devinrent si courts, qu'ils n'avaient pas de clarté suffisante pour lire ou pour écrire dans leurs tentes, ce qui les jeta dans une profonde mélancolie. Cependant vers la fin de ce mois et pendant la première semaine de décembre, la température se radoucit au point qu'ils commencèrent à espérer que l'hiver de ces latitudes ne seraient pas beaucoup plus rigoureux qu'il ne l'est ordinairement en Hollande; mais dès le 8 le vent du nord-est amena une recrudescence de froid, et les glaces commencèrent à s'amonceler dans toutes les directions.

Ils célébrèrent la nouvelle année aussi gaiement que les circonstances purent le leur permettre, et jamais ils ne négligèrent de faire régulièrement la prière. A cette époque, le froid était excessif, et la mer, aussi loin que l'œil pouvait s'étendre, ne leur apparaissait que comme un chaos de montagnes de glace entassées.

Le 13, un ours s'approcha de leur tente, d'où ils ne se hasardaient plus de sortir : l'un d'eux fut assez adroit ou assez heureux pour l'abattre d'un seul coup de fusil. Après l'avoir tiré avec des cordes dans l'intérieur de leur demeure, ils l'échorchèrent et le préparèrent pour leur table, où il fut reçu comme un mets excellent par des gens qui depuis longtemps ne mangaient plus que de la viande salée.

Pendant le reste de janvier et tout le mois de février, la gelée alterna avec des tempêtes de neige. Le vent du sud amenait quelquefois le dégel, mais celui du nord-est, qui reprenait ensuite, était toujours accompagné d'un redoublement de froid.

Le temps, très variable au commencement de mars, devint calme et agréable vers le 11, et le soleil commença à donner quelque chaleur. Les Hollandais tuèrent un nouvel ours à cette époque et salèrent légèrement toute la chair qu'ils ne purent manger immédiatement. La viande fraîche, de quelque espèce qu'elle fût, leur était alors bien précieuse, parce que tous étaient attaqués du scorbut et en souffraient horriblement. Les jours grandirent et devinrent sereins, mais alors aussi le gibier s'éloigna, et le progrès de leur mal, joint au défaut de nourriture fraîche, les jeta dans le plus grand découragement. La baie était très poissonneuse, mais ils manquaient absolument d'instruments de pêche ; ils y virent même des baleines d'une prodigieuse grandeur et en tel nombre, que, s'ils avaient eu la force suffisante et l'outillage nécessaire pour les poursuive, ils auraient pu faire un profit très considérable.

Le 3 avril, le scorbut avait fait de tels progrès parmi eux, que deux de ces infortunés pouvaient seuls encore se tenir sur leurs pieds. Ceux-ci, ce même jour, tuèrent les deux derniers poulets qui leur restaient, dans l'espoir que ce mets rafraîchissant pourrait soulager leurs camarades.

Le 16, celui qu'ils appelaient leur secrétaire, et qui avait tenu scrupulement le journal de leur hivernage, mourut. L'état des survivants était si déplorable, que le seul qui pouvait encore se mouvoir ne le faisait qu'avec la plus grande peine. C'est lui qui continuait alors leur journal funéraire, et voici ce qu'il y a écrit : « Nous sommes actuellement réduits à toute extrémité. Aucun de mes camarades ne peut se servir lui-même, bien loin de pouvoir donner quelque assistance aux autres. Tout le fardeau pèse donc sur mes épaules. A la grâce de Dieu ! Je ferai mon devoir tant qu'il lui plaira de me laisser la force de l'accomplir. Je vais aider notre commandant à sortir de sa cabine. Il pense que l'air pourra lui faire du bien. Il lutte contre la mort. La nuit est sombre ; le vent souffle du sud. »

Le 23, le commandant mourut.

Le 27, un chien leur restait, ils le tuèrent pour se faire un maigre bouillon et un plus mauvais bouilli.

Le 28, les glaces sont chassées au large et la baie est entièrement dégagée.

Le 29, le temps se couvre ; le vent nord-est souffle avec violence et dans la nuit tourne à la tempête.

Le 31, le temps redevient beau et le soleil brille sur cette terre désolée et sur les six exilés moribonds.

Le journal se termine brusquement à cette date, et les dernières lignes en sont à peine lisibles. Il est à craindre que le malheureux qui tenait la plume ne l'ait laissée tomber que pour se retirer sur sa couche de mort et remettre son âme aux mains de son Créateur.

On ne peut songer sans frémir à l'agonie de ces infortunés qui périrent successivement, à la vue les uns des autres, sans pouvoir se porter réciproquement le moindre secours. Il est probable que cette agonie se prolongea jusqu'à ce que l'action du froid eût glacé en eux toute chaleur. Lorsque les vaisseaux qui les avaient laissés sur cette île y revinrent le 4 juin 1634, les navires envoyés à leur recherche ne trouvèrent que leurs cadavres ; à côté de chaque lit était un peu de pain ou de fromage à demi rongé, de l'onguent pour les gencives et un livre de prières encore ouvert.

Le chef de l'escadre ordonna d'enfermer les sept cadavres dans des cercueils et de les couvrir de neige jusqu'à ce que le dégel permît qu'on leur creusât des fosses dans la terre ramollie. Ceci eut enfin lieu ; il furent inhumés le 24 juin, fête de la Saint-Jean, et salués par les canons réunis de tous les vaisseaux.

Dans la matinée de notre départ de Jean-de-Mayen, nous avions été trop occupés pour célébrer notre service accoutumé du dimanche ; mais dès que nous fûmes hors de la glace, je m'arrangeai pour faire une lecture dans la cabine.

Notre voyage jusqu'à Hammerfest n'offre rien de particulier à noter. La distance est de treize cents kilomètres, que nous avons franchie en huit jours. Sur tout ce trajet le temps a été assez beau, quoique froid et parfois brumeux. Un jour même il fut parfaitement beau : c'était la veille de notre arrivée sur les côtes de Laponie ; pas un nuage ne tacha le ciel pendant plus de vingt-quatre heures, ce qui me permit de voir le soleil décrivant un cercle complet sur nos têtes et de mesurer sa hauteur méridienne à minuit. Nous étions alors par 70° 25′ de latitude nord, c'est-à-dire aussi élevés vers le pôle que le cap Nord[1]. Cependant le thermomètre monta à 26° centigrades dans l'après-midi.

1. Extrémité boréale du continent européen.

Bientôt la brume reparut, et, dans la matinée suivante, il venta
très fort de l'est, circonstance des plus désagréables ; car, même par
le temps et la mer les plus favorables, il est toujours difficile de
trouver une route pour embouquer dans les ports de cette côte,
séparée qu'elle est de l'Océan par un retranchement compliqué d'îles
hautes, bordées elles-mêmes du côté de la mer par une zone, large
de plusieurs milles, d'écueils, d'îlots et de récifs, semés aussi épais
sur les flots que des pois dans un champ. Impossible de se procurer
des pilotes avant d'avoir pénétré jusqu'aux îles, c'est-à-dire avant
le moment où l'on n'a plus besoin d'eux ; de phares ou de fanaux,
néant, et vous ne pouvez vous guider qu'à l'aide des relèvements des
montagnes de l'intérieur. Mais comme, par le temps le plus clair, la
chaîne entière de ces montagnes n'offre pas plus de variétés que les
dents d'une scie, et que par un jour sombre, ce qui arrive d'ordi-

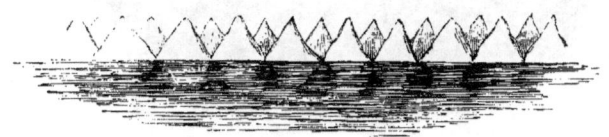

PROFIL DES MONTAGNES DE LA NORWÉGE.

naire sept fois pas semaine, on ne peut apercevoir d'elles que leur
base obscure plongeant dans la mer ; l'infortuné marin en quête d'un
étroit passage qui le conduise entre ces îles au delà desquelles l'attend
un pilote, peut, selon toutes probabilités, placer son bâtiment dans
une position à rendre tout à fait superflue l'assistance tardive de ce
dernier fonctionnaire. Bref, ce fut avec autant d'étonnement que de
plaisir qu'après avoir aventuré, non sans crainte, l'Écume à travers
une ouverture de cette monotone barrière de montagnes, je reconnus
que nous étions dans le vrai chenal du port que nous cherchions. Si
le roi de tous les Goths voulait seulement élever un phare de loin en
loin, sur les rivages de ses possessions arctiques, il épargnerait
certainement bien des angoisses à plus d'un honnête marin [1].

1. Le Pilote norvégien, publié en 1850 par M. le baron Delong, constate l'existence
de soixante-quatre phares sur les côtes de Norvège ; mais, sur ce nombre, six seulement sont espacés entre le 65e et le 70e degré, et leur construction est postérieure au
passage de lord Dufferin dans ces parages.

Il me faut terminer cette longue épître.

Hammerfest est à peine digne de remplir ce qui me reste de papier. Quand je vous aurai dit que c'est la ville la plus septentrionale de l'Europe, j'aurai mentionné, je crois, son trait le plus remarquable. Elle repose sur la plage d'un vaste bassin, complètement fe mé par trois îles, et consiste en un ramassis de maisons de bois, plaquées contre une énorme falaise à pic ; quelques-unes d'elles, bâties sur pilotis, ont l'air d'avoir glissé de la montagne jusqu'à moitié chemin

VUE DES COTES DE NORVÈGE.

de la mer. Sa population est de... ses principales exportations sont... Pour tout cela, voir le *Guide* de M. Murray, qui vous mettra au courant de ces matières beaucoup plus clairement et correctement que je ne suis capable de le faire. A tout évènement, on y trouve du lait, de la crème, mais non du beurre, de la salade et enfin de mauvaises pommes de terre ; c'est ce qui nous intéresse le plus pour le moment. Et penser qu'à cette heure même vous vous régalez peut-être de pois verts et de choux-fleurs !... J'espère que vous n'oubliez pas *vos grâces* avant dîner.

Je vous écrirai de nouveau avant de faire voile pour le Spitzberg.

LETTRE IX

Alten, le 27 juillet.

Cette lettre doit tourner à l'églogue, vu la vie pastorale que nous avons menée dans ces délicieux vallons du Finmark. Peut-être ce pays ne doit-il la souriante apparence qu'il revêt pour nous qu'au contraste subit de ses prairies, de ses arbres et de ses fleurs, avec les mers glacées et les terres plus congelées encore au milieu desquelles nous venons de vivre. Quoi qu'il en soit, le changement nous a été trop agréable pour ne pas nous inspirer de sérieuses réflexions sur notre condition, et nous avons arrêté que même le jaloux Océan ne nous priverait plus à l'avenir des jouissances de la vie des pasteurs. Désormais le chef de l'équipage ne sera plus le seul berger à bord[1]. Nous avons fait l'acquisition d'une vieille chèvre, une maîtresse chèvre, afin de pouvoir nous donner dans l'occasion les douceurs du laitage. M. Webster, ex-grenadier aux gardes de Sa Majesté, ex-charpentier, etc., etc., a pris un brevet de laitière ; et notre vénérable passagère a été installée dans une vaste futaille que j'ai fait préparer pour sa réception en arrière de l'habitacle. Non loin de là, toute une prairie d'herbe odoriférante a été emmagasinée pour ses convenances ultérieures, et le docteur accorde son flageolet, afin de compléter le caractère bucolique de la scène. Le seul personnage du bord que semblent déconcerter ces arrangements, est le petit renard

---

1. Jeux de mots intraduisible, portant sur *boatswain*, maître d'équipage, et sur *swain*, berger.

blanc qui nous a suivis depuis l'Islande. Considère-t-il l'admission
à bord d'un animal aussi domestique comme une critique de ses personnelles et sauvages habitudes de *Viking*, je ne sais; mais il n'y a
pas d'impertinences, même celle de profiter du sommeil de notre
Amalthée pour aller lui mordiller la barbe, dont il ne se rende cou-
pable à l'égard de la bonne vieille créature, qui passe la plus
grande partie de ses matinées à servir de plastron aux impudences
de ce vaurien.

Mais il faut que je rédige avec plus d'ordre et plus de régularité
le procès-verbal de notre dernière semaine.

Aussitôt mouillés dans le havre de Hammerfest, nous nous jetâmes
à terre; puis, nous étant assurés que l'existence d'un bureau de
poste n'implique pas nécessairement la présence d'un paquet de
lettres, nous nous mîmes, un peu désappointés, à examiner la métropole du Finmark. Une inspection détaillée ne modifia en rien l'impression que sa première vue nous avait causée; et l'odeur d'huile
rance de foie de morue qui semblait s'échapper indistinctement de
chaque construction de la ville, sans même en excepter l'église, nous
fit confirmer irrévocablement notre premier jugement. Néanmoins
ce souvenir reste désormais lié, dans ma mémoire, à un autre, qui
le rachète en partie et que je dois mentionner. C'est dans les rues
de cette ville que mes regards sont, pour la première fois, tombés
sur un Lapon. Au détour d'un angle d'une de ces constructions mal
bâties, nous nous heurtâmes soudainement à un être humain en miniature, portant une tunique de laine blanche, bordée de bandes
rouges et jaunes, des pantalons verts, brodés autour des chevilles,
des bottes en peau de renne, pointues et retournées aux extrémités
comme des babouches turques. Sur la tête de cette personne, qui,
en dépit de ses pantalons, se trouva être une dame, était plantée une
sorte de couvre-chef égrillard, multicolore, s'arrondissant autour
de la figure et se terminant par derrière par une corne ou cimier de
dragon, de couleur rouge, qui recouvre un morceau de bois creux
du poids d'environ cent grammes, dans lequel est enroulée la masse
occipitale de la chevelure : le tout, formant une coiffure plus incom-
mode encore qu'un bonnet *parisien*.

À peine avions-nous mis le chapeau à la main, et adressé à la belle
indigène aux pantalons verts un millier d'excuses pour notre gros-

sièreté involontaire, qu'une couple de messieurs lapons apparurent
devant nous; ils étaient à peu près vêtus comme leur élégante compa-
triote, sinon que sur leurs têtes de simples bonnets de nuit remplaçaient
l'étrange armet porté par la dame, et que leurs couteaux, au lieu d'être
passés dans le devant de la ceinture, comme chez elle, y étaient suspendus le long de la hanche. Leurs tuniques aussi étaient un tant
soit peu plus courtes. Nul des trois ne pouvait passer pour beau.

DAME LAPONNE.

Des pommettes saillantes, des nez courts, des yeux mongols, obliques
et privés de cils, le tout orné d'une énorme bouche, composent un
ensemble de traits qu'un teint de terre de *Sienne* et des cheveux
disposés comme une botte de foin ne relèvent pas beaucoup. Cependant leur air, leur contenance n'étaient pas dépourvus d'intelligence,
et je voyais dans leurs yeux un clignotement moitié timide, moitié
malicieux, qui me rappelait un peu certaines physionomies que j'ai
rencontrées dans les recoins les plus perdus de l'Irlande. Quelques
ethnologistes, il est vrai, inclinent à reconnaître dans les Lapons
une branche de la famille celtique. D'autres, au contraire, les rat-

tachent aux Hongrois ; tandis qu'un petit nombre de savants prétend
découvrir une parenté entre l'idiome lapon et les dialectes des sauvages australiens et d'autres rameaux écartés du grand tronc de l'hu-
manité. Les partisans de cette dernière hypothèse allèguent qu'une
série successive de générations est sortie du berceau central de l'hu-
manité, placé au cœur de l'Asie, et comme la dernière venue a toujours dû peser sur celle qui la précédait, les premières et les plus bar-
bares de nos races ont graduellement été projetées au loin en cercles
concentriques, comme en forme la chute d'une pierre tombant au
fond d'un puits, de sorte que tous les hommes habitant aujourd'hui
les extrémités de la terre sont, *ipso facto*, cousins germains.

Cette parenté avec les nègres polynésiens serait sans doute re-
poussée avec indignation par les généalogistes du Finmark, tous
très persuadés de l'extrême noblesse de leur origine. Ils regardent
le patriarche Noé comme un personnage dont le principal titre à la
notoriété a été l'honneur d'être le premier Lapon. Leur instruction
sur l'histoire sainte, et principalement sur le christianisme, ne
forme pas un bien gros bagage. Ce n'est qu'après le treizième siècle
qu'on a fait quelque tentative pour les convertir ; et bien que
Charles IV et le grand Gustave aient ordonné de traduire en lapon
diverses portions des saintes Écritures, aujourd'hui encore la plus
grande partie de cette race est restée païenne ; toutes les imagi-
nations vives qu'elle nourrit sont demeurées soumises aux plus
grossières superstitions. Quand un couple veut se marier, il aura
peut-être recours au ministère d'un prêtre, si par hasard il en trouve
sur son chemin, mais par pure condescendance ; autrement le papa
de la jeune dame prend un caillou et un morceau d'acier, les frappe
l'un contre l'autre, et la cérémonie est complète. Quand ils meurent,
une hachette et le briquet susdit sont invariablement enterrés avec
le défunt, dans la prévision du froid qu'il pourrait éprouver pendant
son long voyage : précaution toutefois que bien des fidèles considé-
reront comme inutile, appliquée à des croyants aussi hétérodoxes.
Quand ils vont à la chasse de l'ours, l'affaire la plus grave de leur
existence, c'est un sorcier qui, sans autre arme que ses incantations,
marche à la tête de la bande des chasseurs. Dans la disposition
intérieure de leurs tentes, il n'assignent pas à leurs femmes d'appar-
tement particulier, mais simplement une porte spéciale ; car le

malheur attend le chasseur, si une femme a traversé le sentier qu'il suit pour se rendre à la chasse; en outre, pendant les trois jours qui suivent la mort de sa proie, il doit vivre séparé de la portion féminine de sa famille, afin d'apaiser le génie du mal dont il suppose avoir tué l'animal familier. On ne finirait pas de relater les innombrables circonstances de la vie des Lapons où ils interpolent les anciens rites de Joumala parmi les pratiques chrétiennes qu'ils prétendent avoir adoptées.

J'ai eu bien peu d'occasions d'observer leur genre de vie. Notre

BONNET D'UNE DAME LAPONNE.

consul, toujours bienveillant, essaya de nous conduire à l'un de leurs campements; mais ils changent si fréquemment de place qu'on ne peut guère les joindre. Çà et là, comme nous passions par le travers des criques et des fiords, de bleues spirales de fumée, s'élevant de quelque petit nid de verdure au milieu des rochers, nous signalaient la place temporaire d'un foyer solitaire; mais je n'ai jamais été à même d'étudier un de leurs établissements réguliers. Pendant l'été ils vivent dans des tentes de toile; durant l'hiver, quand la neige couvre la terre, les Lapons des forêts bâtissent leurs huttes dans les branches des arbres et se perchent comme des oiseaux. Leurs tentes principales sont de forme hexagone; au centre est ménagé le foyer, dont la fumée s'échappe par un trou ouvert au sommet. Les hommes et les femmes occupent les deux côtés de cette chambre commune; mais une longue perche étendue sur le milieu du sol y figure une ligne symbolique de démarcation, qui, j'ose le dire, possède, dans son but et ses résultats, une puissance aussi effective que les planches et le plâtre parmi les nations plus civilisées. À tout évènement, les femmes ont une porte réservée pour elles seules, privilège qu'elles considèrent, sans nul doute, comme aussi précieux que celui qui résulte ailleurs de la solitude d'un boudoir séparé. La chasse et la pêche forment les principales occupations des tribus laponnes, et tuer un ours est le plus honorable exploit qu'un héros lapon puisse accomplir. La chair de l'animal revient de droit néanmoins, non à celui qui l'a tué, mais à celui qui a découvert sa piste; et sa peau, hissée sur une perche, sert de but aux flèches des femmes de tous les chasseurs qui ont pris part à l'expédition. Elles doivent tirer sur elle les yeux bandés; heureuse celle qui parvient à l'atteindre : non seulement cette fourrure devient sa conquête, mais aux yeux de tout l'établissement son mari passe désormais pour le plus fortuné des hommes. Pendant toute la durée de la chasse, la population féminine est tenue de ne pas mettre les pieds dehors; mais dès que la bande des chasseurs revient triomphante au logis, toutes les femmes s'échappent des tentes, et, après avoir bravement mâché une certaine quantité d'écorce d'une espèce d'arbre, qui a pour propriété de rougir la salive, elles barbouillent de cette teinture la face de leurs maris, sans doute comme symbole du sang de l'ours qui a succombé dans cette mémorable rencontre.

Quoique les forêts, les rivières et la mer subviennent en grande partie à la nourriture du Lapon, c'est le renne qui lui procure la plupart des autres jouissances de son existence. Le renne lui tient lieu d'équipage, de cheval, de bétail, de compagnon et d'ami. Le Lapon peut le désigner par vingt-deux noms différents; sa jaquette, ses pantalons, ses bottes sont fabriqués en peau de renne, cousue avec du fil tiré des nerfs et des tendons du renne. Le lait de la femelle forme l'article le plus important de son menu quotidien. Le bois de cet animal fournit la matière de presque tous ses ustensiles domestiques, et c'est le renne qui transporte ses bagages et tire son traîneau. Mais la beauté du renne est loin d'être au niveau de ses

CAMPEMENT DE LAPONS.

qualités morales et physiques : ses andouillers, il est vrai, sont magnifiques, formant un ensemble qui peut avoir plus d'un mètre de développement ; mais son corps est chétif, et ses membres sont lourds et gauches ; son allure même n'est pas aussi rapide qu'on le suppose généralement. Les Lapons estiment les distances par le nombre d'horizons qu'ils traversent, et le renne qui peut franchir trois horizons en vingt-quatre heures est considéré comme une exception. Néanmoins la bête elle-même possède une notion si juste de ce qui est dû à son propre mérite, que, si son maître veut exiger d'elle au delà de ses forces, non seulement elle s'insurge et résiste, mais se tourne contre l'inconsidéré Jéhu qui l'a surmenée. C'est pourquoi aussi un Lapon très pressé, au lieu de prendre son traîneau, adapte à ses pieds une paire de patins aussi longs que lui-même, et glisse sur ces machines comme sur les ailes du vent.

Un Lapon, si pauvre qu'il soit, possède une douzaine ou deux de rennes, et le troupeau d'un Crésus du Finmark comprend quelquefois jusqu'à deux mille têtes de ce bétail. Dès qu'une fille de bonne maison est venue au monde, et qu'elle a été proprement roulée dans la neige, elle est dotée par son père d'un certain nombre de rennes, qui sont immédiatement marqués de son chiffre et réunis désormais à part comme sa propriété particulière ; sur l'accroissement de la multiplication de son troupeau se fondent les chances de la jeune personne à faire un bon établissement.

Chez les Lapons la recherche d'une femme donne lieu à des démarches peu différentes de celles dont l'usage est admis dans les autres parties du monde. Dès qu'un jeune homme a découvert celle qu'il désire épouser, il se met à la recherche d'un ami et d'une bouteille d'eau-de-vie. L'ami se rend chez les parents de la belle et expose simultanément la bouteille et sa mission, tandis que le futur, resté dehors, s'occupe à couper du bois ou à se rendre utile par quelque autre travail manuel. Si, lorsque la qualité de l'eau-de-vie et la proposition ont été soumises à une mûre délibération, l'éloquence de l'ami triomphe, le jeune homme est admis à son tour dans le conclave de famille, et est autorisé à frotter son nez contre celui de la jeune fille. Puis, aussitôt que celle-ci a accepté de son prétendant l'offrande obligatoire d'une langue de renne, les fiançailles sont considérées comme conclues. Le mariage néanmoins n'a lieu que deux ou trois ans après, et, pendant l'intervalle, le jeune homme est obligé de travailler au service de son beau-père avec autant de zèle que Jacob en déploya chez Laban pour l'amour de sa tant désirée Rachel.

Je ne puis mieux clore ce sommaire de nos connaissances relatives aux honnêtes Lapons qu'en transcrivant ici pour vous l'échantillon suivant d'un chant d'amour recueilli parmi eux par je ne sais plus quel touriste. Le poëte est supposé hâter la course de son traîneau vers la demeure de sa bienaimée : « Vite, vite ! Kulnazatz, mon petit renne ! la route est longue ; sans bornes sont les marécages. Rapides et légers de pieds, nous devons bientôt atteindre notre destination. Là je contemplerai ma belle dans la solitude. Kulnazatz, mon bon renne, regarde au loin, regarde autour de toi ! Ne la vois-tu pas quelque part, se baignant ? »

Dès que nous eûmes suffisamment étudié la dame laponne et ses compagnons, qui se soumirent comme elle à cette étude avec la plus grande complaisance, nous nous mîmes en devoir d'examiner les autres curiosités de la ville : l'église, l'hôpital, principalement occupé par des Lapons, les établissements où l'on prépare la morue, et enfin l'hôtellerie du lieu. Mais peu d'heures suffisent pour épuiser les plaisirs de Hammerfest ; aussi, après avoir acheté une collection *extra* de jaquettes pour mes gens et m'être pourvu d'un supplément de choses jugées nécessaires ou utiles quand on se rend au Spitzberg, après avoir échangé aussi un dîner avec le consul, transaction dont je crains bien qu'il n'ait pas été le bon marchand, nous mîmes à la voile pour Alten, lieu d'où je vous écris.

Le jour même de notre départ de Hammerfest, nos espérances d'atteindre le Spitzberg furent rudement ébranlées. Je traitais justement le consul et nous étions à table, lorsque Wilson, la face bouleversée, selon son habitude, s'approcha et glissa quelque chose dans l'oreille du docteur. Depuis le fameux dialogue qui s'était établi entre eux au sujet du mal de mer, Wilson regardait Fitz comme une sorte de proie légitime, et chaque fois que le fardeau de ses sombres pressentiments devenait trop lourd pour sa propre pensée, c'était toujours dans le sein du docteur qu'il venait le déposer. A l'éclair de triomphe lugubre que je remarquai dans ses yeux en cette occasion, je devinai que nous étions menacés de quelque grande calamité, et en effet, voici l'agréable nouvelle qu'il avait tant hâte de publier :

« Vous ne savez pas, monsieur? » Cette formule était l'invariable préface de toutes ses annonces de malheur. « Non, qu'est-ce donc? » dit le docteur, saisi d'un émoi soudain.

« Oh! rien, monsieur; si ce n'est deux sloups arrivant à l'instant du Spitzberg, monsieur; où ils n'ont pu pénétrer, monsieur! tant ils ont trouvé de glace, à 300 kilomètres en avant de la terre! Et puis, oh! monsieur, ils reviennent avec leur membrure brisée et leurs flancs défoncés! »

En arrivant à Hammerfest, mon premier soin avait été de m'informer du gisement des glaces cette année, et j'avais en effet appris que la saison était très mauvaise et que la plupart des navires, qui vont chaque été au Spitzberg pour y chasser les *chevaux marins* (lisez walrus ou morses), n'ayant pu atteindre la côte, étaient revenus à vide. Mais comme trois semaines s'étaient déjà écoulées depuis leur déconvenue, je me berçais de l'espoir que ce laps de temps et les progrès de la saison auraient suffi pour nous ouvrir un passage vers ces îles.

Les nouvelles de Wilson mettaient à néant cet espoir. Il me restait cependant une consolation : c'était que probablement elles n'étaient pas vraies. Aussi, en sortant de table, nous courûmes à bord de l'honnête dompteur de chevaux marins, qui était censé avoir fourni ces fâcheux renseignements. C'était vraiment un jovial gaillard et très intelligent, de trente-cinq ans environ, de six pieds de haut, et dont toutes les manières révélaient à l'égard du danger une superbe insouciance : il capta complètement ma confiance. Des cartes furent déployées et l'état des choses me fut exposé de la façon la plus claire. Rien ne pouvait être moins satisfaisant. Le sloup avait quitté la glace quarante-huit heures seulement avant de revoir les côtes de Norvège, et il n'avait pu parvenir jusqu'à l'île aux Ours. Une bande de glace, large de plus de 300 kilomètres, entourait les rivages ouest et sud du Spitzberg (quant à la côte orientale, elle est toujours bloquée par la banquise), et, de cet archipel, ladite glace courait en demi-cercle jusqu'à Jean-de-Mayen. Que son vaisseau n'eût pas cédé à la simple vue de cet obstacle, l'état de sa membrure l'attestait suffisamment, et, « quant à aller nous-mêmes nous y frotter, il ne pouvait en être question. »

Ainsi parla l'homme aux chevaux marins.

Rentré à bord de *l'Écume*, je me plongeai dans les plus graves réflexions. C'était donc là le résultat de tous mes préparatifs et de tant de plans si longtemps médités? Quelle chance de succès me restait-il après un si défavorable arrêt? *Ipse dixit, eques marinus!* Il est vrai que les chevaux marins ont été longtemps regardés comme une corporation mythique; mais mon nouvel ami était un être trop substantiel pour que je pusse douter de leur existence; et, à moins de me faire un dada de la proverbiale crédulité des gens livrés à cette profession amphbiie, je n'avais nulle bonne raison de douter de sa véracité. Néanmoins, je trouvai qu'il ne serait pas d'un gentilhomme de reculer devant le premier découragement. S'il était possible d'atteindre le Spitzberg, j'étais résolu à le faire. Nous n'étions pas encore à la fin de juillet; dans ces latitudes, l'hiver ne commence pas avant septembre, et, dans l'intervalle, il pourrait bien se faire que les vagues du courant du golfe nous ouvrissent dans les glaces un chemin vers le pôle. Si bien, qu'en dépit de toutes les apparences défavorables, je me déterminai à aller juger par nous-mêmes de l'état réel des choses.

Mais je dois vous expliquer pourquoi je comptais sur l'aide du *Gulf-Stream* dans cette affaire.

La configuration entière des glaces arctiques est déterminée par l'action exercée sur leurs rivages flottants par ce mystérieux courant. Son influence à cette extrémité du globe a donné lieu à bien des théories scientifiques. Voici celle qui me paraît la plus vraisemblable.

On suppose, qu'en vertu de cette grande loi de la nature, qui tend à établir un équilibre dans les températures diverses de tous les fluides, une masse énorme d'eau glacée est continuellement déversée par les régions antarctiques, pour remplacer et régénérer les eaux vaporisées de l'Océan, sous la zone torride. Venant à se heurter contre la côte ouest de l'Amérique méridionale, ce courant remonte le long des rivages du Chili et du Pérou, puis s'infléchit dans une direction occidentale à travers l'océan Pacifique, où il prend le nom de courant équatorial. Après avoir complètement entouré l'Australie, il entre dans la mer des Indes, contourne le cap de Bonne-Espérance, et, traversant l'Atlantique, pénètre dans le golfe du Mexique. Là, ses facultés de circulation, un moment ralenties, puisent tout à coup une énergie nouvelle dans la pression qu'elles éprouvent de la part des étroites limites qui les resserrent. La rapidité du courant devient alors si remarquable, son isolement des profondes couches qu'il traverse si complet, qu'au point où il rentre dans l'Atlantique, ses eaux, jusque-là diffuses, sont tout à coup concentrées dans ce que le capitaine Maury a si heureusement appelé *un fleuve dans l'Océan*, fleuve plus rapide et d'un volume plus grand que le Mississipi ou l'Amazone. Se précipitant entre les détroits de l'archipel des Bahamas, qui s'étend comme un barrage devant lui, il divise les flots de l'Atlantique. Son cours est alors si distinct, qu'un vaisseau, faisant voile dans son voisinage, peut être baigné d'un côté par ses tièdes ondes couleur d'indigo, et de l'autre par la saumure pâle, dormante et encombrée d'herbage de la mer de Sargasse. Mais ce n'est pas seulement par sa température, sa couleur et sa mobilité que se distingue ce « fleuve océanique » ; sa surface même, bombée à son centre, s'élève au-dessus du niveau de la mer environnante, par l'effet de la pression latérale des masses élastiques entre lesquelles il se fraye un passage. Imprégné de la chaleur des climats tropicaux, le Gulf-Stream, car tel est le nom qu'il reçoit alors, poursuit sa course à travers l'Atlantique septentrional, longe les côtes occidentales des deux Bretagnes, de l'Irlande et de la Norvège, douant les rivages qu'il baigne d'un climat plus doux que celui dont jouissent d'autres terres situées sous les mêmes latitudes. Même par le travers du cap Nord, la force et l'influence du courant ne sont pas encore épuisées.

Des causes semblables à celles qui engendrent la puissante masse d'eau descendant du pôle antarctique, agissent aussi au pôle opposé, quoique sur une échelle réduite aux proportions de la surface bien moins étendue qu'y occupent les eaux, et donnent aussi naissance à un courant glacé qui, descendant au sud-ouest, rencontre les derniers effluves du Gulf-Stream, entre le Spitzberg et la Nouvelle-Zemble. Un débat pour la préséance s'établit entre eux et se termine par un compromis. Le courant d'eau chaude, désormais incapable de se maintenir dans son ensemble, se divise en deux branches, dont l'une contourne le cap Nord et pénètre dans ce fiord de Varanger,

objet de la convoitise des Russes[1], tandis que l'autre est poussée
dans une direction plus boréale le long de la côte ouest du Spitzberg. Mais, quoique le courant polaire parvienne à refouler jusqu'à
un certain point et à diviser le Gulf-Stream, il est en définitive impuis-
sant à le traverser, et le résultat du conflit est une accumulation de
glaces au sud du Spitzberg, dans l'angle formé par ce que M. Grote
appellerait la bifurcation du courant le plus chaud.

En conséquence de ce qui précède, il est possible que l'extrémité
nord-ouest du Spitzberg soit accessible jusqu'à un certain point,
tandis que toutes ses côtes méridionales sont bloquées par des champs
de glace d'une énorme étendue. Ce fut donc sur cette possibilité que
je basai mes espérances et que je me déterminai à poursuivre notre
voyage en dépit du rapport décourageant du patron norvégien.

Vers les huit heures du soir, nous fîmes voile de Hammerfest;
malheureusement le vent tomba immédiatement après notre départ
et nous laissa toute la nuit en calme plat, « comme un vaisseau peint
sur un Océan en peinture. » A six heures, une petite brise s'éleva, et
lorsque nous montâmes sur le pont après déjeuner, l'*Écume* glissait
à raison de cinq nœuds à l'heure, sur la surface unie d'un de ces
sentiers d'eau que la nature à multipliés entre les chaînons de gneiss
et de micaschiste gris d'argent qui forment les rivages de la Norvège.

Le parcours de Hammerfest à Alten (environ soixante cinq kilomètres) suit les zigzags d'une longue chaîne de fiords. Après vingt-
quatre heures écoulées et cinquante kilomètres franchis, nous fûmes
de nouveau pris par le calme. Impatienté de ce contre-temps et
tenté par la beauté de la soirée, qui empruntait, à vrai dire, un
charme particulier à la lune et au soleil, se regardant l'un l'autre des
deux bords opposés de l'horizon, absolument comme dans le tableau
du miracle de Josué, Sigurdr eut la mauvaise idée de nous proposer
une promenade en bateau, en attendant que la brise de minuit revînt
gonfler nos voiles. Nous suivîmes ce conseil, et nous fûmes si ab-
sorbés par le tribut d'admiration que nous arrachèrent les rocheuses
falaises sous lesquelles nous défilions, que la vue de la voilure immobile de la goélette, en s'effaçant comme un point à l'horizon,

1. Voy. à l'Appendice C.

nous instruisit seule de la distance dont nous nous en étions éloignés.

Notre attention avait été captivée d'abord par le spectacle étrange que nous donnait une tribu de poissons dont les allures nous parurent diamétralement opposées aux habitudes normales des êtres aquatiques; car, au lieu de nager entre deux eaux dans une position horizontale comme tout honnête poisson est tenu de faire, ceux-ci se promenaient sur la surface de la mer, dressés sur leurs pieds de derrière. Ayant aperçu un batelet qui flottait sur le fiord non loin du lieu où se passait ce phénomène, nous l'accostâmes, et nous reconnûmes, dans le nautonnier qui le dirigeait, un Lapon fort attentif à surveiller la promenade de *l'école péripatétique*[1] (pour me servir d'un mot technique) dont les évolutions nous avaient si fort étonnés. Le but du pêcheur aux aguets était de juger, par les derniers mouvements de la bande de poissons, quelle partie des eaux voisines serait le théâtre de leur réapparition. Dès qu'il était à peu près fixé sur ce point, il ramait sournoisement vers l'endroit en question, et dès que les promeneurs y recommençaient leurs exercices, un coup de filet les faisait passer dans son bateau.

Sur ces entrefaites, il devient douteux pour nous de savoir s'il ne serait pas moins fatigant de ramer jusqu'à Alten que de retourner à notre bâtiment; nous prîmes le premier parti. Malheureusement nous nous trompâmes de fiord, et, après une longue et rude besogne, nous eûmes le plaisir de reconnaître que nous étions au fond d'un vrai *cul-de-sac*. Pour surcroît de malencontre, des nuées de moustiques, avec des corps de béhémoths et des aiguillons de dragons, se réunirent de tous les points du ciel pour faire curée de notre chair et de notre sang. En vain nous luttâmes, en vain nous abattîmes des milliers de ces monstrueux diptères à coups de rames; nos têtes plongées sous l'eau, nos joues souffletées avec une frénétique violence, tout fut inutile; et près de succomber sous ces myriades d'ennemis, je vis le moment où nos os disséqués allaient seuls demeurer pour témoigner de notre destin. Enfin Sigurdr découvrit sur le rivage une sorte de hutte, où nous pouvions espérer de trouver quelqu'un pour nous remettre sur

1. Du grec περί, autour, et πατέω, je me promène.

le bon chemin ; mais, en regardant dans l'intérieur par la porte
béante, nous n'y vîmes qu'un gentilhomme lapon profondément endormi. Éveillé par notre approche, il se dressa sur ses pieds, et
quoique rien ne puisse être plus gracieux et plus concillant que le
salut par lequel j'ouvris la conversation, je regrette d'avoir à dire
que l'aborigène, après avoir jeté sur nous des regards sauvages
pendant quelques minutes, rentra brusquement dans son gîte et s'y
verrouilla de la façon la plus impolie, nous abandonnant à notre malheureux sort. Il ne nous restait plus qu'à revenir sur nos pas et à
tenter la fortune ailleurs. C'est ce que nous fîmes, et plus heureux
cette fois, nous eûmes vers trois heures après minuit la satisfaction
d'aborder à un débarcadère dépendant des mines de cuivre du
Kaafiord.

Autour de nous se déroulait une perspective charmante. Il faisait
aussi clair et aussi chaud qu'en plein midi, au cœur de l'été, en Angleterre ; sur un large plateau, creusé par la nature dans les flancs
d'une chaîne calcaire, s'élevait une belle et bonne maison au milieu
de la riche verdure d'un jardin anglais ; d'un côté s'étendait l'étroit
fiord, et de l'autre s'étageaient en amphithéâtre des montagnes couvertes de sapins. La porte de la maison était ouverte, ainsi que la
plupart des fenêtres, sans en excepter même celles du rez-de-
chaussée, et, de la route où nous nous étions arrêtés, nous pouvions
voir les tablettes bien garnies d'une bibliothèque. Une balançoire et
quelques préparatifs de gymnastique sur la pelouse indiquaient la
présence d'enfants dans l'habitation. Tout cet ensemble me parut le
plus charmant tableau de calme, d'aisance et de sécurité que j'aie
jamais vu. Les perspectives désolées auxquelles nous nous étions accoutumés depuis si longtemps, faisaient peut-être celle-ci plus
agréable qu'elle ne l'était réellement.

Mais une autre question s'élevait : que faire ? Mon principal motif
en venant à Alten était d'acheter quelques provisions salées et des
costumes lapons. Mais des jouets ethnologiques n'étaient pas un prétexte suffisant pour aller troubler une honnête famille à trois heures
du matin. Il est vrai que j'étais muni pour M. T... d'une lettre
écrite par un ami commun, qui m'avait expressément averti qu'aussitôt arrivé à Alten, je pouvais envahir, sans plus de cérémonie, la
maison de son correspondant et m'emparer du premier lit inoccupé

que j'y rencontrerais, et que M. T... serait charmé de cette manière d'agir. Cependant la formalité britannique, en dépit de notre fatigue extrême, ne pouvait s'y plier. Il est vrai que les moustiques étaient devenus plus intolérables que jamais. Enfin, à moitié fou d'irritation, je m'élançai vers le sommet de la montagne la plus voisine, dans l'espérance d'atteindre une zone trop élevée pour les habitudes de nos bourreaux. Puis, me laissant choir sur la pointe la plus élevée du faîte, j'enveloppai ma tête dans mon mouchoir, car je n'avais ni manteau, ni paletot, et je passai le reste de la matinée à faire moue et grimace au monde étendu sous mes pieds.

Vers six heures, la goélette, comme un fantôme dans un songe, fit son apparition dans la brume au détour d'un cap élevé et vint jeter l'ancre au pied de la falaise. Nous nous hâtâmes de regagner son bord, où nous trouvâmes des bains, des amis et un repas bien nécessaire. Peu après un message de M. T..., à qui j'avais envoyé ma carte dès que j'avais aperçu un signe de vie dans sa maison, nous apporta une invitation à déjeuner; et vers neuf heures et demie, nous nous présentions à sa porte hospitalière. La réception qu'il nous fit fut telle que nous l'avait annoncée le gentleman qui m'avait donné pour lui une lettre d'indroduction; et M. T... déploya tant d'activité pour nous rendre son hospitalité agréable, que je n'osai pas lui dire que nous avions rôdé la plus grande partie de la nuit précédente autour de sa demeure, de peur qu'il ne nous jetât à la porte pour ne pas avoir osé l'en faire sortir lui-même à cette heure indue.

L'intérieur de cette habitation réalisait tout à fait l'idée que j'en avais conçue d'après l'apparence soignée de tous ses dehors. Des livres, des cartes, des peintures, de nombreux instruments d'astronomie, des échantillons géologiques et un magnifique assortiment d'ustensiles de pêche, me révélèrent les habitudes pratiques, l'éducation élevée et les habitudes laborieuses du gentleman anglais qui résidait en ce lieu; et, à la vue de tant d'objets intéressants se référant à des études diverses, je ne pus que me féliciter de l'heureuse chance qui me mettait en contact avec une connaissance aussi désirable.

Rien cependant ne nous avait fait soupçonner la maîtresse du logis, et j'étais justement à me demander *comment* ou *si* ce couronnement de tout heureux foyer manquait à celui-ci, quand tout à coup, la porte d'une pièce reculée venant à s'entr'ouvrir, dans les flots de lumière qui s'en échappaient nous vîmes glisser « la dame blanche d'Avenel ».

Je n'avais jamais été favorisé d'une plus belle apparition. Imaginez-vous une créature à l'aspect plein de dignité, pâle et fragile comme un lis, douée de beaux cheveux bouclés autour d'un front d'ivoire ; des joues d'un modelé exquis sur lesquelles vacillaient un coloris, non tel qu'en engendrent les effluves du sang méridional ou le printemps en fleur de la beauté anglaise, mais plutôt comparable aux frais rayonnements des aurores boréales sur la neige des montagnes du Nord ; et puis des yeux d'un bleu foncé et des lèvres de cette teinte rosée qui revêt les plus beaux coquillages... Telle était la chatelaine du Kaafiord ! type de la beauté scandinave, aussi parfait qu'en ait jamais évoqué la muse des Sagas ! L'Inge bord de Frihiof semblait debout devant moi. Peu de minutes après, deux petites filles avec de longs cheveux, fraîches comme des perce-neige nées sur la même tige, entrèrent aussi dans la chambre, et le doux tableau d'intérieur fut complet.

Le reste du jour fut une fête continuelle. En vain, après avoir complété nos achats, je fis valoir l'inconstance du temps et la nécessité où nous étions de regagner la haute mer. Rien ne put empêcher notre excellent hôte de nous retenir à dîner, et sa volonté était une de ces chaleureuses influences auxquelles il est difficile de résister.

Dans l'après-midi le steamer de Hammerfest fut signalé venant du sud et il débarqua deux charmantes sœurs de notre hôtesse, dont le frère habite une des îles Lofoten, dans le voisinage du fameux **Malström**. M. T... assure que tous les récits qu'on a faits de la violence de ce tournant d'eau sont ridiculement exagérés. En temps ordinaire, l'espace de mer qu'il est censé occuper est parfaitement calme, c'est uniquement pendant une forte tempête, ou immédiatement après, que quelques mouvements inaccoutumés peuvent être observés en cet endroit ; même alors la perturbation qu'y éprouve la masse liquide ne s'élève pas beaucoup au-dessus de celle que produit la rencontre de deux forts courants. « Maintes fois, quand elle était jeune fille, Madame T... avait navigué avec ses sœurs, et dans une barque ouverte, sur ce fabuleux abîme ! » Mais dans cette sauvage et romantique région, dont la population est rare, où les mon-

tagnes sont escarpées et les fiords brumeux, les objets les plus ordinaires revêtent un caractère de terreur et de mystère tout à fait
étranger à l'atmosphère du monde matériel et positif où nous vivons;
aussi bien des Norvégiens sont-ils enclins à la superstition comme
les pauvres petits Lapons qui habitent parmi eux.

Il n'y a pas encore beaucoup d'années que, dans ce même fiord que
nous avons traversé pour venir à Alten, lorsqu'une malheureuse embarcation venait à échouer pendant la nuit sur les écueils qui
s'étendent en avant du rivage, les indigènes, alarmés par les cris de
détresse qu'ils entendaient à travers les ombres du crépuscule, ac-
couraient en masse sur la plage, non pas pour prêter assistance aux
marins naufragés, mais pour les saluer d'une volée de mousqueterie,
persuadés que ces bateaux en perdition, avec leurs voiles en lam-
beaux, n'étaient ni plus ni moins que le *kraken* ou *grand serpent de
mer* agitant ses sombres nageoires. Enfin, si une partie de l'équipage
réussissait à gagner le bord à la nage, en dépit des vagues et des
balles, toute la bande armée tournait les talons et jouait des jambes.

Maintenant bonsoir! Nous allons dîner avec M. T..., et après
dîner, ou du moins dès que la marée reversera, nous mettrons à la
voile et reprendrons la route du Nord. Au nord! — Oh! au nord! —
comme dirait M. Kingsby, et pour tout de bon, cette fois.

LETTRE X

Throndhjem, 22 août 1856.

Et nous aussi nous avons notre moisson de lauriers ! Nous avons abordé au Spitzberg, presque à son extrémité la plus septentrionale, et la petite *Écume* a navigué à mille kilomètres du pôle ; c'est-à-dire qu'à cent soixante milles près elle s'en est approchée autant qu'un vaisseau ait jamais réussi à le faire !

Ma dernière lettre nous laissait jouissant de la gracieuse hospitalité du Kaafiord.

La joyeuse quiétude de cette dernière soirée passée en Norvège fut certainement une introduction bizarre aux scènes dont nous devions bientôt être témoins.

L'atmosphère était si douce, qu'après le dîner nous descendîmes au jardin et prîmes le thé en plein air. Les dames, nu-tête et sans châles, se contentèrent de cueillir de petites branches de saule pour écarter les moustiques, et la soirée s'écoula ainsi dans une douce alternative de causeries et de chants. A minuit, avertis que le reflux commençait, nous nous levâmes pour partir, mais nous ne nous éloignâmes pas de cette maison hospitalière sans visiter pieusement la chambre où les petites filles reposaient du profond sommeil de leur âge. Descendant ensuite au rivage, chargés de fleurs et suivis

des souhaits que prolongeaient à travers l'espace de blancs mouchoirs
agités par des mains plus blanches encore, nous revinmes à bord;
nos voiles se tendirent, et, arborant son pavillon en signe d'adieu,
l'*Écume* glissa doucement entre les hautes falaises du fiord, jusqu'à
ce qu'une pointe du rocher masqua à notre vue le groupe qui de
loin continuait à nous souhaiter « bonne chance ». Il nous fallut
encore vingt-quatre heures pour sortir du dédale des fiords, puis,
laissant Hammerfest à cinq ou six kilomètres sur notre tribord, et
embouquant dans la soirée du 28 juillet le détroit qui sépare les
îles de Sorö et de Bolsvö, nous regagnâmes la haute mer.

Mon intention était de toucher d'abord à l'île aux Ours, afin de
m'y assurer par moi-même du gisement exact des glaces au sud du
Spitzberg.

L'île aux Ours, Beeron island où l'île Chérie, car elle porte ces
deux noms, est un massif escarpé d'environ seize kilomètres en longueur, composé de roches secondaires, où dominent le grès et le
calcaire; elle gît à quatre cent cinquante kilomètres, droit au nord
de la dernière pointe du continent européen. Sa découverte date du
dernier et fatal voyage de Barentz, qui y atterrit le 9 juin 1596. Avant
cette époque, ce même navigateur avait déjà commandé deux expéditions envoyées par les Provinces-Unies à la recherche du passage
nord-est, conduisant à la terre fantastique du Cathay; et chaque fois,
après avoir pénétré à l'est de la Nouvelle-Zemble, il avait été arrêté
par une impénétrable ligne de glace. La route plus hardie et plus
septentrionale qu'il suivit dans sa troisième tentative l'amena à l'île
aux Ours. De là, plongeant dans les brumes de la mer glaciale, il parvint jusqu'en vue des montagnes occidentales du Spitzberg; mais,
incapable de pénétrer plus loin dans cette direction, il se rabattit
vers le sud, sur l'île aux Ours, d'où il s'avança à l'est vers la Nouvelle-
Zemble, où, ses vaisseaux ayant été pris dans la glace, il fut obligé
d'hiverner et trouva la mort.

Vers la fin du seizième siècle, en dépit de désastres répétés, les
tentatives se succédèrent pour arriver jusqu'aux Indes à travers
ces parages funestes.

Le premier bâtiment anglais qui mit à la voile avec cette mission
désastreuse fut *la Bonne-Espérance*, dans la dernière année du règne
d'Édouard IV. Son commandant était sir Hugues Willoughby, et l'on

conserve encore une copie des instructions rédigées pour sa gou-
verne par Sébastien Cabot, le grand pilote de l'Angleterre. Rien n'est
plus pieux que l'esprit dans lequel cet ancien document a été conçu ;
il y est expressément recommandé de célébrer soir et matin des
prières publiques à bord de chaque vaisseau attaché à cette expédition, et les dés, les cartes, le jeu de dames et autres inventions du
démon y sont formellement interdits aux équipages. On y lit, il est
vrai, çà et là, quelques clauses d'une moralité plus douteuse, telle
que celle qui recommande « d'attirer à bord tous les indigènes des
terres étrangères et de les enivrer de bière et de vin, pour arriver à
connaître les secrets de leurs cœurs ». Le tout se termine par une
exhortation directe adressée à tous les membres de l'expédition :
« de bien se garer des artifices de certaines créatures qui, avec des
têtes d'hommes et des queues de poissons, nagent armées d'arcs et
de flèches dans les fiords et les baies, et vivent de chair humaine. »

Le 11 du mois de mai, la malencontreuse expédition appareilla de
Deptford, et, après avoir salué le roi, alors malade à Greenwich, elle
gagna le large.

Le 30 juillet, la petite escadre, composée de trois navires, n'était
encore qu'à la hauteur des îles Lofoten, quand un coup de vent
sépara *l'Espérance* de ses deux conserves. Le petit havre de Vardö,
à l'est du cap Nord, avait été fixé à tout évènement comme lieu de
ralliement, mais malheureusement Willoughby le dépassa, et perdit
toute la période si précieuse de l'automne à errer parmi les glaces
qu'il trouva à l'est. Enfin, l'hiver vint, et les trois équipages furent
forcés de chercher un refuge dans un port de la Laponie. Là, privés
de tout secours humain, ils périrent de froid jusqu'au dernier
homme. Un an après, les malheureux navires furent découverts par
quelques pêcheurs russes, et un journal inachevé prouva que sir
Hughes et quelques-uns de ses compagnons avaient vécu jusqu'à la
date de janvier 1554.

Le premier vaisseau anglais qui suivit leurs traces fut *le Godspeed*,
équipé aux frais de sir Francis Chérie, alderman de Londres
en 1603. Après s'être avancé à l'est aussi loin que Vardö et Kola, *le
Godspeed* remonta au nord dans l'Océan, et le 16 août rencontra l'île
aux Ours. Ignorant sa première découverte par Barentz, le capitaine
de vaisseau anglais baptisa cette île du nom de *Chérie*, en l'honneur

de son patron, et jusqu'à ce jour les deux noms ont été employés
indistinctement pour la désigner.

En 1607, la Compagnie moscovite expédia Henry Hudson, avec
l'ordre de faire voile droit au pôle et de le traverser, s'il était possible. Bien que perpétuellement en lutte avec la glace, Hudson
réussit à atteindre l'extrémité nord-ouest du Spitzberg; mais, arrêté
là par une infranchissable barrière de glace fixe, il fut contraint de
revenir sur ses pas.

Quelques années après, Jonas Poole fut expédié dans la même
direction; mais, au lieu de poursuivre des découvertes aléatoires, il
employa prudemment son temps et son équipage à la chasse des
chevaux de mer qui fréquentent les champs de glace des mers arctiques, et au lieu d'un rapport sur de nouvelles terres, il ramena
une bonne cargaison d'ivoire de morse.

En 1615, Fotherby partit pour renouveler les tentatives des navigateurs précédents, mais les périls qu'il rencontra sur la route du
pôle le forcèrent à rétrograder; ce fut pendant son retour que le
hasard lui fit trouver Jean-de-Mayen. Bientôt après, la découverte
des mers et des détroits auxquels Hudson et Davis ont donné leurs
noms, reporta vers une autre direction l'attention que le public avait
donnée jusqu'alors au *passage nord-est*, et les eaux du Spitzberg ne
furent plus fréquentées que par des bâtiments frétés pour la pêche.
La disparition graduelle de la baleine et la découverte de plus riches
stations de pêche à l'ouest du Groënland anéantirent peu à peu la
seule attraction que ces plages inhospitalières aient jamais offerte à
des créatures humaines, et depuis un certain nombre d'années les
mers du Spitzberg sont redevenues aussi infréquentées qu'elles
l'étaient avant l'arrivée du premier aventurier qui troubla leur
solitude.

Deux fois seulement depuis l'époque de Fotherby, on a tenté de
reprendre par le nord-est la route du pôle[1]. En 1773 le capitaine
Phipps, depuis lord Malgrave, parvint jusqu'au Spitzberg, mais ne
put dépasser le quatre-vingt-unième parallèle. C'est dans cette expé-

1. L'auteur oublie ici la remarquable expédition de Buchan et de John Franklin, exécutée en 1818, avec les bricks *le Trent* et *la Dorothée*. — Nos lecteurs savent que Nor-
denskiold est le premier qui, de nos jours, ait réussi à mener à bonne fin la recherche
périlleuse de ce passage du nord-est.

dition que Nelson fit son apprentissage de la mer et qu'il eut avec
un ours une rencontre devenue fameuse.

La dernière tentative fut celle qu'entreprit Parry en 1827. Ne
pouvant pénétrer sur son vaisseau même aussi loin que Phipps avait
fait, il se détermina à le laisser dans un havre du Spitzberg et à s'a-
venturer sur la mer gelée avec des bateaux et des traîneaux. La
surface raboteuse qu'il avait à parcourir rendit ses progrès vers le
nord très lents et très laborieux. La glace même qui portait ces intrépides explorateurs n'était pas immobile ; et ils ne tardèrent pas à
s'apercevoir qu'ils subissaient le même genre de labeur que le condamné tournant le treuil de discipline. Les champs de glace sur
lesquels ils voyageaient, descendaient vers le sud plus vite qu'ils ne
s'élevaient eux-mêmes vers le nord, si bien que le soir d'un long et pénible jour de marche ils se trouvèrent de dix kilomètres plus éloignés
de leur but qu'ils ne l'étaient le matin. Dégoûté d'une manœuvre
si irlandaise, Parry se détermina à revenir, non avant d'avoir atteint
le 83e degré, la plus haute latitude où jusqu'à présent il ait été donné
à l'homme de parvenir. De savantes autorités en matières arctiques
pensent encore aujourd'hui que le plan de Parry aurait eu plus de
chances de succès si l'expédition s'était mise en campagne dans une
saison moins avancée et avant que l'approche de l'été eût mis les
champs de glace en mouvement.

Notre navigation jusqu'à l'île aux Ours fut assez rapide, car nous
étions poussés droit au nord par une fraîche brise du sud. Le troisième
jour nous commençâmes à apercevoir plusieurs oiseaux de terre, et
quelques heures après les lignes mêmes de cette terre. Mais alors
aussi le froid commença à se faire sentir rudement, et notre thermomètre, que je consultais de deux heures en deux heures, indiqua
clairement que nous approchions des glaces. Mon seul espoir était
qu'à tout hasard, l'extrémité méridionale de l'île pourrait être libre ;
car j'étais très désireux d'y aborder pour étudier quelques veines de
houille, qui s'y trouvent, dit-on, dans les couches supérieures du
grès. Mais, avant d'être parvenus à dix kilomètres du rivage, il fut
évident pour nous que le rapport du pilote d'Hammerfest, l'homme
aux chevaux marins, n'était que trop vrai. Entre nous et la terre,
une impénétrable barrière de glace fixe courait de l'est à l'ouest,
aussi loin que l'œil pouvait atteindre.

Que faire? si une banquise continue s'étendait à 250 kilomètres en avant des rivages sud du Spitzberg, quelle chance avions-nous d'atterrir aux côtes septentrionales de ce groupe d'îles? Après avoir vérifié par nos yeux la véracité du pilote de Hammerfest, du moins pour la première partie de son récit, serions-nous assez heureux pour donner un démenti à la dernière moitié de son rapport? Suivant le tracé qu'il m'avait indiqué sur la carte, la ligne de glace que nous avions devant nous devait aller, sans interruption, sans rupture, rejoindre droit à l'ouest la grande banquise que nous avions vue se diriger au delà de Jean-de-Mayen. Une semaine seulement s'était écoulée depuis qu'il s'était assuré de l'impossibilité de pénétrer à une haute latitude dans cette direction; était-il possible qu'un si court intervalle de temps eût suffi pour ouvrir un chenal praticable vers le nord?

Telle était la série d'insolubles problèmes que je me posais successivement pendant que nous tendions en vain nos bras vers cette terre, placée au delà de notre atteinte.

Cependant, malgré l'aspect peu favorable des choses, je me déterminai à mettre à profit la moindre chance, et à diriger la goélette à l'ouest, tout le long de la banquise, dussions-nous revenir dans les mers du Groënland.

En conséquence, disant un adieu au Mont-de-Misère, désignation des mieux méritées appliquée par les premiers découvreurs à l'un des points culminants de l'île aux Ours, nous le laissâmes se replonger dans le brouillard, dont cette terre ne se dégage peut-être jamais que partiellement, et, sans espérer beaucoup de notre tentative, nous fîmes voile à l'ouest, sur la route du Groënland.

Durant les vingt-quatre premières heures qui suivirent, la banquise, longée dans cette direction, ne nous offrit pas le moindre indice d'ouverture vers le nord; et c'était, je vous assure, une fastidieuse besogne que de sonder des yeux cette interminable barrière et d'avoir l'oreille incessamment assourdie par le murmure mélancolique du ressac, brisant sur ses falaises glacées.

Nous avions bien fait 225 kilomètres depuis notre départ de l'île aux Ours, lorsque enfin la ligne longue, blanche et battue de la houle que nous laissions à tribord, parut se terminer tout à coup par une pointe basse, au delà de laquelle elle se repliait vers le nord. Il y avait là un progrès évident; et *l'Écume*, au lieu de gouverner à l'ouest, tantôt par le sud, tantôt par le nord, put louvoyer entre le nord-ouest et le nord. Évidemment l'action du Gulf-Stream commençait à se faire sentir, et notre courage s'en accrut. Peu d'heures après, toutefois, cette perspective favorable fut interrompue par une nouvelle ligne de glaces, signalée non seulement devant nous, mais s'étendant à droite et à gauche, aussi loin que l'œil pouvait atteindre du haut de notre avant: de sorte que le navire, se rabattant encore vers l'ouest, recommença la manœuvre qu'il avait abandonnée naguère.

Nous contournâmes aussi cette seconde barrière, et pendant une couple d'heures nous pûmes de nouveau nous élever au nord, mais pour nous y heurter une fois à une nouvelle barrière, plus étendue, plus infranchissable, en apparence du moins, que la précédente.

Mais pourquoi vous fatiguer du détail de nos manœuvres d'allée et de venue pendant les jours suivants? Elles ont été trop fastidieuses et trop décourageantes pour que je m'y reporte avec plaisir. Qu'il me suffise de dire qu'à force de faire voile au nord quand la glace nous le permettait, ou de nous rabattre à l'ouest, quand elle nous y forçait, nous nous trouvions le 2 août sur le parallèle même de l'extrémité méridionale du Spitzberg, mais séparés de la terre par 80 kilomètres de glaces.

Jusque-là le temps avait été passable, bien que brumeux et froid, et une bonne et belle brise avait favorisé notre marche chaque fois qu'il nous avait été donné de la diriger vers le nord. Mais à la date susdite la même brise se mit à souffler par trop rudement, le froid devint perçant, et, ce qui était pire, tout le pourtour de l'horizon, sauf un faible segment du côté du midi, s'illumina de la réverbération de l'*iceblink*. Rien de plus décourageant ne pouvait attrister nos regards. Il faut que vous sachiez qu'en langage arctique on appelle *iceblink* la réfraction, par la voûte céleste, des teintes blanches des champs de glace qui s'étendent sous l'horizon; ce cadre lumineux était donc une preuve irrécusable de l'état encombré de la mer autour de nous.

Fatigué de la monotone répétition de tant de désappointements, je dormais depuis quelques heures, et j'étais transporté en songe au milieu d'un labyrinthe de glaces, dans des baies et des golfes, dont

DANS LES GLACES.

les rivages changeants et sans issues offraient aux regards toutes les combinaisons possibles du chaos, lorsque le cri : *Terre !* poussé par une voix très réelle, m'éveilla en sursaut. Inutile de vous dire avec quelle précipitation je sautai à l'échelle et avec quelle avidité je plongeai mes yeux dans la longue-vue, pour profiter de la seule occasion qui me serait peut-être jamais offerte (je le craignais du moins) de contempler les montagnes du Spitzberg.

La voûte céleste était enveloppée d'un manteau d'épais nuages, tombant en larges plis jusque près de l'horizon ; là, entre leurs bords frangés et la mer, une zone d'azur brillait, illuminée de la sinistre lueur de l'*iceblink* et revêtait du côté de l'orient une transparence indescriptible. Dans les flots éthérés de cette zone translucide, s'élevait au-dessus de la sombre ligne de glaces que nous avions à tribord une forêt de pics aigus, mais d'une teinte lilas si douce, si vaporeuse, que, n'eût été la netteté de leurs contours et de leurs lignes à vives arêtes, nous aurions bien pu les prendre pour quelque chose d'aussi peu matériel que les palais d'Obéron et de la fée Morgane.

Cette belle apparition n'eut guère plus de durée qu'une vision magique ; au bout d'une demi-heure à peine, les nuages et la brume avaient tout effacé, pendant qu'une nouvelle banquise nous forçait à virer de bord et à nous éloigner de cette même terre que nous nous efforcions d'atteindre.

Quoique nous fussions certainement à plus de 95 kilomètres des rivages du Spitzberg, quand ses montagnes nous apparurent ainsi pour la première fois, l'espace intermédiaire nous sembla infiniment moins considérable. Il arrive souvent qu'après un changement soudain de l'atmosphère la terre dont vous vous approchez semble au contraire reculer ; on cite même une occasion où un honnête patron de navire, un des plus braves et des plus intelligents marins de son époque, vira de bord et abandonna la partie, pour avoir vu, après plusieurs heures de navigation, la terre vers laquelle le poussait un bon vent, être toujours aussi éloignée qu'elle lui avait paru tout d'abord. Il en conclut que quelque roche d'aimant sous-marin exerçait son action attractive sur la quille de son vaisseau et le rendait stationnaire.

Les cinq jours suivants s'écoulèrent au milieu d'une lutte continuelle avec la glace. En consultant mon livre de loch, je n'y trouve qu'une répétition fatigante des mêmes observations monotones.

« 31 juillet. — Vent ouest par sud. — Recherche vaine d'une eau libre.

» Glace très épaisse.

» Vingt-quatre heures passées à louvoyer à travers les glaces.

» 1er août. — Vent d'ouest. — Routes variables. — Brouillard épais. — Glaces continuelles pendant ces vingt-quatre heures. »

Le journal de Fitz relate encore plus piteusement l'état décourageant du temps.

« 2 août. — Vent debout, — navigation à l'ouest, larges bancs de glaces devant nous et à bâbord, c'est-à-dire à l'ouest. — Espérance de pouvoir les traverser; — dans la soirée ils s'épaississent; nous continuons à louvoyer; le brouillard survient, la glace continue à s'épaissir; — le vent fraîchit, nous ne pouvons aller plus loin, la glace est impénétrable; — nul espace libre, — nous ne pouvons éviter de temps en temps le choc des glaçons; — forcés de faire voile au sud pour revenir à l'ouest. — Les choses prennent une fâcheuse tournure. »

Quelquefois nous étions sur le point de nous désespérer tous ensemble; mais alors se montrait quelque ouverture béante qui paraissait devoir nous conduire vers la terre, et nous nous empressions de nous y jeter, jusqu'à ce que le chenal essayé, se resserrant graduellement, devînt tellement étroit, que c'était avec bien des difficultés que nous parvenions à virer de bord, après avoir été menacés d'imminentes collisions, dont la moindre eût fait éclater le petit bâtiment depuis l'étrave jusqu'à l'étambot. Tantôt survenait un brouillard si épais, qu'on l'aurait coupé comme un fromage, et la navigation au milieu des glaces flottantes en était d'autant plus difficile et critique; tantôt nous tombions en calme plat, et nous restions des heures entières enveloppés dans la brume, sans autres distractions que les échecs et la marelle. C'est pendant un de ces moments de repos forcé que j'exécutai le chef-d'œuvre ci-dessous, par lequel j'ai eu l'intention de représenter Sigurdr, méditant un *gambit* inextricable à l'usage du docteur.

Durant cette période, Wilson triomphait! Depuis que nous avions laissé l'île aux Ours, il avait donné si libre carrière à ses douleurs, que ses jérémiades avaient rendu le cuisinier à demi fou. Ce n'est pas je veuille dire que le pauvre diable manqua de cœur plus qu'un autre : loin de là. Certainement il faut une sorte de courage, et même d'un ordre très élevé, pour anticiper sur chaque espèce de désastre et à chaque instant du jour, et pour marcher en homme, ainsi qu'il le faisait, au-devant d'*une inévitable destinée.* Mais était-ce sa faute à lui, si cette destinée n'était pas aussi pressée que lui de s'avancer à sa rencontre ?

Sa part de la besogne commune était toujours exactement remplie ; il était toujours préparé au pire ; mais les circonstances les plus critiques ne troublaient jamais la gravité de son allure, et la certitude de descendre avec nous au fond de la mer avant l'heure du thé ne lui aurait pas fait déroger d'un point à la symétrie habituelle de notre table à manger.

SIGURDR.

Je dois avouer cependant que le style de son service portait une légère empreinte d'abattement. Il disposait mon linge le matin comme si c'eût été mon linceul, et cirait mes bottes avec la pensée que j'allais les chausser pour la dernière fois. Le fait est que son imagination atrabilaire et son tempérament bilieux lui faisaient contempler la vie à travers les verres coloriés de sa propre complexion.

Voici la joyeuse espèce de rapport qu'il me faisait invariablement tous les matins. S'approchant de mon lit avec l'air d'un homme qui va annoncer la chute du monde, il avait coutume de me dire, ou plutôt de me tinter funèbrement aux oreilles :

« Sept heures, milord !

— Très bien, quel est le vent ?

— Debout, milord, *droit debout !*

— Combien de nœuds filons-nous ?

— Quatre, milord! quatre seulement! (Quatre nœuds étaient tout ce que nous pouvions raisonnablement faire dans les circonstances présentes.)

— Fait-il clair, eh! Wilson?

— Vous ne pourriez voir votre main, milord! Impossible de voir votre main!

— Y a-t-il beaucoup de glaces en vue?

— Des glaces autour de nous, milord! des glaces tout autourrr!... » et il s'éloignait en soupirant profondément sur mon pantalon.

Ce fut pourtant immédiatement après l'une de ces décourageantes annonces que les choses, pour la première fois, commencèrent à s'améliorer. Depuis vingt-quatre heures nous étions plongés dans un brouillard froid et sombre; mais quand je montai sur le pont, je trouvai que le ciel commençait à s'éclaircir, et bien qu'aussi loin que l'œil pût s'étendre autour de nous, il se heurtât à des champs de glace, en avant de nous pourtant un étroit chenal, circulant à travers des fragments de glace brisée, semblait conduire à une mer plus libre. Nous pouvions craindre seulement en nous engageant dans cet espace ouvert, d'y trouver un bassin sans issue d'aucun côté, mais aussi il nous offrait une chance de réussite trop tentante pour être négligée. Aussi notre goélette se lança-t-elle bravement dans les glaçons flottants et, après une demi-heure de navigation entre leurs masses désagrégées, elle se trouva courant assez à l'aise presque droit au nord, avec la banquise à tribord.

Je saisis cette occasion pour rendre justice à la conduite vraiment admirable que mon pilote, M. Wise, tint pendant toute cette période d'inquiétude et de danger. Vigilant, froid, attentif à tout, il maniait le navire avec une aisance et une présence d'esprit que les circonstances les plus critiques ne semblaient pas pouvoir altérer. Il est vrai que le tartan de soie chatoyait encore sur sa poitrine les dimanches et jours de fêtes, mais ses brillants reflets étaient les bienvenus dans le milieu décoloré où nous vivions, et la luxueuse chaîne d'or, qui le couvrait de ses plis et replis, ne rappelait désormais à mon esprit que la ferme confiance que je pouvais placer en son propriétaire.

Bientôt le soleil ayant brillé, et la brume s'étant entièrement dissipée, la terre nous apparut de nouveau à tribord, non comme la première fois, hérissée de pics et d'aiguilles, mais se dessinant au-dessus de l'horizon, comme une chaîne d'îles, d'un bleu pâle, ovales et flottantes dans les airs.

Cette apparence étrange n'était que le résultat de l'extrême réfraction de l'atmosphère; car plus tard dans la journée nous pûmes voir les massives formes redevenir graduellement les mêmes pics aigus qui dans l'origine ont valu à ces îles le nom de Spitzberg. L'atmosphère s'éclaircit même au point que non seulement les ombres des montagnes devinrent très distinctes, mais que nous pûmes facilement dessiner les contours des énormes glaciers, larges parfois de seize à vingt-cinq kilomètres, qui débouchent sur la mer avec chaque vallée.

Vers le soir la ligne de côtes s'évanouit de nouveau dans le lointain et notre espoir de l'atteindre éprouva un très rude échec par l'apparition, sur notre avant, d'une zone de glaces se prolongeant vers l'ouest aussi loin que l'œil pouvait atteindre. Pour ajouter à notre désappointement, le vent tourna au nord et, dégénérant en gros temps, poussa sur nous, non une de ces brumes arctiques auxquelles nous étions accoutumés, mais un brouillard noir et brun-jaunâtre, qui s'étendit sur la surface de la mer en faisceaux de colonnes torses et en masses irrégulières de vapeurs aussi épaisses que de la fumée de houille. Nous avions alors presque atteint le quatre-vingtième parallèle de latitude septentrionale, et cependant une impénétrable bande de glace de quatre-vingts à quatre-vingt-quinze kilomètres de large, s'étendant à l'ouest des rivages où nous voulions arriver, nous en interdisait l'abord. L'espoir de trouver l'extrémité nord-ouest de ces îles débarrassée des glaces par l'action des courants paraissait évidemment mal fondé pour le reste de la saison. Nous touchions presque à la latitude de l'île d'Amsterdam, point nord-ouest de l'archipel, et la côte semblait plus encombrée que partout ailleurs. Parvenus à moins de cent-quatre-vingt-quinze kilomètres du point le plus septentrional qu'ait jamais atteint le baleinier le plus favorisé, il y avait folie à chercher à pénétrer plus avant dans les glaces sans avoir la certitude d'atteindre la terre.

Nous n'avions donc plus qu'à songer au retour. En conséquence je me résignai à prendre ce parti, si, après une nouvelle attente de douze heures, rien de nouveau n'était survenu dans l'état de nos affaires.

Il était onze heures du soir, Fitz et Sigurdr avaient gagné leurs lits, mais moi j'étais resté sur le pont pour voir ce que la nuit pourrait nous apporter de neuf. Le vent faisait rage, le froid était intolérable; et des tourbillons de noires vapeurs se succédaient sans relâche entre la mer et le ciel, comme si elles eussent voulu envelopper l'univers tout entier, pendant que le soleil, tantôt complètement voilé, tantôt écartant avec efforts les pans déchirés du brouillard, projetait de temps en temps une lueur fantastique et rougeâtre sur la solitude mugissante des eaux.

Pendant toute la nuit nous continuâmes à nous débattre contre le vent le long des bords de la banquise; enfin, vers neuf heures du matin, deux heures seulement avant le moment fixé pour l'abandon de notre entreprise, nous arrivâmes par le travers d'une longue pointe de glace, s'alongeant à l'ouest beaucoup plus qu'aucune de celles que nous avions déjà doublées, et derrière elle s'étendait une mer ouverte! Ouverte non seulement au nord et à l'ouest, mais aussi du côté de l'est!

Vous pouvez concevoir mes transports!

« A l'œuvre! monsieur Wise! — Virez de bord! — Le gouvernail sous le vent! »

La goélette fit son abattée, les voiles se détendirent avec le bruit du tonnerre, les poulies grincèrent et s'entre-choquèrent à se briser, les cordages se tordirent en gestes convulsifs comme des serpents furieux; l'Écume, à des yeux inexpérimentés, eût paru livrée à une inexprimable confusion. Cependant elle effectua graduellement sa tâche; ses voiles se gonflèrent dans l'ordre accoutumé, on borda la voile d'étai, et s'inclinant sur le flanc opposé, le navire s'élança de nouveau sur la surface de la mer comme une flèche qui s'échappe de l'eau. — « Forcez de voiles! — toutes voiles dehors! » J'aurais fait de la toile à faire sombrer un vaisseau de ligne. — Et le bon petit navire allait de l'avant, jouant au saut de mouton sur la lourde mer et se balançant sous sa voilure, comme s'il eût été ivre de la même joie vertigineuse qui faisait tambouriner mon propre cœur.

Au bout d'une autre heure encore le soleil reparaît, le brouillard se dissipe, et vers midi la pâle ligne de pics lilas se remontre au-

LE SOLEIL DE MINUIT.

dessus de l'horizon, et se couvre de teintes rosées au fur et à mesure
que nous en approchons. Les glaces couvrent bien encore la terre
à tribord, mais nous n'en prenons nul souci; la proue du schooner
est pointée à l'est 25 degrés sud. A une heure nous apercevons
l'île d'Amsterdam, gisant à cinquante kilomètres sous notre bâbord.
Puis viennent les sept montagnes de glace, comme on appelle sept
glaciers gigantesques dont les bases plongent dans la mer entre de
hautes falaises de gneiss et de micaschiste, un peu au nord de la
pointe du Prince-Charles. Les contours des montagnes se dressent
à nos regards d'une manière plus distincte : leurs masses indivi-
duelles se détachent, se projettent en avant, ou reculent en arrière
de la chaîne centrale; leur teinte rose s'efface graduellement pour
faire place au jaune et au gris; des veines d'ombres indiquent les
gorges profondes des montagnes, les anfractuosités des rochers
deviennent visibles, et bientôt enfin, laissant d'un côté les arcades
de marbre de la baie du Roi, et de l'autre le sommet du Vogel-Hook,
nous glissons sous les parois calcaires du cap Mitre et donnons dans
le calme chenal qui sépare l'île du Prince-Charles de la grande terre.

Ce fut à une heure du matin, le 6 août 1856, qu'après avoir battu
la mer pendant onze jours, nous jetâmes enfin l'ancre dans les
eaux silencieuses de la baie des Anglais, au Spitzberg.

Et maintenant comment vous donner une idée de l'étrange panorama qui nous entoure? Il me semble pourtant que les caractères
les plus frappants de ce nouveau monde, sont l'impassibilité, le mu-
tisme et la mort. Tout autour de nous des glaces, des rochers, de
l'eau; nul bruit d'aucune sorte ne trouble ce silence, la mer même
se tait sur la plage; pas un oiseau, pas un être vivant n'éveille ces
solitudes. Le soleil de minuit, à demi voilé par le brouillard, répand
une lueur mystérieuse, imposante, sur les glaciers et sur les montagnes. Pas un atome de végétation ne témoigne ici de la vitalité de
la terre; un engourdissement universel semble avoir pénétré ces
déserts. Je ne pense pas qu'il y ait sur le globe une autre région
aussi profondément marquée du cachet de la mort. Dans les jours
les plus calmes de l'été en Angleterre, il n'y a pas d'instant où l'on
ne puisse pas saisir à travers l'atmosphère un souffle, un soupir de
la création; dans le repos de la brise, dans l'immobilité absolue du
feuillage, on sent encore l'élaboration de la vie. Mais ici, sur les

flancs décharnés des collines, on chercherait en vain un brin de gazon ; des roches primitives et des glaces éternelles constituent tout le paysage.

A l'exception peut-être de la baie de la Madeleine, notre ancrage était le meilleur que pût nous offrir toute la côte occidentale du Spitzberg. Ces deux mouillages sont les seuls où l'on ne risque pas d'être pris par la glace avant qu'on ait eu le temps de s'en douter.

Le Bell-Sound, l'Ice-Sound, l'Horn-Sound, et tous les autres havres de cette côte, sont exposés à être bloqués par les glaces dans le seul espace d'une nuit, lors même qu'aucun vestige de glaçon n'a été visible pendant les vingt-quatre heures précédentes ; plus d'un bon vaisseau a été ainsi emprisonné sans retour dans le port même où il était venu chercher un abri.

La baie où nous sommes, au contraire, non seulement forme un bassin parfait, mais de plus elle est protégée du côté du large par l'île du Prince-Charles, longue jetée qui court parallèlement à la terre.

De chaque côté de la baie s'élèvent à quatre cent cinquante-cinq mètres de hauteur des chaînes de schistes nus, aux flancs escarpés, aux cimes pointues comme une lame de couteau ou dentelées comme une scie. Un énorme glacier comble l'intervalle qui les sépare ; il descend du fond de la vallée par une pente continue et se précipite dans la mer après avoir contourné comme un torrent un groupe isolé de rochers. La longueur de ce fleuve de glace, entre le point où il fait son apparition et la mer, ne mesure pas moins de cinquante à soixante-cinq kilomètres, sa plus grande largeur varie de quinze à seize ; mais il déborde à tel point du lit immense qui le contient que c'est à peine si on peut distinguer au-dessus de sa surface les montagnes de l'arrière-plan. La hauteur du précipice qu'il forme sur la mer est, autant que j'en ai pu juger, de trente-cinq à trente-six mètres.

A la gauche, la vue s'arrête sur un objet encore plus extraordinaire : une sorte de glacier enfant, suspendu à mi-hauteur d'une pente escarpée, comme une larme qui se serait arrêtée dans une ride de la montagne.

J'ai essayé de vous donner une idée de la chute impétueuse des torrents glacés qui sillonnent la surface de Jean-de-Mayen ; mais

LA BAIE DES ANGLAIS AU SPITZBERG.

je ne puis trouver une explication pour ce dernier phénomène d'une masse de glace arrêtée dans sa course et surplombant sur un abîme où pourrait la précipiter le moindre souffle, le moindre son. Quoique assez exacte pour le dessin et l'effet général, l'esquisse que j'ai faite de cette scène étonnante ne pourra, je le crains, vous donner une notion correcte de l'énorme échelle des distances et des proportions de ses nombreux détails.

Ces glaciers sont les traits principaux des paysages du Spitzberg; le bassin de toutes les vallées de l'île est occupé, on peut même dire comblé par eux. Ils m'ont donné, en quelque sorte, la mesure de ce qu'a été l'Angleterre lors de la période géologique où le Snowdon se souleva à travers les nuages et où chaque vallon du pays de Galles était un lit de glacier. Mais ceux de la baie Anglaise sont loin d'être les plus grands du Spitzberg. Nous avons vu, à quelques distance, un de ces fleuves glacés qui doit être beaucoup plus étendu. Scoresby en mentionne plusieurs qui mesurent peut être quatre vingts-kilomètres en longueur, sur quinze ou seize de largeur, et présentent à leur point de jonction avec la mer des précipices de cent vingt à cent cinquante mètres d'élévation. Rien n'est plus dangereux que de s'approcher de ces falaises de glace. De leurs parois de cristal se détachent de temps en temps des masses énormes qui roulent dans les flots : malheur à l'infortuné navire qui se trouverait à portée de ces avalanches. Scoresby lui-même vit de ses propres yeux un bloc de glace ayant les dimensions d'une cathédrale se précipiter dans la mer d'une hauteur de cent vingt mètres. Nous-mêmes, pendant notre séjour dans ces parages, nous avons été témoins de plus d'un éboulement de cette nature ; et il ne se passait pas d'heure que le solennel silence et la baie ne fût troublé par les fulminants retentissements de l'atmosphère, ébranlée par quelque éboulement semblable dans les vallées voisines.

Dès que nous eûmes embrassé dans leur ensemble les traits généraux de la scène étrange étalée sous nos yeux, nous gagnâmes nos lits pour le reste de la nuit. J'étais excédé de fatigue, autant par l'inquiétude que par le manque de repos ; car, en persistant à m'aventurer au nord en dépit de la glace, je n'avais pu réellement écarter de ma pensée toute crainte de quelque accident dont la responsabilité eût pesé sur moi seul ; et, bien que nous n'eussions jamais été, je pense, dans un danger réel, je n'avais pu me dispenser pourtant d'admettre que, de notre inexpérience de la navigation spéciale des mers arctiques, il pouvait bien en naître quelqu'un que la plus froide prudence ne pourrait conjurer.

Mais maintenant tout était pour le mieux; le résultat avait justifié notre témérité; nous avions enfin atteint notre but le plus lointain; aussi, lorsque je m'enveloppai dans les chaudes couvertures de mon lit, je ne pus m'empêcher de me féliciter au fond du cœur de ce que toute la nuit allait se passer sans que le bâtiment courût le risque de se heurter ou de se défoncer contre quelque glaçon trop tardivement signalé par la vigie, et de ce que Wilson ne pourrait par venir le lendemain m'éveiller avec son annonce accoutumée : « Des glaces tout autour, tooout aaautooourrr ! » Un quart d'heure après, tout était muet à bord de l'Écume, et le solitaire petit navire reposait sur la limpide surface des flots, aussi inanimé en apparence que le paysage environnant.

Le lendemain, au réveil, mes pensées étaient des plus joyeuses; c'était quelque chose comme la sensation qu'éprouve un écolier le premier matin des vacances en voyant chatoyer autour de sa tête les plis soyeux des rideaux paternels au lieu du calicot sordide de sa couchette classique. Lorsque Wilson vint m'apporter mon eau chaude je ne pus retenir cette remarque triomphante : « Eh bien, Wilson, nous voici au Spitzberg pourtant! » Mais Wilson n'était pas homme à ployer ses convictions à la tyrannie des faits. Il ne me répondit que par un sourire grimaçant et par un regard qui signifiait : « Oui! mais nous n'en sommes pas encore revenus sains et saufs ! »

Pauvre Wilson! il n'eût approuvé qu'à moitié seulement le fameux aphorisme de Bacon; volontiers il eût confié le commencement de toutes ses actions à Argus aux *cent yeux* et la fin à Centipède aux *cent jambes*. A la maxime : *réfléchir d'abord mûrement, puis agir rapidement*, il aurait certainement ajouté cet amendement significatif *en arrière!*

Aussitôt après déjeuner, nous gagnâmes le rivage, emportant avec nous, dans la chaloupe, l'appareil photographique, nos tentes, nos fusils, des munitions et la chèvre. Pauvre vieille bête! elle avait terriblement souffert du mal de mer, et je pensai qu'une course à terre lui ferait du bien. Sur le côté gauche de la baie, entre la base des montagnes et la mer, courait une plate-bande de mousse brune, d'environ un demi-mille de large; et, comme le voisinage ne me parut pas offrir un pâturage plus attractif pour les rennes du pays, ce fut là que je me déterminai à aborder.

Ma principale raison, en venant relâcher dans la baie des Anglais plutôt que dans celle de la Madeleine, venait de l'assurance qu'on m'avait donnée à Hammerfest que la première localité était plus visitée des rennes que la seconde : motif bien suffisant pour déterminer les choix de gens qui souffraient de la disette de viande fraîche.

Aussi, dès que nous eûmes vu notre tente se dresser et Wilson occupé à nettoyer les verres de l'appareil photographique, nous prîmes nos carabines rayées sur nos épaules et nous nous mîmes en quête de rennes. Mais ce fut en vain que je pointai mon télescope sur toutes les parties du sombre pâturage étalé devant moi; je ne pus pas apercevoir la moindre créature cornue, bien que plusieurs empreintes d'extrémités antérieures de pieds ongulés fussent visibles çà et là. Notre foi dans ce qu'on nous avait raconté de l'abondance de ce gibier commençait à être singulièrement ébranlée; mais comme, après notre longue détention à bord, la promenade était un exercice salutaire, que stimulait encore une température au-dessous de la glace, nous poursuivîmes nos explorations.

Un peu au nord du point où nous avions débarqué, je remarquai, couchées sur la grève, d'innombrables billes de bois flotté. Ce bois est poussé jusqu'ici depuis les rivages américains par le Gulf-Stream ; et, pendant que j'allais d'un de ces troncs à l'autre, je ne pouvais empêcher ma pensée émerveillée de se reporter vers les forêts primitives où ils avaient crû et aux causes qui les avaient lancés sur les eaux et pilotés jusque sur cette plage déserte.

Parmi les dépôts de bois bruts qui frangeaient le rivage, reposaient des épaves et des débris d'un genre plus lugubre : des espars brisés, un aviron, un mât de pavillon et des fragments du bordage de quelque grand navire perdu. Çà et là aussi on voyait dispersés des crânes de walrus, des côtes et des omoplates d'ours, ossements charriés sans doute par les glaces en hiver. Après cette exploration de la plage, nous nous remîmes à la recherche des rennes ; mais deux ou

trois heures de courses très fatigantes n'amenèrent pas un meilleur résultat que la première tentative. Un cri soudain de Fitz, qui
tenait la droite de notre ligne de chasseurs, nous fit accourir en toute
hâte à l'endroit où il se trouvait. Mais ce n'était pas une piste de
gibier qu'il avait à nous montrer. A demi enterré, dans la mousse
noire qu'il fouillait, s'allongeait un cercueil de bois grisâtre ébréché
par les ans. Le couvercle disparu, emporté probablement par les vents,
laissait à nu dans son intérieur les os blanchis d'un squelette
humain. Une croix grossière étendait encore sur eux ses bras mutilés
et une inscription hollandaise à demi effacée rappelait encore le nom
et l'âge du défunt :

.   ... VANDER SCHELLING...............
          COMMAND............ JABOB MOOR..... ......
                 OB. 2 JUNE 1758 ET 44.

C'était évidemment quelque pauvre baleinier du dernier siècle
auquel ses compagnons avaient donné la seule sépulture possible sur
cette terre pétrifiée par le froid, que le soleil d'été ne peut pénétrer
au delà de quelques pouces, et qui n'a rien à offrir à l'homme, pas
même un tombeau.

Froide couche pour un si long sommeil! pensai-je en contemplant
la dépouille mortelle du marin, et du fond de son cercueil sans couvercle, je n'aurais pas été surpris d'entendre monter vers nous des
plaintes semblables à celles que Vala murmure à Odin dans le Nifel-
heim :

..... Quel est cet inconnu qui vient ainsi troubler le repos de mon esprit ?
J'ai dormi longtemps sur la terre couverte de neige ou mouillée par la pluie et par la
rosée [1].

En effet, dans le cadavre étendu à nos pieds, il était plus difficile
de voir un frère en Adam, tendrement replié dans les embrassements
de notre *mère la terre*, qu'un pauvre épouvantail, exposé pour l'éternité, sur un roc nu, comme un Prométhée expiré, dont le vautour
des hivers ronge et conserve tout à la fois incessamment les misérables
restes.

Une autre partie du rivage nous offrit deux autres squelettes

1. *Vetgamquidam*, ou chant de Vetgam. Voy. l'Appendice, 2

« ET EGO IN ARCTIS! »

encore moins bien ensevelis, sans que la moindre croix indiquât leur dernier gîte. Même aux époques les plus favorables de la pêche de la baleine, c'était la coutume des marins anglais et hollandais de laisser exposés sur le bord de la mer les cercueils renfermant leurs camarades décédés; et je tiens d'un témoin oculaire qu'à la baie de la Madeleine on voit encore aujourd'hui les corps d'hommes morts depuis plus de deux cent cinquante ans, et si bien conservés, que si l'on jette de l'eau chaude sur la glace dans laquelle ils sont incrustés, on peut parfaitement distinguer les traits immuables du mort sous l'enveloppe transparente qui le recouvre.

Dès que Fitz eut cueilli un échantillon des petites mousses en fleurs qui croissaient autour du cercueil, nous poursuivîmes notre chemin, laissant le pauvre Jacob Moor reposer, comme son grand homonyme, solitaire dans sa gloire.

Ayant gravi, sur notre droite, un des contreforts de la chaîne qui encadre la baie à l'occident, et étant descendus de là dans les vallées latérales qui découpent cette chaîne, nous nous procurâmes ainsi la vue d'un nouveau système de montagnes, de bassins et de ravines, sans que l'aspect général du pays subît la moindre modification.

A six mètres au-dessus du niveau de la mer cesse toute végétation, si on peut donner ce nom à la mousse noire du Spitzberg, et les flancs des montagnes ne présentent que des pentes escarpées d'un schiste nu, dont la surface est incessamment délitée et réduite en poudre par l'action du froid. Chaque pas que nous faisions nous déroulait une série nouvelle de ces pentes hérissées, avec une désespérante uniformité, de chevaux de frise et de casse-cous.

Gravir les montagnes n'a jamais été ma marotte; aussi je fus peu tenté d'aller entonner le chant d'*Excelsior*[1] sur quelqu'un des pics environnants; mais pour ceux qui ont le goût des exercices gymnastiques, on ne peut imaginer une plus belle et plus périlleuse occasion de se distinguer. Le subrécargue ou propriétaire du premier bâtiment hollandais qui atterrit au Spitzberg se rompit le cou en essayant d'escalader une montagne de l'île du Prince-Charles. Barentz fut sur le point de perdre plusieurs de ses hommes dans une conjoncture semblable, et si Scoresby réussit à faire l'ascension d'une montagne

1. Ode célèbre du poète américain Longfelle.

voisine du Horn-Sound, il ne dut de pouvoir redescendre sain et sauf
qu'à la précaution qu'il avait eue, en montant, de marquer chacun
de ses pas avec de la craie. Le sommet, auquel il ne parvint que par
une arête si étroite qu'il ne put la franchir qu'à califourchon, lui
offrit une perspective qui semble l'avoir complètement dédommagé
de ses peines. Je ne puis vous donner une meilleure idée de l'effet
général du paysage du Spitzberg, qu'en vous faisant connaître la
remarquable page où il a décrit ce panorama :

..... « La perspective était aussi étendue que grandiose. A l'est,
une belle baie encadrée dans les terres étendait un de ses bras vers
le nord-est, tandis qu'à l'ouest la mer roulait à perte de vue ses
flots verdâtres, moutonnés par la brise. Les icebergs dressant leurs
crêtes aiguës presque au niveau des sommets des montagnes entre
lesquels ils étaient incrustés, projetaient, de toutes parts, leurs bras
vers la côte et vers les baies environnantes. Des lits de neige et de
glace, comblant d'immenses ravines, s'étendaient comme des ramifi-
cations d'émail sur les vallées adjacentes; une de celles-ci, prenant
naissance au pied même de la montagne qui nous portait, s'allongeait en ligne continue vers le nord aussi loin que l'œil pouvait atteindre, tandis que les montagnes s'étageaient les unes derrière les
autres jusqu'aux bornes de l'horizon. La voûte immaculée d'azur
intense qui couvrait ce paysage, les rayons éblouissants du soleil qui
l'illuminait, tout enfin, jusqu'à la pensée du danger que nous courions sur cette crête de rocher entourée d'effroyables précipices,
tout contribuait à former un tableau d'une étrange sublimité.

» Notre descente ne s'effectua pas sans danger et en quelques
endroits sans de laborieux efforts. Chaque mouvement demandait
un travail, et un travail réfléchi. Ayant, avec beaucoup de peine et
quelque anxiété, opéré heureusement notre descente jusqu'au plateau qui portait le pic, nous prîmes notre chemin par la pente la
plus rapide et nous la descendîmes très facilement *à la ramasse*.
Nous avions à traverser jusqu'au pied de la montagne une vaste couche
de neige. Comme elle était molle et douce, nous nous y lançâmes
sans la moindre crainte; mais, au milieu même de ce parcours, étant
venus à rencontrer une zone de glace solide et dure d'environ cent
mètres de largeur, nous en fîmes la traversée avec une rapidité dont
nous n'étions plus maîtres; bien que non suivie d'accidents, elle ne

laissa pas que d'émerveiller et d'effrayer beaucoup ceux de nos hommes qui en furent témoins, de l'endroit de la plaine où nous les avions laissés. »

Cette terre étrange est si universellement hérissée de pics et d'aiguilles de glaces et de rochers, que les vues que nous en avons obtenues nous-mêmes, quoique d'un point moins élevé peut-être, mais à coup sûr sans autant de dangers, diffèrent à peine en étendue, en grandeur et en pittoresque de la scène décrite par le docteur Scoresby.

Ayant bravement battu le nord de la contrée sans rencontrer d'autres traces de rennes que quelques empreintes sur la mousse, nous regagnâmes le bord. Le jour suivant.... Mais je n'ai pas l'intention de vous fatiguer avec le journal de mes occupations journalières ; car, si intéressant qu'ait été pour nous chaque instant de séjour au Spitzberg, aussi bien par la vague attente de ce que nous pouvions y voir que par toutes les choses que nous avions réellement sous les yeux, un minutieux rapport de chacune de nos courses, de chaque ossement analysé et de chaque squelette découvert ne vous causerait sans doute d'autre impression que celle d'un étonnement bien naturel, à la pensée que nous ayons jamais désiré venir si loin pour voir si peu. Qu'il nous suffise de vous dire que nous avons exploré les environs de notre mouillage dans les trois directions que les montagnes laissent ouvertes aux pas de l'homme, que nous avons gravi les deux plus accessibles de leurs pics, rôdé sur la lisière des glaciers, gagné en bateau le côté opposé de la baie, suivi la plage jusqu'à une certaine distance et épuisé toutes les curiosités du voisinage.

Durant toute la durée de notre relâche au Spitzberg, nous avons été favorisés d'un soleil sans nuages. Les nuits mêmes ont été plus brillantes que les jours, et ont permis à Fritz de prendre quelques vues photographiques aux rayons du soleil de minuit. Quoique le thermomètre ne se soit pas élevé au-dessus du point de congélation, le froid n'a jamais été très intense ; cependant tous les matins, vers quatre heures, les eaux saumâtres sur lesquelles dormait le schooner se couvraient d'une pellicule de glace d'une ligne ou deux d'épaisseur, mais douée de tant d'élasticité qu'elle se prêtait sans se briser aux ondulations, même considérables, de la mer, dont les flots soulevés prenaient alors l'apparence de vagues d'huile.

Par cet exemple du pouvoir bien modeste du soleil dans le mois
d'août, vous pouvez vous représenter quelle doit être la conséquence
de sa disparition totale au-dessous de l'horizon. Ici, en réalité,
l'hiver n'est pas supportable. Même au cœur de l'été, l'humidité de
l'atmosphère se convertit souvent en particules glacées, si ténues et
si nombreuses, qu'elles revêtent l'apparence d'un brouillard impal-
pable.

Si parfois quelques marins ont hiverné sur ces îles, ils en ont tous

HOLLANDAIS MORTS.

éprouvé des suites funestes, à moins que les plus grandes précautions n'aient été prises pour les garantir de l'action meurtrière du
climat. A l'époque même où les Hollandais laissèrent un détachement de marins à Jean-de-Mayen, ils tentèrent une expérience du
même genre au Spitzberg. Dans la première localité, ce fut le scorbut plus que le froid qui vint à bout des pauvres diables chargés de
lutter contre l'hiver. Au Spitzberg, autant qu'on en peut juger par
leur journal, il paraît qu'ils périrent victimes de l'intolérable
rigueur du climat; et les attitudes convulsives dans lesquelles on

trouva leurs cadavres raidis, indiquaient pleinement quelle horrible agonie ils avaient soufferte [1].

Nulle description ne peut donner une idée exacte de l'intensité du froid pendant les six mois d'hiver de cette partie du monde. Les rochers éclatent avec le bruit du tonnerre ; dans une hutte comblée d'habitants, la vapeur qu'exhalent les poumons de l'homme retombe sur lui en flocons de neige ; le vin et les spiritueux se changent en blocs de glace ; la neige brûle comme un caustique ; le moindre contact du fer avec la peau enlève aussitôt l'épiderme ; les semelles de vos chaussures peuvent brûler sous vos pieds avant que vous sentiez la moindre chaleur du feu ; le linge retiré de l'eau bouillante prend aussitôt la rigidité d'une planche de bois ; et la présence de pierres chauffées dans votre lit n'empêche pas la gelée de raidir vos draps autour de vos membres transis. Si tels sont les effets du climat dans l'air clos et attiédi par le foyer d'une hutte bien peuplée, que doivent-ils être dans la sombre et orageuse atmosphère où plongent les pics des montagnes ?

Il était temps pourtant de songer à revenir vers le sud ; nous avions consacré au Spitzberg plus de jours qu'il n'en est entré dans mes prévisions, et j'étais tourmenté de la crainte qu'une attente prolongée de nos nouvelles ne vous inspirât des inquiétudes trop vives. C'était, certes, un grand désappointement de partir sans emporter les dépouilles d'un renne ; mais la paix de votre esprit pesait bien autrement dans le mien que toute une cargaison d'andouillers. En conséquence, je me déterminai à ne pas rester un jour de plus au mouillage, laissant au temps de décider si nous devions faire ou non une visite à la baie de la Madeleine, avant de dire un éternel adieu aux rivages du Spitzberg.

Nous n'avions encore tué aucun gibier, à l'exception de quelques eiders, et d'un ou deux *oiseaux de neige*, les plus gracieux volatiles que j'aie jamais vus, avec leurs ailes immenses et leur plumage d'un

1. La même flotte qui laissa à Jean-de-Mayen les sept malheureux dont on a raconté plus haut la fin déplorable, déposa, le 30 avril 1633, sept autres matelots dans une baie au nord du Spitzberg. Cet essai d'hivernage réussit complètement, et les sept Hollandais, délivrés le 27 mai 1634, rentrèrent quelques jours après dans leur patrie. Une seconde tentative, avec un même nombre d'hommes, fut faite le 11 septembre suivant, et c'est sans doute celle à laquelle lord Dufferin fait allusion.

blanc immaculé. Quoique d'énormes phoques fussent venus, de fois
à autres exhiber leurs graves et prudentes faces au-dessus des flots,
avec la dignité de dieux marins, nul de nous n'avait eu un bien
grand désir d'attenter à la vie de créatures à l'air si raisonnable, et
nul autre objet vivant, si ce n'est un cétacé blanc, variété de la
baleine, ne s'était montré à nos regards.

Cependant le matin même du jour fixé pour notre départ, Fitz
revint d'une course solitaire dans les montagnes avec la nouvelle
qu'il avait vu un vol de ptarmigans[1]. Armé d'une carabine rayée
au lieu de son fusil de chasse, il n'avait pu atteindre qu'un de ces
animaux, qu'il rapportait triomphalement en témoignage de l'au-
thenticité de son rapport. Mais l'extrême jeunesse de sa victime nous
permit à peine d'en constater l'espèce, le trou de balle qui trans-
perçait le pauvre oiseau égalant presque sa taille. Néanmoins la
plus légère chance d'arriver à obtenir un peu de chair fraîche étant
plus que suffisante pour nous remettre en·campagne, nous accep-
tâmes de confiance l'assurance de Fitz, qui nous affirmait gravement
que son gibier avait des plumes, et, saisissant nos fusils, nous fîmes
de nouveau face aux montagnes. Une bonne heure de marche nous
conduisit au ravin que Fitz nous avait indiqué comme le théâtre de
son exploit; mais je n'y pus rien apercevoir d'abord qu'une couche
de neige. Tout à coup je vis Sigurdr, dont les yeux sont des plus
perçants, s'élancer dans la direction de cette neige, épauler son
fusil et viser, je le crus du moins, ses doigts de pied. Quand la fumée
de l'explosion se fut dissipée, je m'attendais à voir l'Islandais étendu
sur le sol; mais point : il rechargeait son arme avec célérité. Déterminé à prévenir la répétition d'une si horrible tentative de suicide,
je me hâtai d'accourir; et j'avoue que j'éprouvai un grand soulage-
ment quand le corps sanglant et mutilé d'un ptarmigan, retiré
triomphalement de la neige où l'avait enterré à deux pieds de profondeur la décharge à brûle-bourre qui l'avait foudroyé, me donna
l'explication de l'étrange procédé de Sigurdr.

J'aperçus en même temps deux ou trois douzaines d'autres oiseaux,
frères et sœurs du défunt, se prélassant tranquillement presque
sous nos pieds. Dans l'intervalle Sigurdr avait rechargé, Fitz l'avait

1. Variété du genre lagopède, *lagopus mutus*.

rejoint et un massacre régulier commença. Se reculant à quelque
distance, car c'était le cas retourné de la montagne et de Mahomet,
les deux chasseurs ouvrirent leur feu sur l'innocente communauté
et en quelques secondes seize cadavres restèrent sur le carreau.

A peine en avaient-ils fini avec le dernier de cette famille *Nio-*
béenne, que nous fûmes mis en émoi par la détonation d'une volée
de mousqueterie, partant du côté du schooner. Je ne pouvais concevoir ce qui advenait. Une mutinerie avait-elle éclaté à bord? et

LAGOPÈDES.

M. Wise renouvelait-il avec un moins docile équipage la scène au
revolver du steamer de Glascow? Une nouvelle décharge retentit de
nouveau, et de toute manière nous jugeâmes qu'il était temps de
rentrer à bord; en conséquence, faisant trois paquets de nos oiseaux,
nous nous lançâmes dans le ravin par lequel nous étions venus et
sautant de rocher en rocher, au grand péril de nos jambes et de nos
cous, nous roulâmes plutôt que nous ne descendîmes le long de la
montagne. Au détour du dernier escarpement qui nous cachait le
rivage et ce qui s'y passait, le premier objet qui frappa mes regards
fut Wilson courant vers les montagnes, hors d'haleine et dans un

état évident d'agitation. Dès qu'il se crut à portée de nos oreilles, il s'arrêta court, et, faisant un porte-voix de ses deux mains, il hurla, plutôt qu'il ne cria : « Sauf votre respect, milord (j'ai déjà observé que Wilson n'oubliait jamais les convenances), sauf votre respect, c'est un ou-ou-ou-rrr-sss!!! » prolongeant ainsi un mot très court en un terrible polysyllabe. Et moi, concluant de l'enthousiasme du narrateur que l'animal en question était sur ses talons et masqué probablement par quelque anfractuosité du terrain, je saisis ma carabine et me préparai à foudroyer le monstre aussitôt qu'il apparaîtrait. Mais quel fut mon désappointement, lorsque, jetant les yeux sur le schooner, j'aperçus nos trois embarcations naviguant de conserve et traînant à la remorque un objet blanc et flottant, dans lequel ma longue-vue ne me permit pas de reconnaître autre chose qu'un ours mort. En atteignant le rivage, on m'instruisit en détail de toute l'affaire.

Comme M. Wise se promenait sur le pont, son attention fut soudainement attirée par la vue d'un point blanc, flottant sur l'eau, dans le chenal qui sépare l'île du Prince-Charles de la grande terre. Ce chenal a environ huit kilomètres de largeur et la créature en vue, si c'en était une, se trouvait à deux kilomètres de distance. Quelques matelots dirent que c'était un oiseau, d'autres une baleine, et le cuisinier fut d'avis que c'était peut-être bien une *sirène*. Quand on ne put plus douter que ce ne fût un ours, un coup de fusil fut tiré pour rappeler tout le monde à bord; mais il était évident que maître Martin gagnerait le rivage opposé si on ne lui en interceptait les abords; aussi M. Wise se détermina-t-il promptement à s'assurer de lui. Ce n'était pourtant pas chose très facile, la pauvre bête paraissant peu disposée à combattre. Son premier mouvement fut de fuir à l'approche des bateaux, et même, après avoir reçu plusieurs blessures, elle ne se retourna que deux ou trois fois contre ses persécuteurs. L'honneur de lui avoir donné le coup mortel demeura un sujet de contestation entre le steward et M. Wise. Comme en réalité le corps de l'animal présentait au moins une demi-douzaine de blessures mortelles, les droits de chacun des deux rivaux étaient difficiles à établir; M. Grant basait les siens sur la portée, la précision et le calibre bien connu de ma nouvelle carabine dont il s'était servi en cette occasion. En foi de quoi, il porte maintenant, comme un trophée, sur sa personne, une des balles extraites de la poitrine de notre prise.

Pendant la chasse, Wilson, ainsi que nous l'avons dit, était à terre occupé à photographier. Dès que nos gens eurent aperçu l'ours, ils firent un signal à l'artiste pour le mettre en garde contre la visite intempestive que l'animal pouvait lui faire. Wilson, concluant naturellement que, selon toute probabilité, l'ours marcherait droit à la tente dès qu'il aurait pris terre, commença à calculer mûrement la conduite qu'il devait tenir. Il était sans armes, à moins qu'il ne regardât comme telles les agents chimiques qu'il avait sous la main. Essayerait-il de l'influence du chloroforme sur son ennemi, ou jouerait-il des jambes, après avoir lancé tout l'appareil photographique à la tête du monstre? La pensée est rapide, mais l'ours nageait bien vite aussi! Il était indispensable de prendre une prompte détermination. Fuir!... mais c'était déserter son poste et abandonner le camp au pillage du déprédateur! La vie était chère à Wilson, mais l'honneur ne l'était pas moins. Tout à coup une idée lumineuse traversa son cerveau.

Lorsque notre chèvre avait été portée au rivage pour se récréer en terre ferme, sa cuve-étable avait été débarquée avec elle. En ce moment même l'engin gisait inoccupé à côté de la tente. Se glisser dedans, en le retournant, l'ouverture contre terre, parut à Wilson un excellent moyen de défense contre l'ennemi, d'autant plus que la légitime locataire de cette machine défensive, devenant tout d'abord victime de la voracité de l'ours, détournerait sans doute la bête carnassière de pousser trop loin ses investigations à l'encontre du cuveau et de son contenu. Il est à regretter que l'intervention des bateaux ait arrêté ce plan ingénieux dans son exécution. Il aurait donné lieu à une situation dans laquelle Wilson aurait savouré immanquablement la plus poignante agonie de l'esprit et les avant-goûts les plus lugubres de la destruction. La scène était toute tracée d'avance dans son cerveau: lui créature vivante en pleine fermentation dans la barrique, comme une étrange vendange; l'ours flairant curieusement tout autour de cette muraille de bois et la faisant craquer peut-être comme une noix de coco, pour en extraire un voyageur anglais, comme une huître de son écaille!... Et de toutes ces chances dramatiques il avait été privé par l'intervention de

l'équipage!... Les amis s'immiscent souvent d'une manière bien peu
judicieuse dans les affaires d'autrui!

Quoique légèrement vexés qu'un de nous n'eût pas eu l'honneur
de tuer l'ours en un combat singulier, dont le glorieux souvenir eût
été perpétué par la possession de la fourrure de l'animal, la joie
commune du succès nous fit bientôt oublier notre désappointement.
Quant à mes gens, ils étaient hors d'eux-mêmes. Tuer un ours polaire
était une grande chose, mais le manger en serait une plus grande
encore! De son cadavre artistement dépecé on pourrait probablement
retirer un approvisionnement de viande fraîche pour plusieurs
jours. Un homme de la bande se trouva être boucher, et je dois
remarquer en cette occasion, que, dans le cours de notre voyage, je
n'ai jamais eu besoin de quelque talent spécial en dehors de la vie
maritime, sans le découvrir aussitôt dans l'un ou l'autre des hommes
de l'équipage. Au bout de quelques heures le défunt ours se trouva
converti en une rangée de morceaux de bœuf très appétissants, suspendus aux manœuvres. Au lieu de pavillons, le bâtiment se pavoisa
de gigots, de rosbifs et de gîtes à la noix.

Malheureusement, il arriva, sur l'entrefaite, que le petit renard
islandais, s'étant régalé d'une pièce de rebut, fut quelques minutes
après saisi de convulsions. J'avais déjà donné l'ordre de jeter à la
mer le foie de l'ours comme un mets sinon vénéneux, du moins fort
malsain. Le cas du renard, joint à cette injonction, apporta une
complète révolution dans l'esprit de mes hommes, au sujet des friandises qu'ils avaient si soigneusement préparées. Silencieusement,
une à une, les pièces de boucherie furent décrochées et jetées dans
les flots. Je ne crois pas qu'une seule bouchée de chair d'ours ait
été avalée à bord de *l'Écume*, et je n'ai pas entendu dire que Wilson
et ses pronostics aient été pour quelque chose dans cet acte de
renoncement. Mais je remarquai que, pendant les jours qui suivirent la mort et la dissection de l'ours, le système pileux de l'équipage brilla d'un éclat inaccoutumé. La tête et les favoris du commis
aux vivres entre autres semblaient taillés dans le plus beau marbre
noir : une botte vernie n'eût pas été plus brillante ; au besoin sa chevelure eût pu remplacer mon miroir à barbe. Je conclus de tout cela que
l'ingénieux cuisinier avait réussi à fabriquer un approvisionnement
de *véritable graisse d'ours*, dont chacun avait largement profité.

La chasse d'ours avait si glorieusement clos notre visite au Spitzberg, que nous oubliâmes les rennes si vainement cherchés, et nous nous préparâmes au départ avec des cœurs légers et satisfaits.

Notre cuisinier en second, berger et charpentier en chef, ayant préalablement gravé sur une pierre plate une inscription en caractères romains rappelant la visite de *l'Écume* à la baie des Anglais, cette tablette fut solennellement placée dans un cairn érigé pour la recevoir. Au-dessous, je déposai une boîte d'étain contenant un mémorandum semblable à celui que j'avais laissé à Jean-de-Mayen, ainsi qu'une invitation à dîner chez lady ***, invitation imprimée que j'avais par hasard à bord[1]. Après avoir arboré un pavillon de canot sur ce grossier monument, et fait apporter à bord un tronc d'arbre flotté destiné plus tard à figurer comme bûche de Noël, nous dîmes un éternel adieu aux silencieuses montagnes d'alentour, l'ancre se leva et nous prîmes le large. Pendant quelques heures encore, le défaut de vent nous retint en panne le long de la côte au milieu d'un grand troupeau de phoques; mais bientôt une fraîche brise du sud s'éleva et nous permit, vers les trois heures du vendredi 11 août, de filer de nouveau, à raison de six nœuds à l'heure, sur les pâles émeraudes de la mer Glaciale.

En réfléchissant sur notre route de retour, il me parut évident que nous aurions été moins entravés par les glaces en venant au Spitzberg, si, au lieu de raser la banquise orientale, nous avions appuyé davantage à l'ouest. Je me déterminai, en conséquence, et dès que nous serions loin de la terre, à pousser droit à l'ouest dans la direction du Groënland, et à ne virer au sud que lorsque nous aurions atteint la banquise groënlandaise. La longueur du chemin fait dans cette direction par un vent frais du sud, nous permettait de juger de la largeur du chenal navigable entre les deux banquises.

Nous avions eu le plus beau temps pour nous éloigner de la baie des Anglais. L'atmosphère, calme, sèche, illuminée par le soleil, semblait nous promettre la traversée la plus agréable. Peu d'heures après,

1. Dans l'été de 1858, le cairn a été ouvert, ainsi que la boîte d'étain, par un magister suédois de Hammerfest, qui accompagnait au Spitzberg quelques savants d'Upsal. Les journaux ont même prétendu que l'honnête Finnois avait manifesté l'intention d'aller en Irlande au printemps suivant, et de présenter à lord **Dufferin** la carte de lady***, la prenant pour un *bon* de dîner à l'usage de celui qui le découvrirait le premier. J'ignore s'il a exécuté ce louable projet.

cependant, tout était changé, et vers minuit le temps devint aussi brumeux et désagréable que jamais. La mer était assez libre; durant
le peu de jours que nous avions passés au mouillage, le courant qui
porte au nord avait fait disparaître le grand champ de glaces qui
s'étendait, lors de notre venue, entre la terre et le nord-ouest. Si bien
qu'au lieu d'être obligés de remonter, pour le doubler, presque jusqu'au 80ᵉ parallèle, nous pûmes faire voile droit à l'ouest. Pendant
la nuit nous aperçûmes deux ou trois paquets de glaces flottantes,
mais si peu serrées, que nous n'eûmes aucune difficulté pour passer
entre elles. Vers quatre heures du matin, une longue ligne de glace
fixe fut signalée à l'avant, courant du nord au sud aussi loin que l'œil
pouvait s'étendre. Nous étions alors à cent trente kilomètres du
Spitzberg. Comme les limites ordinaires de la banquise du Groënland,
en été, serpentent, selon Scoresby, le long du 2ᵉ degré de longitude
ouest, et que nous avions déjà traversé ce méridien, il était présu-
mable que ce que nous voyions devant nous était l'avant-garde de la
glace fixe. C'est pourquoi, selon ce que j'avais résolu d'avance, nous
virâmes au sud, et le résultat justifia mes calculs.

Quoique la mer parût jusqu'à un certain point ouverte, de petits
bancs de glace se montraient de temps en temps et la température
de l'air et de l'eau continuait à indiquer la proximité de grandes
masses glacées à tribord comme à bâbord.

C'est une singulière sensation que celle que nous avions fini par
éprouver à la vue de ces inséparables compagnons de route. Ils
faisaient partie de notre existence journalière, ils étaient devenus un
élément constitutif de notre milieu, une chose sans laquelle l'aspect
général de l'univers nous eût semblé anormal et incomplet. Ils étaient
l'objet de notre première pensée le matin à notre réveil, et la dernière dont nous délivrait le sommeil. Au soleil, ils scintillaient et
semblaient nous narguer malicieusement; du fond des brouillards, ils projetaient sur nous une lueur fantastique. Tantôt, par le
travers de notre proue, ils se dressaient comme des géants avec des
épaules démesurées et des bras menaçants, tantôt ils se livraient à
une danse frénétique dans le sillage de la petite goélette. Nous ne pouvions ni nous en séparer, ni les oublier; et si parfois, la nuit, nous
étions reportés par nos rêves dans le monde verdoyant de l'été, au
milieu des guérets de notre Angleterre, où les moissons ondulent et

crépitent, où les essaims d'abeilles tourbillonnent et susurrent au
soleil... si notre sommeil se berçait au chant de l'alouette, s'élevant
en spirale au-dessus des plateaux parfumés de thym et de lavande...
Pif! Paf! Boum! Grrrrreih... C'étaient nos inséparables conserves
qui venaient caresser les flancs de notre navire, nous forçant presque
toujours à monter en toute hâte sur le pont, et à jouer des pieds et
des mains pour arracher la goélette à leurs embrassements. Néanmoins je ne puis dire, avec nos vieux amis les Français, que « la
familiarité engendre le dédain ». Plus nous voyons les glaces, plus
nous les abhorrons. Sous leur froide influence, le frisson du découragement pénètre dans nos cœurs, et chaque matin il me faut lutter
rudement avec l'ardent désir que j'éprouve de jeter mes bottes à la
tête de Wilson, lorsque, de sa voix sépulcrale, il vient m'annoncer :
« Milord! des glaces tout autour de nous! »

Le 14 août, seulement cinq jours après notre départ du Spitzberg,
nous perdîmes la vue du dernier glaçon. A partir de ce moment, la
température de la mer s'éleva sensiblement, et nos voiles se gonflèrent de nouveau dans une atmosphère d'été.

Un triste évènement survint alors pour atténuer en quelque sorte
la joie que nous ressentions de ce changement. Il était évident,
depuis notre départ de Hammerfest, que la vie maritime n'allait pas
à notre chèvre. Les pâturages du Spitzberg n'avaient pas suffi pour
réparer sa constitution altérée, et le mauvais temps qui suivit
l'acheva. Il était certain que désormais le boucher était le seul docteur
qui pût s'occuper d'elle, et, en dépit du chagrin du berger auquel
elle était confiée, je fus obligé d'ordonner sa mort. Sigurdr fut néanmoins la seule personne qui regarda ce *tragique évènement* avec un
sentiment, non d'indifférence, mais de satisfaction féroce. Depuis
que nous avions repris la direction du sud, nous n'avancions qu'en
louvoyant, et pendant les dernières vingt-quatre heures, chaque fois
que nous virions de bord, le vent nous faisait perdre du terrain,
comme il vous est peut-être arrivé quelquefois devant un nerveux
piéton sur un étroit trottoir. L'Islandais, en vrai païen, pensait que
ce mauvais sort pourrait être conjuré par un sacrifice à Rhein, la
déesse de la mer, qui, il l'espérait du moins, voudrait bien accepter
comme tel le cadavre de la chèvre lancé par-dessus bord.

Je ne puis vous affirmer que le changement atmosphérique qui

suivit la descente de cette dépouille mortelle dans l'abîme ait été
réellement causé par une influence de ce genre; mais il est certain
que ce changement eut lieu immédiatement. D'abord le vent tomba
tout à fait; mais, quoique le calme se prolongeât pendant quelques
heures, la mer devint étrangement rude, s'agitant dans tous les sens
comme un malade sur sa couche fiévreuse, et non de haut en bas
comme dans une tempête; les vagues semblaient obéir à une impulsion venant à la fois des quatre aires du monde. Puis, sinistres
comme des jurés portant un arrêt de mort sur leurs lèvres, de lourds
nuages défilèrent lentement dans le nord-ouest.

Leur apparition fut suivie d'un silence de mort, d'un calme sans
haleine, jusqu'à ce qu'enfin, à quelque mystérieux signal, la voix
solennelle de la tempête hurla sur l'abîme. Heureusement elle nous
trouva préparés. Elle soufflait du bon coin et sa violence même ne
pouvait que nous servir. Pendant trois jours et trois nuits ce fut une
course sur la mer comme je n'en avais jamais vu. Neuf à dix nœuds
(seize à dix-huit kilomètres) à l'heure formèrent le minimum
de notre allure, et trois cent quatre-vingts kilomètres la moyenne
de l'espace franchi chaque jour.

Vous ne pouvez rien imaginer de plus grand et de plus surexci-
tant que l'aspect de la mer dans de pareilles circonstances. Poussé
comme il l'est, le navire semble immobile : en regardant à vos pieds,
vous pourriez vous croire au mouillage; mais si vous vous penchez
sur le capot de l'échelle, la première chose qui frappe vos regards
est une muraille d'eau noire s'élevant au-dessus de l'arrière, vous
ne pourriez dire à combien de pieds. Comme un lion dressé sur ses
pattes de derrière, elle vient droit à vous, rugissant et secouant sa
crinière avec furie; elle atteint le navire; sa haute et liquide paroi se
creuse et s'arrondit tout autour; sa blanche crinière semble suspendue sur votre tête; mais, avant qu'elle ait pu déferler, la goélette
glisse et lui échappe. Vous entendez alors s'entre-choquer les
mâchoires du monstre désappointé; il fait rage et bouillonne de
chaque côté de l'arrière du yacht, qui le repousse dédaigneusement;
puis la vague infatigable se replie, et vous pouvez la voir s'arrondir
de nouveau derrière vous, se gonfler et s'élever graduellement,
comme si elle réunissait ses forces et son volume pour un nouvel
effort.

LA MER FAIT RAGE ET BOUILLONNE...

Nous voilà parvenus bien au sud du cap Nord. Nous avons déjà
aperçu plusieurs vaisseaux, et vous vous imagineriez difficilement
avec quelle joie enfantine nos gens saluent ces symptômes de *latitudes
chrétiennes*, comme ils appellent les parages où nous venons de rentrer. Depuis ma conversation avec M. T. sur le Malström, j'avais toujours eu le projet de m'approcher des îles Lofoten en revenant vers
le sud, et de m'assurer par moi-même de ce qu'il faut réellement
croire du fameux Tourbillon. Effacer un tel épouvantail de la carte
du globe eût été certainement un résultat utile de notre voyage. Mais
je n'avais pas vu le soleil une seule fois depuis que nous avions laissé
le Spitzberg, et il ne pouvait être question d'aborder des parages
aussi dangereux que ceux des Lofoten pendant une tempête, au
milieu d'un épais brouillard et sans avoir de la position du vaisseau
une connaissance plus certaine que celle que pouvait nous donner
notre estime. Aussi, vers une heure du matin, le temps ne présentant
aucun signe d'amélioration, je fis dévier de la route qui nous menait
à cet archipel et nous prîmes de nouveau celle du sud. Cette manœuvre ne put échapper à Wilson ; mais il se trompa sur sa signification. Nous ayant sans doute entendus parler du Malström pendant le dîner, il se persuada que l'heure suprême était arrivée. Ne
comprenant pas exactement les termes dont nous nous étions servis,
il en avait inféré que la situation était pleine de périls. Le changement opéré dans la marche du navire l'ayant induit à conclure que
nous étions entraînés vers le lieu fatal, il se laissa aller au désespoir
et se jeta dans son hamac pour s'y abandonner aux plus graves
inquiétudes. Enfin le poids de ses appréhensions devenant trop lourd
pour sa pensée, il se lève, pénètre dans la cabine du docteur, l'éveille,
et se tenant devant lui, comme autrefois le porteur de mauvaises
nouvelles devant le vieux Priam, il chuchote : « Monsieur !...

— Qu'y a-t-il ? demande Fitz, qui suppose que quelque malade
le réclame.

— Savez-vous où nous allons ?

— Mais oui ! à Throndhjem, répond Fitz.

— Nous allions à Throndhjem, réplique Wilson, — mais nous
n'y allons plus. Depuis plus de deux heures le vaisseau a changé de
route. — Oh ! monsieur ! nous allons au Tourbillon ! — au Tourbillon, monsieur ! »

Puis, ce dernier mot lâché dans le paroxysme de la consternation, il disparaît et rentre dans son lit, comme un fantôme, laissant le docteur entièrement incapable de deviner le sujet de sa visite.

Pendant toute la journée suivante la tempête continua. Nous avions viré de bord pendant la nuit; l'incertitude où nous étions sur notre position réelle rendait donc très discutable la question de savoir s'il fallait remettre le cap sur la terre pendant les heures d'obscurité qui s'approchaient. Je crois vous avoir fait remarquer les dangers présentés par la côte occidentale de la Norvège, parce qu'elle est précédée, à douze ou quinze kilomètres au large, d'une ligne continue de rochers et d'écueils sous-marins. On n'y trouve aucun phare pour s'y guider; et si nous nous étions trompés dans notre estime, ce qui pouvait bien être, nous pouvions fort bien tomber sur la terre plus tôt que nous ne nous y attendions. Le meilleur parti à prendre eût été de mettre en panne jusqu'à ce qu'il nous fût permis de faire une observation; mais le temps me pressait et je craignais de vous donner de l'inquiétude par mes retards; la nuit d'ailleurs était assez claire. De hautes montagnes, comme celles que nous avions à reconnaître, peuvent être vues à la distance de plusieurs milles marins, même pendant la nuit. Suivant notre livre de loch nous étions à deux cent quarante kilomètres au moins de la côte, et si peu exact que fût ce calcul, on ne pouvait admettre que l'erreur portât sur le chiffre tout entier. Le vent était trop bon pour ne pas en profiter, d'autant plus qu'on ne pouvait prévoir quand reviendrait le soleil. Nous battions la mer depuis déjà quinze jours sans l'avoir aperçu une seule fois, et comme son apparition, même pendant l'été, n'est pas un fait obligatoire dans cette partie du monde, nous pouvions fort bien, après l'avoir attendu en vain pendant une autre quinzaine, être forcés, de guerre lasse, de chercher à tâtons le chemin de la côte; enfin il serait toujours temps de mettre en panne la nuit suivante. Telles furent les considérations qui, à la suite d'une anxieuse consultation tenue avec M. Wise dans la cabine, et après de nombreux pointages sur les cartes, me déterminèrent à courir vers la terre pendant la nuit.

J'avoue néanmoins que je n'étais pas tranquille. Quoique couché et profondément endormi, devoirs personnels que rien en mer n'a jamais pu me faire négliger, mon sommeil était agité par les songes

les plus *animés* qui, je crois, m'aient jamais visité. Je rêvais que
j'étais de retour en Angleterre et que vous étiez venue à ma rencontre ; je vous contais mes aventures, quand tout à coup votre
figure s'évanouit derrière un voile de grises et sinistres vapeurs
se déroulant sur les pointes basses et déchiquetées d'un écueil ;
et, au même instant, le navire tout entier tressaillit sous ce cri qui
a été la préface de tant de désastres et dont le son n'a jamais pu
être oublié de celui qui l'a entendu une fois : « Des brisants à
l'avant! »

En un moment, je fus sur le pont, tout habillé, car il est toujours
mieux d'être habillé, et là je pus distinguer, droit devant nous, à
environ huit cents mètres dans le brouillard, qui pourtant était
assez épais, la bande blanche formée par l'écume de la mer déferlant
sur les rochers. Nulle terre n'était en vue ; mais la ligne des brisants
grandissait à vue d'œil et, au train dont nous allions, nous devions
nous y anéantir dans sept ou huit minutes au plus.

« Maintenant, pensai-je en moi-même, nous allons voir si
vraiment un cœur inébranlable bat sous le tartan de soie. » L'événement couvrit ce brillant vêtement de gloire et d'eau salée. Virer lof
pour lof, vent debout, et avec une pareille mer, était une opération,
sinon impossible, tout au moins bien hasardeuse. Heureusement le
petit navire semblait savoir ce qu'il avait à faire aussi bien qu'aucun
de nous : obéissant au gouvernail, il fit doucement son abatée entre
deux lames, dont une, énorme, contenant je ne sais combien de
tonnes d'eau, surplombait sur son arrière et menaçait de l'effondrer.
Au moment où elle déferlait avec le bruit du tonnerre, la frétillante
goélette l'évita par un imperceptible mouvement de poupe, et la
masse d'eau écroulée s'écoula sous la carène ; une minute après,
il avait sa proue pointée au large, sa grande voile arrivait au vent,
et tout danger était passé.

Et maintenant, que faire ? Ce que nous avions en vue ne pouvait
appartenir à la côte de Norvège. Si erronée que fût notre estime,
elle ne pouvait l'être à ce point. La seule supposition admissible
était que nous n'étions pas descendus au sud aussi loin que nous
nous l'étions imaginé et que nous étions venus trébucher sur les
rochers de Roust, petite île rocailleuse qui gît à quelque trente
kilomètres au sud des Lofoten. Que cette conjecture fût fondée ou

non, ce n'était pas la question la plus urgente; il fallait gagner la haute mer et nous y maintenir jusqu'à ce qu'une observation nous fût permise. Nous allâmes donc de l'avant, luttant contre une mer épouvantable, pendant neuf bonnes heures, jusqu'à ce que nous jugeant éloignés de cent à cent trente kilomètres des brisants que nous avions aperçus, nous mîmes en panne mais non par un temps bien favorable. Le lendemain matin, non seulement la brise était aussi carabinée que jamais, mais toute chance de faire une observation dans la journée nous semblait complètement refusée. Je me serais rongé les poings d'impatience. Cependant comme il est toujours bon de saisir une chance au passage si elle se présente, et quoique le ciel ressemblât à une coupole de plomb, je préparai mon caban et j'avertis M. Wise de m'imiter.

Maintenant, par sollicitude pour votre ignorance féminine, je dois vous dire que, pour faire une observation, il est nécessaire d'avoir la vue du soleil à une heure particulière du jour, et que cette heure est midi. En conséquence, vous comprendrez de quel dépit, quasi désespéré, je fus saisi quand, douze heures venant à sonner, nul de nous ne fut capable même de conjecturer dans quel coin de l'espace le soleil gisait égaré. Dix minutes s'écoulent. Il est évident que nous sommes condamnés à rester cloués où nous sommes pendant vingt-quatre heures encore.... Non! — Oui! — Non! Par Phœbus! le voilà! Un pâle et spongieux point de lumière perce la sombre voûte qui nous couvre; ses vagues contours deviennent un peu plus distincts; une moitié de l'astre, quoique encore voilée par un nuage, se dessine nettement, à vive arête. En avant le sextant. « 62° 43', m'écriai-je à M. Wise. — 62° 41', milord! » s'exclame-t-il de son côté. Il n'y a pas seize cents mètres de différence entre nous. Nous avons pris hauteur; le soleil peut maintenant se recoucher, nous n'en avons plus nul souci : nous connaissons notre position à un pouce près. Il y a eu une erreur d'à peu près soixante kilomètres dans notre estime, par suite, ainsi que je l'ai reconnu plus tard, d'un courant portant au nord, le long de la côte occidentale de Norvège, avec une force variant de seize cents à cinq mille mètres à l'heure. L'île sur laquelle nous avons failli tomber est Roust. Nous sommes encore à trois cent vingt kilomètres du port que nous cherchons. « La barre au vent! Toutes voiles dehors! » Et nous reprenons notre première destination, avec notre ancienne marche de dix nœuds (plus de dix-huit kilomètres) à l'heure.

A trois heures, le lendemain, nous avons doublé Vigton et commencé un assez mauvais parcours de navigation côtière. Afin de gagner l'entrée nord du fiord de Throndhjem, il faut d abord pénétrer dans ce qu'on appelle le Froh Havet, sorte de bassin oblong d'environ vingt-cinq kilomètres de long, formé par une rangée de roches basses courant parallèlement au continent, dont elle est éloignée de seize kilomètres. Quoique l'entrée apparente de ce bassin soit assez large, elle est resserrée sous les eaux par tant d'écueils noyés, que la passe praticable pour les navires est fort étroite; en outre, la seule marque qui puisse aider à trouver le chenal est le sommet du plus avancé des îlots extérieurs. Comme ce rocher, dont les dimensions sont à peu près celles d'une table de salle à manger, est parfaitement plat et s'élève à quelques pieds seulement au-dessus du niveau de la mer, il ne faut, pour le reconnaître, guère moins d'attention que pour trouver une aiguille dans une botte de foin. Il se faisait déjà tard et l'obscurité commençait lorsque nous parvînmes dans l'espace liquide où nous devions rencontrer ces amers; mais nous n'en pûmes découvrir le moindre indice. S'il nous échappait encore un quart d'heure, il était indispensable de regagner le large et d'y passer encore une nuit : alternative peu récréative pour des gens si impatients d'atteindre enfin le port. Au moment même où j'en allais donner l'ordre, Fitz, qui est certainement le *Lyncée* des Argonautes de *l'Écume*, découvrit quelque chose de noir surgissant de l'eau tout près de notre tribord. C'était le rocher tabulaire; nous n'en avions pas passé à un mètre !

Une demi-heure après nous rasions la plane et tranquille surface de l'entrée du fiord. Ni en dehors ni en dedans nous ne vîmes l'ombre d'un pilote; et ce fut sans l'assistance d'un seul de ces fonctionnaires que, le lendemain matin, notre goélette, après avoir défilé entre les côtes boisées ou couvertes de cultures du beau golfe de Throndhjem, vint jeter l'ancre devant cette capitale des vieux rois de la mer.

LETTRE XI

Ile de Munkholm, 27 août 1856.

L'apparence de Throndhjem, prononcez Tronyem, est agréable et pittoresque, en ce moment surtout, que ses maisons de bois aux toits rouges brillent au soleil, que toutes leurs fenêtres sont garnies de fleurs, et que les eaux miroitantes du fiord sont peuplées de nombreux navires pavoisés de pavillons aux mille couleurs, en l'honneur du prince royal, qui fait sa première visite à l'ancienne capitale du royaume de Norvège. De grands et prétentieux magasins se pressent sur le rivage, comme ces dandies qui, aux courses d'Epsom ou d'Ascot, se prélassent autour du poteau d'arrivée. En arrière, des rues régulières découpent à angles droits de paisibles quartiers, et plus loin de jolies villas, toutes ceintes de verdure, s'étagent au pied des montagnes.

Au centre de la ville s'élève le palais des Rois, la plus grande construction en bois qui existe en Europe; tandis que la vieille et sombre cathédrale, édifice vaste et imposant encore, en dépit des ravages faits par les éléments, des mutilations dues aux hommes, ou, ce qui est plus dégradant encore, des recrépissages et des réparations, s'élève toujours au-dessus des périssables constructions en bois qui l'entourent, avec toute la solennité que reflète sur elle la sépulture d'un roi canonisé.

Je ne puis vous dire quelle animation je puisais dans chaque détail de cette belle scène; ce tableau est un de ceux que le temps ne peut altérer. Ici la rivière scintillante dont l'ancienne cité a tiré

THRONDHJEM. — VUE GÉNÉRALE.

son nom de Nidaros ou bouche de la Nid ; là, les rochers de l'île de
Munkholm ; plus loin, les hauteurs de Ladé ; puis le bassin si bien
fermé du fiord, les monts pittoresques qui lui servent de cadre
et la chaîne grise des rochers au delà de laquelle je sais que doit
s'étendre le funèbre champ de bataille de Sticklestadt : tout cela est
pour moi palpitant d'intérêt, mais d'un intérêt dans lequel n'entrent
pour rien ni les fraîches et verdoyantes villas, ni les rues tirées au
cordeau, ni surtout les malencontreux magasins. Ces signes de la
prospérité de nos contemporains semblaient s'évanouir sous mes
yeux, pendant que je les contemplais du pont de l'Écume, et graduellement aussi les fantômes des vieux âges prenaient leur place
dans le paysage. Les lourds bâtiments marchands descendant avec la
marée se changèrent en galères de combat où resplendissait l'éclat
des longues rangées de boucliers. La jolie et proprette ville bour-
geoise revêtit les proportions étranges et resserrées de l'ancienne
Nidaros, et les vieilles époques de la piraterie avec leur sombre
kyrielle de grands rois maraudeurs se dressèrent vivantes devant
mes yeux.

Pour fixer ces images dans votre imagination, comme elles le
sont dans la mienne, permettez-moi d'évoquer les ombres du passé.

La scène a pour cadre ces mêmes montagnes, baignées des mêmes
flots de lumière froide et sèche. Au centre se tient une forme gigantesque, en fantastique mais royal appareil. Un sang bouillant colore
ses joues bronzées par le soleil ; une résolution de fer brille dans
ses yeux, comme l'éclair d'une épée nue. Au-dessus de ses épais
sourcils un cercle d'or serre autour de sa tête une masse de cheveux
tombant jusqu'à sa ceinture, et de cette couleur rouge qui brille au
soleil comme le cœur d'une fournaise et prend dans l'ombre les
teintes brunes de la terre. Une belle femme siège à ses côtés. Ses
yeux timides et voilés de longues paupières ne se posent sur la terre
même qu'avec dédain ; mais le roi ne regarde qu'elle et de nombreux regards sont arrêtés sur lui. Une multitude d'hommes, mus
par quelque grand événement, agités par mille passions, se pressent
autour d'eux. Les uns apportent autour du trône une exubérante
et basse adulation et d'indignes transports de joie ; d'autres, le front
pâle et quasi méprisant, détournent les yeux, et leurs mains, après
avoir pressé instinctivement la poignée de leurs poignards oisifs,

retombent à leurs côtés, inoffensives et comme désespérées. Ce roi
est Harald *Haarfager* ou *à la belle chevelure;* cette femme est la
noble et belle Gyda, qui, l'ayant dédaigné autrefois, alors qu'il n'était
rien de plus que le chieftain de quelques vallons des montagnes,
provoqua de sa part cet étrange et sauvage serment : « qu'il ne cou-
perait ni ne peignerait même ses cheveux, avant qu'il ne pût lui
présenter l'anneau des fiançailles, comme roi de toute la Norvège. »

Dans cette réunion sont des hommes qui ont échangé contre le
repos, la richesse, ou simplement contre de vains titres, créations
des caprices du roi, les droits, les privilèges, les franchises qu'ils
tenaient de leurs aïeux ; il y en a d'autres aussi, qui, ayant ployé la
fierté de leur cœur au joug d'autrui, n'en portent pas moins des
regards émus vers l'horizon brumeux ouvert entre les montagnes.
Là un point noir apparaît sur un espace bleuâtre, fragment lointain de l'Océan. Les yeux et les cœurs ne peuvent s'en détacher. C'est
un navire, ses flancs longs et noirs ont peu d'élévation, mais sa
haute proue est façonnée à l'image d'un gigantesque dragon doré,
dont la poitrine étincelante fend et divise les vagues bouillonnantes
et grondeuses. De chaque côté de son pont est suspendue une rangée
de larges boucliers, qui, transversalement rayés de rouge et de blanc,
figurent les écailles bigarrées d'un monstre marin, dont *la croupe
se recourbe en replis tortueux* sur la tête du timonier. De chacun
de ses flancs se projettent sur les flots une trentaine d'avirons qui
battent la mer, comme feraient les pattes palmées du reptile. Enfin
un tronc massif de pin supporte une grande voile carrée, brillam-
ment rayée de rouge, de blanc et de bleu.

Et quels sont les nautoniers qui manœuvrent cet étrange et barbare vaisseau ? Pourquoi délaissent-ils les fiords abrités de leur bien-
aimée Norvège ? Ah ! ce sont les plus nobles cœurs de cette noble
terre. Hommes libres, ils savent ce que vaut la liberté, et, abandonnant tout plutôt que d'appeler Harald leur maître, ils vont demander
aux rochers désolés de l'Islande une nouvelle patrie, où ils n'aient
pas à se soumettre à la tyrannie d'un usurpateur.

Voici un autre tableau et une histoire plus triste : la scène nous
transporte dans une lande sauvage sur le penchant d'une montagne
qui domine la mer. Nous sommes en automne, et la soirée est fort

avancée, mais une ombre plus noire que celle du soir, l'ombre de la mort, s'étend sur la plaine désolée.

Des groupes d'hommes armés, les regards profondément attristés, sont rangés autour d'une couche grossière, formée à la hâte avec des rameaux de sapins. Sur cette couche improvisée gît un vieillard expirant. Son oreille est désormais fermée aux cris de la victoire, les brumes de la nuit qui ne finit pas se sont appesanties sur ses yeux, mais l'ardeur du combat se lit encore sur sa lèvre tremblante; l'éclair du triomphe a laissé sa trace sur son grand front sillonné, et la pose de sa main est celle du commandement. Laissez-moi vous conter sa saga dans le style même des bardes de son âge.

LA DERNIÈRE BATAILLE DU ROI HACON.

I

Tout est fini; le jour s'efface,
L'ennemi se disperse et fuit.
A l'horizon rouge est la trace
Du soleil plongeant dans la nuit;
Mais nous, appuyés sur le glaive,
Autour d'Hacon victorieux,
Aux chants de gloire, hélas! nous faisons trêve;
A voir les flots de son sang généreux
Des larmes ont voilé nos yeux.

II

Il s'éveille... et sur la bruyère
Doucement nous l'avons assis;
Non que son noble cœur espère,
Voir ainsi ses maux assoupis.
Mais l'ennemi fut rude à vaincre,
Ses chefs étaient vaillants et forts;
Près d'expirer Hacon veut se convaincre
Que dans le champ témoin de ses efforts
Il ne reste plus que des morts.

III

Calme et muet il le contemple;
Et pendant que, silencieux,
Nous veillons, comme dans un temple,
Agenouillés autour du preux,

Le ciel gronde, la mer fait rage,
Le vent rugit dans les bouleaux,
Et tiède encor, la vapeur du carnage
Fume, appelant sur la terre et les eaux
L'avide clameur des corbeaux.

IV

Soudain, comme un glas funéraire
Retentissant dans notre sein,
« La nuit, » dit Hacon, « tout entière
« N'est pas de trop pour mon dessein.
« Donc, écoutez, jusqu'à la grève,
« Où mon bon navire a, de moi,
« Reçu déjà l'ample moisson du glaive.
« Scaldes, guerriers, en un dernier convoi,
« Allons ! conduisez votre roi ! »

V

Et tous, à cet ordre suprême,
Lui faisant un lit de nos bras,
Le long des monts, vers sa trirème
Nous l'avons porté, pas à pas.
Sur le pont où brise la houle,
Au pied du mât battu du vent,
Des guerriers morts nous écartons la foule
Pour faire place à notre chef mourant ;
Nous l'entourons pleurant.

VI

Mais il nous dit encor : « Silence !
« Placez près de moi, sous ma main,
« Mon sabre, mon écu, ma lance
« Et ma part du dernier butin.
« Pour guide, à défaut des étoiles,
« D'une torche arborez les feux,
« Tournez au large et la proue et les voiles,
« Et puis, amis ! recevez mes adieux...
« Hacon doit aller vers ses Dieux ! »

VII

Le laisser mourir solitaire !...
Nul de nous n'y veut consentir ;
Mais, l'œil ardent, la voix austère,
Lui nous ordonne de partir.
« Il n'est pas seul, on ne peut dire
« Que seul il monte au Valhalla,
« Le fils d'Odin, dont le dernier sourire
« Salue autant de morts étendus là,
« Et de flots de sang qu'en voilà ! »

VIII

Il a dit... Du haut de la cime
Des monts qu'il ne foulera plus,
Nous voici penchés sur l'abîme,
Et l'interrogeant éperdus.
Dans l'ombre, au pied du promontoire,
Une rouge clarté reluit,
Comme un éclair, courant sur l'onde noire...
D'Hacon plongé dans l'éternelle nuit
C'est le navire en feu qui fuit.

IX

Comme aiguillonné par les flammes,
Sous le vent, voyez-le bondir,
Glisser sur la crête des lames,
Et comme un volcan resplendir.
Autour de ses flancs voyez l'onde
Se creuser en vaste sillon !
Et puis, plus rien... sous la vague qui gronde
Sombre et s'éteint en sifflant le *Dragon*,
Vaisseau, cercueil, bûcher d'Hacon !

Laissez-moi évoquer un fantôme plus héroïque encore du romantique passé de la Norvège.

Un personnage royal, superbe et de haute taille, est devant vous ;
sur sa tête il élève un bouclier, une épée brisée est dans sa main
droite. — Olaf Tryggvesson, fondateur de Nidaros ! les froides
vagues de l'Océan du nord ont roulé sur ta noble tête depuis bien
des siècles, et cependant elles n'ont pu éteindre la chaleur du combat sur ton front contracté, ni étancher sur ton armure de fer le
sang qui coule de tant de blessures que la tendre main de Thyri
elle-même serait impuissante à soulager.

A ces cœurs ardents, il est donné de vivre en vérité pour toujours
(le toujours de ce monde) ; car n'est-ce pas vivre que de prendre
une part de nos affections quand leurs propres passions sont éteintes,
et d'influer même indistinctement sur nos actions, quand toute
action est finie pour eux ? Qui pourrait dire ce que l'héroïsme
moderne doit de mobile aux premiers sentiments d'ardente sympathie que les jeunes âmes puisent dans des récits de trépas comme
celui d'Olaf Tryggvesson ?

Les images de ces vieux Grecs et Romains, qui nous inspirent tant de respect, peuvent projeter de plus grandes ombres sur le théâtre du monde ; mais quoique ici la scène soit plus étroite, moins éclairée, et les drames plus rudes, l'intérêt n'est pas moins profond et les passions qui les inspirent ne sont pas moins redoutables.

La personnalité d'Olaf, telle qu'elle est décrite par l'historien islandais, attire d'abord l'intérêt comme une vieille connaissance et le fixe enfin entièrement comme un ami personnel. Le chroniqueur dépeint si longuement et avec un soin si minutieux ses qualités attachantes, son naturel généreux et social, sa gaieté poussée jusqu'à l'espièglerie, son goût un peu prétentieux pour la toilette et sa facilité évidente à se laisser prendre dans les rets de l'amour, que tous ces détails donnent au portrait une incontestable valeur, grandie encore par le contraste des teintes sombres qui couvrent la fin de son histoire. Une ardente impulsion préside à chaque action de sa vie, depuis l'heure où, jeune enfant encore et exilé, il plante sa hache dans le crâne du meurtrier de son père nourricier, jusqu'à la grande scène finale de Svälderö. On ne peut s'empêcher d'être touché des profonds regrets que lui arrache la mort de Geyra, la compagne de sa jeunesse. La saga dit en cette occasion : « A dater de ce moment, il n'y eut plus pour lui de joie, même au fond de la coupe ; c'est pourquoi il équipa une bonne flotte de guerre et se mit à piller sur terre et sur mer. » Un des exploits de cette période de sa vie fut la destruction du pont de Londres. Ce mode particulier de distraction semble lui avoir fait atteindre le but qu'il cherchait, ainsi qu'on peut le conclure des incidents romanesques de son second mariage, alors que la princesse islandaise Gyda le choisit pour époux, lui étranger, obscur en apparence, à l'exclusion d'une centaine de concurrents riches et de haute naissance. Mais ni l'amour de Gyda, ni les splendeurs incultes d'une cour islandaise ne purent faire oublier à Olaf ses droits au trône de Norvège, héritage de son père ; et, selon son vœu légitime, il fut proclamé roi par une assemblée générale des hommes libres, comme l'avait été son ancêtre Harald aux beaux cheveux. Avec la sphère de ses devoirs, ses pensées s'agrandirent, son caractère prit plus de gravité. Obéissant à l'énergie de son ardente nature, il s'efforça de convertir ses sujets au christianisme ; suivant sa propre expression, « il voulait rendre toute la Norvège chrétienne *ou mourir !* » C'est dans le même esprit qu'il convoqua ses idolâtres et rebelles vassaux au Thing de Ladé et que, sommé par eux de sacrifier à leurs anciens dieux, il répliqua hardiment : « Si je consens à sacrifier avec vous à vos divinités, ce sera le plus grand holocauste qu'elles aient jamais reçu ; je ne leur offrirai ni esclaves, ni malfaiteurs, mais des hommes libres, et ceux-ci je les prendrai parmi les plus nobles d'entre vous ! » Ce fut peu après qu'il dépêcha en Islande le révérend Thangbrand.

« Il n'opposa pas un front moins déterminé aux ennemis de sa terre natale. Le roi de Suède et Swend *à la barbe fourchue*, roi de Danemark, se coalisèrent contre lui, et trouvèrent un allié dans le iarl norvégien, Éric, fils d'Hakon. Olaf Tryggvesson s'était mis à la tête d'une flotte de soixante-dix vaisseaux, commandant lui-même le fameux *Long-Serpent*, le plus grand vaisseau construit en Norvège. Ses ennemis lui dressèrent une embuscade derrière les îles.

Rien n'est plus dramatique que la description du départ de cette vaillante flotte, guidée par l'habile pilote Carl Sigwald, en vue des Danois et des Suédois embusqués et épiant de leur cachette la belle marche des vaisseaux ennemis, dans chacun desquels, comme trompés par une nouvelle et plus magnifique apparition, ils croient voir le *Long-Serpent*. Celui-ci apparaît enfin, le dragon de la proue brillant aux rayons du soleil, toutes les voiles déployées, et les flancs hérissés d'hommes armés, « et, quand ils l'aperçoivent, sachant bien à qui ils ont affaire, ils courent à leurs vaisseaux afin de se préparer au combat. » Aussitôt qu'Olaf et les siens sont engagés dans l'étroit passage, les flottes réunies des trois alliés s'élancent du Sund ; les soldats supplient Olaf de rebrousser chemin et de ne pas risquer sa fortune contre des forces aussi supérieures ; mais le roi répond debout sur son banc de quart : « Amenez les voiles ! je n'ai jamais tourné le dos à la bataille ; que Dieu dispose de ma vie, mais je ne prendrai pas la fuite, aujourd'hui pas plus que par le passé !

Alors il ordonne qu'on sonne les trompes de guerre, car tous ses vaisseaux sont restés en arrière, entassés les uns sur les autres. « Alors, dit Ulf le Roux, capitaine du gaillard d'arrière, si le *Long-Serpent* est tant en avant des autres bâtiments, nous aurons une rude besogne ici sur le gaillard d'arrière. »

Le roi répliqua : « Je ne crois pas avoir confié le gaillard d'arrière de mon vaisseau à un lâche. »

Et Ulf répondit : « Défends ton banc de quart comme je défendrai mon gaillard d'arrière. »

Le roi avait un arc dans la main, il place une flèche sur la corde et fait semblant de viser Ulf.

Ulf lui dit : « Cherche un autre but, ô roi, là où il peut t'être utile de le faire, je vais travailler pour toi ! »

Alors le roi demande : « Quel est le chef des forces qui sont droit devant nous ? »

On lui répond : «Swend de Danemark, avec son armée. »

Olaf réplique : « Ces bons Danois ne nous font pas peur! Quels sont ceux qui sont sur notre droite?

— Olaf de Suède et sa flotte.

— C'est encore mieux, observe le roi. Ces Suédois devraient être chez eux à faire leurs sacrifices, au lieu de s'aventurer à portée du *Long-Serpent*. Mais à qui sont ces grands vaisseaux à bâbord des Danois?

— Au iarl Éric, le fils d'Hacon.

— Celui-ci, dit Olaf, a ses raisons pour venir à notre rencontre; nous devons nous attendre à un rude choc avec ses hommes, Norvégiens aussi bien que nous. »

Ce terrible combat dura plusieurs heures; non pas, il est vrai, avec les *bons Danois* et les idolâtres Suédois. Comme Olaf l'avait deviné, après une courte mêlée ils furent dispersés et mis en fuite. Mais le iarl Éric, sur son grand vaisseau *la Barbe-de-fer*, fut plus qu'un jeu pour les légers vaisseaux d'Olaf. L'un après l'autre ils furent inondés de sang, et leurs braves défenseurs balayés dans la mer; un à un ils furent mis en pièces et engloutis dans les flots. Cette besogne faite, *la Barbe-de-fer* vint se ranger côte à côte le long du *Long-Serpent*, et, à dater de ce moment, il y eut, en vérité, un rude labeur et au gaillard d'arrière et au banc de quart.

Einar Tambarskelvar, l'un des plus habiles archers d'Olaf, est auprès du grand mât et combat avec son arc. Sa flèche touche la barre du gouvernail de l'ennemi, juste au-dessus de la tête du iarl et pénètre dans le bois. «Qui frappe ce coup hardi? » dit le iarl. Une autre flèche passe entre sa main et son flanc, et déchire l'étoffe de son siége. « Allons! dit-il à un des siens nommé Fin, vise ce grand archer qui est auprès du mât! » Fin tire; la flèche atteint l'arme d'Einar au moment où il va tirer, et l'arc éclate par le milieu.

« Qu'y a-t-il? crie le roi Olaf; qu'est-ce qui se brise avec un tel bruit?

— La Norvège, ô roi! qui tombe de tes mains! lui réplique Einar.

— Non! non! dit le roi; prends mon arc et tire. »

Et il le lui jette. Einar prend l'arc et y place une de ses flèches : « Trop faible, trop faible, dit-il, pour l'arc d'un grand roi! »

Et, jetant l'arc, il saisit une épée et un bouclier et combat vail-lamment.

Mais l'heure d'Olaf est venue. Des morts nombreux sont couchés près de lui : il en est plus tombé sous sa main qu'il n'en est tombé à ses côtés. Mais les rangs, éclaircis à bord de *la Barbe-de-fer*, sont sans cesse reformés par des combattants nouveaux venus des autres vaisseaux, même par des Suédois, et des *bons* Danois, « forts mainte-nant avec les forts », tandis qu'Olaf, séparé de ceux qui pourraient le secourir, se tient seul sur le pont du *Serpent*, où son pied glisse dans le sang des siens. Le iarl a mis en mer toutes ses embarcations pour arrêter tous ceux qui pourraient s'échapper du vaisseau; mais il n'y a pas de fuite dans la pensée du roi. Il promène ses regards autour de lui, contemple son épée, brisée comme l'arc d'Einar, pousse un profond soupir, et, élevant son bouclier au-dessus de sa tête, s'élance par-dessus bord. L'ennemi rugit, hurle, se précipite. Qui saisira ce noble prisonnier? Arrière, esclaves! le bouclier qui l'a protégé à travers cent combats doit aussi le protéger contre le déshonneur.

D'innombrables mains s'avancent pour lui arracher une vie qu'il ne veut plus conserver; mais le bouclier flotte seul sur les vagues : sous lui le roi Olaf s'est enfoncé dans l'abîme.

Peut-être que vous en avez assez de ma saga; mais, en regardant cette grise cathédrale, je ne peux m'empêcher de consacrer quelques lignes à un autre Olaf, roi et guerrier comme lui, mais auquel, après sa vie, on a accordé un plus haut titre.

La vieille histoire de saint Olaf, saint Olave, comme nous l'ap-pelons, exhale très peu le parfum de la sainteté, mais plutôt « cette vieille odeur de poisson » qui caractérisait les actions des Vikings,

ses ancêtres. Mais elle se passait dans un temps où l'on regardait
bien plus comme un honneur que comme une honte le butin enlevé,
surtout aux ennemis du pays; c'était une tradition des Égyptiens,
sanctionnée par la coutume, autorisée aussi par l'Église, qui ne dé-
daignait pas quelquefois d'accepter une part d'un butin bien ou mal
acquis, quand elle se présentait sous la forme honnête d'un chande-
lier d'argent ou d'un autre ornement d'église. L'ancien historien fait
mention de cela comme de chose toute naturelle. « Ici le roi débarqua, brûla et ravagea; — ici le iarl fit beaucoup de butin; — cet été,

NORMANDS EN EXPÉDITION.

il fit une expédition dans la Baltique, pour ramasser des richesses, etc. » Tout à fait comme un biographe moderne parlerait des
spéculations heureuses faites sur un chemin de fer par un bourgeois,
de ses dividendes dans une mine de charbon, ou d'une jolie petite
affaire dans les *Longues Annuités*. Néanmoins on trouve déjà quelque indice de la vocation future d'Olaf dans un discours qu'il tint à
ses amis et à ses proches rassemblés, pour leur faire part de son
dessein de tâcher de remonter sur son trône : « Moi et les miens nous
n'avons pour tout bien que le butin conquis pendant la guerre, et
pour lequel nous avons risqué notre vie et notre âme; car plus d'un
homme innocent a, par nous, été dépouillé de ses biens et plus d'un
aussi de sa vie; et maintenant des étrangers occupent les possessions

de mes pères. » On voit ici, avec une faible lueur de l'auréole du saint sur le casque du Viking, une naissante perception des droits de propriété qui sans doute devait surprendre ses auditeurs au milieu de leur zèle ardent pour les bonnes vieilles coutumes du pillage.

Mais, bien que les ans dussent s'écouler et les fortunes changer, avant que cette pâle lumière de l'ancienne Église devînt cette flamme brûlante et dévorante qui répandit la terreur et la confusion parmi les repaires des anciens dieux encore debout, un sentiment ardent du devoir avait toujours existé avec lui. Si l'on ne peut nier qu'il partagea les erreurs des autres rois prosélytes, et renversa le paganisme d'une main sauvage et sanglante, il ne fit jamais entrer dans la balance de ses actions une injure purement personnelle. Combien est grande sa réponse à ceux qui lui conseillaient de ravager avec le fer et le feu la province rebelle de Thronthjem, de même qu'il avait déjà puni nombre de ses sujets qui avaient rejeté le christianisme : « Nous avons à présent l'honneur de Dieu à défendre; mais cette trahison contre leur souverain est un crime bien moins grand; il est plus en mon pouvoir d'épargner ceux qui ont mal agi avec moi que ceux qui haïssent Dieu. » Cette dure manière de mesurer les actions des autres, il s'en servait pour mesurer les siennes propres; témoin ce fait curieusement caractéristique : Un jour, assis sur son siége, à table, absorbé dans sa pensée, il se mit, sans en avoir conscience, à couper un morceau de sapin tombé sous sa main. Ses serviteurs, voyant sa distraction, lui dirent (remarquez la périphrase respectueuse) : « C'est demain lundi, sire. » Le roi les regarda, et il lui vint à l'esprit qu'il travaillait un dimanche. Il balaya les copeaux qu'il avait faits, y mit le feu, et les fit brûler sur sa main nue, « montrant ainsi qu'il voulait suivre fermement la loi de Dieu, et ne pas la transgresser sans punition ».

Mais quelles qu'aient été les faiblesses humaines mêlées à ce noble caractère, quelles qu'aient été les barbaries qui ont souillé sa vie, on doit les oublier devant la fin pathétique de son histoire guerrière.

Ses sujets, mécontents de la sévérité avec laquelle il faisait observer ses propres lois religieuses, ou corrompus par les intrigues de Canut, roi de Danemark et d'Angleterre, se déclarèrent en

pleine révolte contre lui. Le brave et sincère monarque marcha contre
les rebelles, à la tête d'une poignée de troupes étrangères, et de
quelques-uns de ses leudes restés fidèles. Le soir de la dernière
bataille dans laquelle il joua son trône et sa vie, il confia une forte
somme d'argent à un des siens, pour être dépensée « en aumônes
envers les églises et les prêtres, comme dons pour les âmes de ceux qui
étaient tombés en combattant contre lui », restant d'ailleurs ferme
jusqu'au bout dans la conviction de la légitimité de son droit et du
triomphe final de sa cause.

Il eut une fin glorieuse. Abandonné de ceux qui l'avaient aimé et
servi, leur pardonnant et les excusant, il rejeta le secours de tous
ceux qui niaient cette sainte foi qui était devenue l'unique intérêt de
sa vie; mais, entouré par un petit nombre de croyants qui partagè-
rent son destin, il tomba percé de coups, dans la dernière bataille
perdue, et les derniers mots qui sortirent de ses lèvres ferventes
furent une prière à Dieu [1].

Certainement ce fut un saint et brave soldat. Mais il ne fut pas le
seul qui se conduisît noblement devant la mort. Voici un autre épi-
sode de ce combat fatal.

Un certain Thormod était au nombre des scaldes ou poètes de
l'armée d'Olaf. La nuit avant la bataille il chanta un chant de guerre
à la demande du roi, qui lui donna un anneau tiré de son doigt
comme une marque de son approbation. Thormod le remercia de
ce présent en ces termes : « Je prie Dieu, sire, que nous ne soyons
jamais séparés ni dans la vie ni dans la mort. » Quand le roi reçut
le coup mortel, Thormod était auprès de lui, mais, blessé lui-même,
et si faible et si abattu, que dans une charge désespérée des compagnons du roi, il ne put que murmurer : *A travers l'orage des épées,
il marche soutenu par un compagnon fidèle, mais tout effort est
vain.*

Le tumulte de la bataille a cessé; le roi est étendu mort où il est
tombé. L'homme qui a fait sa blessure mortelle a laissé le corps
étendu sur la terre, et l'a couvert d'un manteau; « et, en essuyant
le sang qui lui couvrait le visage il le trouva très beau, la joue
encore vermeille, comme s'il dormait ».

1. La date exacte de la bataille de Stieklestad est connue, une éclipse de soleil
ayant eu lieu pendant qu'on s'y préparait de part et d'autre.

Thormod, qui avait reçu une seconde blessure en combattant, —
une flèche rompue dans le côté, — se dirigea vers une grange où
les blessés avaient trouvé un refuge. Comme il y entrait l'épée à
la main, il rencontra un des rebelles qui en sortait et qui lui dit :
« Il n'y a là que cris et gémissements; c'est une honte que de vigoureux jeunes gaillards ne puissent supporter leurs blessures. Les
hommes du roi se sont conduits bravement aujourd'hui, mais vraiment ils supportent mal leurs blessures. »

Thormod lui demanda son nom, et s'il était à la bataille. Il s'ap-
pelait Kimbe, et avait été « avec les champions du parti le meilleur.

— Et as-tu été à la bataille aussi, toi ? » demanda-t-il à Thormod.

Thormod répondit : « J'étais aussi avec les meilleurs.

— As-tu été blessé ? dit Kimbe.

— Ma blessure ne signifie rien, » répliqua Thormod.

Kimbe vit l'anneau d'or, et dit : « Tu es un homme du roi : donne-
moi ton anneau d'or, et je te cacherai. »

Thormod répliqua : « Prends cet anneau, si tu peux dire : *J'ai
perdu ce qui valait bien mieux.* »

Kimbe avança la main pour saisir l'anneau, mais Thormod la fit
tomber d'un coup d'épée; et l'on dit que Kimbe ne supporta pas
mieux sa blessure que ceux qu'il venait de blâmer.

Thormod entre alors dans la maison où les blessés étaient
étendus, et s'assoit lui-même en silence auprès de la porte.

Comme la foule entre et sort, quelqu'un regarde Thormod et lui
demande : « Pourquoi es-tu si pâle ? Es-tu blessé ? » Il répond avec
insouciance, en fredonnant une rime demi-railleuse; puis il se lève
et se tient quelque temps près du feu. Une femme qui prend soin
des blessés, lui ordonne « d'aller chercher du bois placé hors de la
porte ». Il revient avec le bois, et la jeune fille, le regardant alors en
face, s'écrie : « Cet homme est affreusement pâle ! » et lui demande
à voir sa blessure. Elle examine la plaie béante, et sent que le fer de
la flèche y est encore. Elle prend alors une paire de pinces et tâche
de l'arracher, « mais il est enfoncé trop avant, et les lèvres gonflées
de la blessure empêchent qu'on ne le saisisse. » Thormod lui demande de les couper assez profondément pour faciliter l'extraction
de lui donner les pinces, et de le laisser lui-même arracher le fer.
Elle fait comme il l'ordonne. Il prend l'anneau de sa main, et le

donne à la jeune fille, en lui disant : « C'est le présent d'un brave !
le roi Olaf me l'a donné ce matin. » Puis, saisissant les pinces, il
arrache la tête barbelée de la flèche, et avec elle des morceaux de
chair. Ce que voyant, il s'écrie : « *Le roi nous a bien nourris !* Je
suis gras même dans la région du cœur. » Et ce disant, il tombe et
meurt.

Courage, cœur dévoué et fidèle ! Si l'on ne t'a pas donné une place
dans la tombe de ton royal maître, il y en a une pour toi à son côté
dans le ciel !

J'ai reçu enfin, je n'ai pas besoin de vous dire avec quelle joie,
deux lettres de vous ; l'une était adressée à Hammerfest. J'inclinais
à croire que quelque sorcier norvégien avait enchanté le sac aux lettres, comme le dit la vieille ballade, pour empêcher qu'elles ne me
parvinssent ; car, lorsque le paquet de lettres adressé à *l'Écume* fut
apporté à bord, immédiatement après notre arrivée, moi seul je
n'avais rien. Depuis Sigurdr et le docteur jusqu'au petit mousse,
chaque figure du bord rayonnait d'avoir « des nouvelles de la maison,
tandis que je me promenais sur le pont, les mains dans mes poches,
et fort soucieux. Mais le charme est rompu maintenant, et je retire
mes mauvaises pensées sur le sorcier et sur vous.

Nous avons fait hier une excursion, aussi loin que Ladé, où j'ai
vu une chute d'eau, qui est un des *lions* du voisinage, mais un lion
très adouci, qui vous rugit à la face aussi doucement qu'une jeune
colombe, et je suis revenu le soir pour assister au bal donné pour
célébrer la visite du prince royal.

A Ladé, j'avoue que je ne pouvais penser à rien qu'au « grand iarl
Hacon », le conseiller et le faiseur de rois, roi lui-même excepté de
nom, car il régna sur le rivage ouest de la Norvège, au temps où
Olaf Tryggvesson errait encore dans l'exil. C'est certainement une
des plus pittoresques figures des dramatiques légendes norvégiennes,
avec son dur caractère, sa bravoure personnelle et cette beauté héréditaire de race qui le distingua entre tous. Ses fautes, bien que
grandes, avaient un éclat et un prestige qui, dans ce rude temps,
doivent avoir ébloui les yeux des hommes, et surtout ceux des
femmes, comme son histoire le prouve. Ce fut son amour pour la
belle Gudrun Lyrgia (le soleil de Lunde, comme on l'appela) qui

hâta le destin vengeur que ses années de volupté et le mécontentement de ses sujets avaient préparé. Le mari de Gudrun excita les Norvégiens à briser le joug du licencieux despote. Olaf Tryggvesson fut proclamé roi, et l'on vit bientôt le grand iarl de Ladé, proscrit dans le pays qu'il avait récemment dominé, s'enfuir accompagné seulement d'un seul esclave, appelé Karker.

Dans cette extrémité, Hacon demande aide et protection à Thora de Rimmol, dame dont il a jadis été beaucoup aimé ; elle est fidèle dans le malheur à l'ami d'un temps plus heureux, et cache le iarl et son compagnon dans un réduit pratiqué dans ce dessein sous un toit à porcs recouvert de bois et de fumier, comme le seul lieu capable de le dérober à la poursuite de ses ennemis. Olaf et ses limiers font une perquisition dans la maison de Thora, mais en vain ; et enfin Olaf, debout sur la muraille contre laquelle s'appuie le toit à porcs, promet richesses et honneurs à celui qui lui apportera la tête du iarl de Ladé. La scène qui suit est retracée par l'historien islandais avec la puïssance dramatique du Dante. Une faible clarté pénètre dans la cachette, où le iarl et Karker entendent tous les deux les paroles d'Olaf.

« Pourquoi étais-tu pâle tout à l'heure ? dit le maître à l'esclave, et maintenant pourquoi es-tu rouge comme de la braise ? Serais-tu disposé à me trahir ?

— En aucune façon, dit Karker.

— Nous sommes nés la même nuit, dit le iarl, et il s'écoulera peu de temps avant nos deux morts. »

Quand vient la nuit, le iarl se tient éveillé, mais Karker dort d'un sommeil troublé. Le iarl l'éveille et lui demande à quoi il rêve. L'esclave répond : « J'étais à Ladé, et Olaf mettait un collier d'or à mon cou ! »

Le iarl réplique : « Ce serait un collier rouge, sois-en sûr, s'il venait à te saisir ; de moi tu as tout à attendre ; mais ne me trahis pas ! »

Alors ils se tiennent tous les deux éveillés, l'un guettant l'autre ; mais vers le jour le iarl tombe endormi, et dans son sommeil inquiet il ramène ses talons sous lui, dresse la tête pour se lever, et crie avec épouvante. Alors Karker, *horriblement alarmé*, tire un couteau de sa ceinture, l'enfonce dans la poitrine du iarl, et lui coupe la tête. Dans la soirée il court à Ladé, porte ce trophée à Olaf, et lui conte son histoire.

On est satisfait d'apprendre que le collier rouge fut mis autour du cou du traître : Olaf le fit décapiter.

Quel tableau que celui-là ! Sous ce toit à porcs, ces deux figures hagardes, pâlies et fatiguées par le manque de repos ! ces yeux sans sommeil, tenus ouverts par la crainte et le soupçon, dans une demi-obscurité ; et quelle vérité de nature dans ce cauchemar du malheureux iarl !

A mon retour à Ladé, je trouvai vos lettres, et quelle fut alors ma joie ! Je les emportai au cimetière, pour les lire en paix ! et c'est un bel endroit en vérité. Comme il n'était pas peuplé de jeunes gens voulant être seuls, comme Tom Hood raconte en avoir rencontré dans une certaine paroisse sentimentale, je pus jouir de la solitude que je cherchais.

Je fus frappé du soin affectueux et de la parure des tombes ; quelques-unes étaient littéralement jonchées de fleurs, et celles qui portaient encore la date d'une douleur passée avaient cependant toutes des couronnes de fleurs ou de frais bouquets. Ces bons Throndhjemiens doivent avoir beaucoup de ce que les Français appellent *la religion du souvenir*, une religion dont nous Anglais, comme nation, nous manquons singulièrement. Je ne crois pas qu'il y ait un peuple en Europe si peu gardien que nous de tout anniversaire sentimental ; je fais cependant exception pour le jour de naissance de nos amis vivants, que nous cultivons tendrement, quand nous y sommes invités ; car les pâtés, la venaison et le champagne sont d'agréables stimulants de nos affections. Mais le temps et les affaires n'admettent pas la célébration d'anniversaires plus sombres. L'homme occupé de change et de report ne peut pas convenablement se renfermer dans le jour natal de son Araminte perdue, ni sacrifier un comité de chemin de fer dont les actions sont en baisse, pour répandre une larme sur une pierre nue dans le nouveau cimetièrede Willow-cum-Hatbant. Il doit se contenter de regretter son Araminte en gros et d'omettre les petits détails d'un chagrin pédantesque.

Le fait est que nous sommes un peuple éminemment pratique, et qui accepte facilement l'*irrévocable*, sinon sans regret, au moins avec une philosophie qui répudie toute façon superflue de le faire voir. *Décent*, voilà le mot usuel et approprié à nos solennités funéraires, et nous sommes contents, non seulement de construire *décemment nos sépultures pour l'éternité*, mais aussi de mourir et d'être enterrés de même.

La cathédrale perd un peu de sa physionomie poétique quand on en approche. Une restauration moderne a comme dépouillé le dehors de sa grandeur, et le raffinement moderne a beaucoup degradé l'intérieur, à force de bancs et de divisions; mais c'est un très bel édifice, et qui est digne d'être une métropole. J'ai dit que la véritable église bâtie par Magnus le Bon, fils de saint Olave, sur les restes de son père, et achevée par son oncle Harald Hardrada, est, ou plutôt était renfermée dans les murs de la cathédrale, et quoique des catastrophes successives, causées par le feu, aient laissé debout très peu des anciennes constructions, j'aime à croire que quelques-unes de ces grandes pierres ont été mises à leur place sous les yeux d'Harald le Sévère. Celui-ci, la veille de sa dernière expédition contre notre Harold d'Angleterre, fit ouvrir le reliquaire de saint Olave, puis, ayant coupé les cheveux et les ongles du défunt (très probablement comme des reliques efficaces pour sa protection et celle des siens), il referma le reliquaire et en jeta les clefs dans la Nid. La châsse du saint et ses secrets furent respectés, jusqu'au jour où les mains profanes des Danois luthériens vinrent mettre au pillage le cercueil, avec tous les calices d'or et d'argent et les ciboires ornés de pierreries qui, grâce aux présents des rois et aux offrandes des pirates, étaient accumulés depuis des siècles dans ce sanctuaire.

Ce doit avoir été un beau et résolu compagnon qu'Harald le Sévère, qui pourtant, malgré beaucoup de constructions d'églises et une certaine quantité de persécutions de païens, ne suivit pas la même voie que son frère. La fin de son histoire est un vrai conte, c'est le sujet favori des chants des Scaldes, surtout ses aventures romantiques en Orient,

> Bien dignes de la prime d'or
> Du bon Haroun-al-Raschid,

aventures dans lesquelles les Sarrasins fuient devant lui comme la paille devant le vent, où les châteaux imprenables de Sicile tombent en son pouvoir par des faits d'armes impossibles ou d'incroyables stratagèmes. Une impératrice grecque, la *mûre Zoé*, comme Gibbon l'appelle, tombe amoureuse de lui, et son mari Constanti Monomaque, fait mettre Harald en prison; mais saint Olave protège encore son *mauvais sujet* de frère, et inspire à une dame de distinction l'idée, pleine de succès, de délivrer Harald d'une tour inaccessible par le prosaïque expédient d'une échelle de corde. Une chaîne, cependant, tendue en travers de l'embouchure du port, empêche encore la fuite de son vaisseau. Le roi de mer n'est pas arrêté pour si peu. Plaçant tout son lest, ses armes et ses hommes à l'arrière du vaisseau, jusqu'à ce que l'éperon se dresse hors de la mer, il fait force de rames sur la chaîne de fer. Le navire la franchit presque à moitié. Le poids immédiatement transporté à la poupe, le remet immédiatement à flot de l'autre côté; il a sauté l'obstacle comme un cheval de chasse irlandais. Une seconde galère se brise dans cette tentative. Après quelques actes douteux de vengeance à l'encontre de la cour grecque, Harald et ses hardis warègues, toujours combattant et pillant, poursuivent leur route à travers le Bosphore et la mer Noire jusqu'à Novogorod, où la première partie du roman se termine comme il convient, par le mariage du héros avec l'objet de son amour secret, Élisof, fille du roi de Russie.

L'histoire d'Hardrada s'assombrit vers la fin, comme plusieurs des contes de ce temps. Sa mort en Angleterre est si étonnante, qu'il faut que vous ayiez la patience d'écouter une courte saga; c'est un bulletin de la bataille de Stanford Bridge, écrit au point de vue norse.

L'expédition contre Harold d'Angleterre commence mal; des rêves et de mauvais présages effrayent la flotte; un homme rêve qu'il voit un corbeau sur la poupe de chaque vaisseau; un autre aperçoit la belle côte d'Angleterre;

> Mais des boucliers brillants
> Cachent les champs verdoyants;

sans compter d'autres phénomènes terribles interposés entre le visionnaire et la vision. Harald lui-même rêve qu'il est de retour à

Nidaros, et que son frère Olaf se venge de lui par une prophétie de
ruine et de mort. Les fiers soldats du Nord ne se laissent pas abattre
par ces augures, et leurs premiers succès sur les côtes d'Angleterre
semblent justifier leur persistance. Mais un certain lundi de septembre (A. D. 1066, selon la chronique), « une partie de son armée
étant campée à Stanford Bridge, Hardrada, après son déjeuner,
ordonne aux trompettes de sonner pour descendre à terre ». Il laisse
seulement la moitié de ses forces en arrière, pour garder ses vaisseaux : et ses hommes, ne soupçonnant aucune résistance de la part
du château, qui s'était déjà rendu, « arrivent sur le rivage, ne portant, vu la chaleur du temps, que leurs casques, leurs boucliers,
leurs lances et leurs épées; quelques-uns seulement ont des arcs
et des flèches, et tous sont très joyeux ». En s'approchant du
château, ils voient « un nuage de poussière comme en soulèvent les
pieds de chevaux, et au-dessous des boucliers brillants et des ar-
mures étincelantes. » L'armée anglaise d'Harold est devant eux.
Hardrada envoie à ses vaisseaux demander des renforts, et déploie
sa bannière, *la Dévastatrice*, sans s'effrayer de l'inégalité de ses
forces et de celle de leur armement. Les soldats de chaque côté
se préparent à la bataille, et les deux rois sont en présence,
chacun d'eux cherchant avidement des yeux son ennemi dans les
rangs opposés. Le cheval noir d'Harald Hardrada bronche et
tombe; le roi se relève et dit : « Une chute est heureuse pour un
voyageur. »

Le roi anglais demande aux Normands qui sont avec lui : « Con-
naissez-vous cet homme hardi qui est tombé de cheval, celui qui a
un manteau bleu et un si beau casque?

— C'est le roi de Norvège, » lui est-il répondu.

Harold reprend : « C'est un héros de royale apparence, mais je
crois que son bonheur l'a abandonné. »

Et alors vingt braves chevaliers anglais sortent à cheval des rangs
pour parler aux Normands. Celui qui marche en tête demande si
l'earl Tosti, le frère d'Harold l'Anglais (qui marche avec son ennemi
contre lui), n'est pas avec l'armée norvégienne.

L'earl lui-même répond hardiment : « Vous le trouverez ici : on
ne saurait le nier. »

Le Saxon dit alors : « Ton frère Harold te salue et t'offre la troisième partie de son royaume, si tu veux te réconcilier avec lui et faire ta soumission.

— Si j'accepte ton offre, répond le comte, qu'est-ce que le roi mon frère donnera à Harald Hardrada pour sa peine?

— Il lui donnera, dit le chevalier, sept pieds de terre anglaise, parce qu'il est beaucoup plus grand que les autres hommes.

— Alors, réplique l'earl, que le roi anglais, mon frère, se tienne prêt à combattre; car il ne sera jamais dit que Tosti a manqué de foi à des amis, qui sont venus à cause de lui combattre en Angleterre. »

Quand les chevaliers se furent retirés, le roi Harald Hardrada demanda à Tosti : « Quel est cet homme qui parle si bien? — Ce chevalier est Harold d'Angleterre, » lui répondit son allié.

Le farouche roi de Norvège regrette alors que son ennemi ait échappé sain et sauf de ses mains, attribuant ce fait à son ignorance qu'il maudit; mais pourtant, dans le feu même de son désappointement, le noble Norse ne parle de cet ennemi qu'avec une généreuse admiration, disant à ceux qui l'entourent : « Ce n'est qu'un petit homme, mais il se tient ferme sur ses étriers. »

Le terrible, mais inégal combat est bientôt terminé, et, quand un tardif secours arrive des vaisseaux, Harald Hardrada est tombé, avec une flèche mortelle dans la poitrine : il ne reverra jamais Nidaros.

Sept pieds de terre anglaise, et rien de plus, voilà la conquête de ce bras puissant et de ce fier courage.

Mais en voilà assez sur ces braves d'autrefois; je dois vous entraîner sur une scène plus gaie. Après un très agréable dîner avec M. N..., qui a été charmant pour nous, nous nous sommes rendus au bal. La salle était grande et bien éclairée, beaucoup de charmantes figures l'ornaient, les tapis étaient doux, et l'orchestre avait un accent de fête si émoustillant, que je priai N.... de me présenter à l'une de ces belles personnes dont les petits pieds frappaient les tapis d'une impatience de leur inaction.

Je fus donc conduit, dans les formes voulues, devant une très agréable dame, et j'entendis mon propre nom suivi d'un son plus que ghaghagllaghem.. Je ne peux guère vous donner d'instruction complète pour la prononciation de cet étrange polysyllabe ; il commence par une légère toux, continue par un gloussement dans la poitrine, et finit par un convulsif mouvement sternutatoire ; le tout accompagné d'un long et délicat nasillement. Si cette série d'opérations n'aboutit pas au son demandé, vous pouvez abandonner tout espoir d'y parvenir ; c'est ce que je fis. Heureusement mon affaire était de danser, et non d'apostropher la dame ; et, en conséquence, quand la valse commença, je me hâtai de réclamer, de la manière la plus muette, l'honneur de sa main. Quoique mon talent de danseur se fût rouillé, surtout depuis deux ou trois ans, je me rappelai que le temps n'était pas très éloigné où la belle Mlle E.... me proclamait un très supportable valseur, pour un Anglais, et je conduisis ma partner dans le cercle déjà formé, avec l'*air capable* qu'une telle appréciation peut donner le droit de prendre. Il y avait bien dans l'air que l'on jouait un certain rythme languissant et offensant pour mes oreilles, mais je ne pouvais pas d'abord m'en rendre compte. Cependant, quand j'observai les deux couples qui étaient déjà descendus dans l'arène, je m'aperçus qu'ils tournaient avec toute la grâce antique de la *valse à trois temps*. Naturellement ma partner ne voulait pas être une exception à la règle générale ! Personne n'avait jamais dansé autre chose, à Thronthjem, depuis le temps d'Odin, et cependant il m'était impossible de m'y conformer. Que faire ? Je ne pouvais expliquer le cas à Mme Hghelghghaghaglaghem ; elle ne comprenait pas l'anglais, et je ne parlais pas le norse. Mon cerveau se tourmentait pour trouver quelque solution à la difficulté, ou quelque excuse pour m'esquiver. J'aurais voulu être pris à l'instant d'un saignement de nez ou d'une attaque d'apoplexie. L'un ou l'autre cas aurait légitimé décemment ma sortie et m'aurait fait oublier, et je ne pouvais souhaiter mieux que l'oubli en une telle circonstance. Il ne me restait que le courage du désespoir ; aussi, jetant toute réflexion aux vents et mon bras autour de la taille de ma partner, soudainement je m'élançai, et follement me précipitai avec elle et *à deux temps*, à travers le salon. A la première perception qu'elle éprouva d'entrer ainsi dans quelque chose d'inaccoutumé, elle jeta un tel cri, que toute la société dansante subit un moment d'arrêt. Je pensai que ce que j'avais de mieux à

faire était de prendre un air d'innocence et de sincérité consciencieuse, qui eut son effet; car, quoique la dame commençât, avec un
certain degré d'animation, à aller de travers, elle finit par éclater
d'un rire franc et cordial, auquel participa toute la compagnie, et
je m'y joignis délicatement. Pendant le reste de la danse, elle sembla
se résigner à son destin, et flotta dans l'espace, sous ma conduite,
avec tout l'*abandon* de Francesca de Rimini dans le fameux tableau
de Scheffer.

Le prince est homme de haute taille et d'agréable extérieur; il fut
très gracieux et m'adressa plusieurs questions sur mon voyage.

A la nuit, il y eut une illumination générale, à laquelle *l'Écume*
contribua.

Le matin nous levâmes l'ancre et nous reprîmes la mer sans pilote,
comme nous étions entrés.

Je quittai Throndhjem avec regret, non par amour pour cette
ville, car, malgré les bals et les illuminations, je ne pensais pas que
les plaisirs de la station fussent bien délirants; mais toute cette province est si intimement liée dans mon esprit avec les brillants épisodes de l'ancienne histoire de Norvège, qu'il me semblait abandonner pour toujours ces braves Harold, Olaf et Hacon, avec qui j'avais
vécu dans une si agréable intimité pendant quelques jours.

Tandis que nous suivons le rivage, j'emploierai mon temps à vous
crayonner une rapide esquisse de ce beau peuple norse, quoique
son histoire, *remontant jusqu'à la nuit des temps,* possède quelque
chose de la vague magnificence de notre propre généalogie par ce
brave MᶜDonnell, qui clôt une longue liste de grands potentats,
« par quelqu'un qui était le fils de quelque autre, qui était le fils de
Scotha, qui était la fille de Pharaon. »

Dans les âges passés, à travers les plaines de la Scythie et les marais
du Tanaïs, dans ce pays du matin où ne pénétrèrent jamais ni la
littérature grecque ni les armes romaines, il y avait une grande cité
nommée Asgaard. Nous ne connaissons rien de ses fondateurs ni de
son histoire; mais, dans le brouillard de l'antiquité, nous distin-
guons la figure d'un héros auquel une série de conquêtes valut le
commandement sur ses contemporains et les honneurs divins de la
'part de ceux qui vinrent après lui. Fut-il poussé par une impulsion
irrésistible, ou simplement par des voisins plus puissants que lui,

c'est ce qu'il est impossible de dire; mais il est certain qu'à cette
époque, non peut-être très éloignée de l'ère chrétienne, ce personnage guida un peuple nourrisson des pays du soleil à travers l'Europe,
dans une direction nord-ouest. Après avoir laissé des établissements
le long des rivages méridionaux de la Baltique, il s'établit enfin dans
les forêts et les vallées de la contrée qu'on a appelée depuis la
péninsule scandinave. Que ces enfants du Midi aient choisi pour l'ha-
biter un pays si inclément, cela peut surprendre; mais on doit se
rappeler qu'ils formaient probablement une faible population, et que
les vallées inhabitées de la Norvège et de la Suède, fécondes en poisson et en gibier, et de plus riches en fer, étaient un pays préférable à ceux qu'on ne peut coloniser qu'après les avoir conquis.

    Ainsi, sous la conduite d'Odin et de ses douze paladins, auxquels
la postérité reconnaissante a accordé des trônes dans le Valhalla, où
demeure leur chef, les nouveaux émigrants se répandirent le long
des bords de l'Océan occidental, autour des sombres fiords, en haut
et en bas des profondes vallées tombant à angle droit de la chaîne
de montagnes neigeuses qui traverse le centre de la Norvège.

    Au milieu des rudes mais non défavorables influences de ces
pays glacés, grandit une race vaillante qui était destinée à donner
une dynastie impériale à la Russie, une noblesse à l'Angleterre et
des conquérants à tous les rivages de l'Europe.

    Les émigrants une fois installés dans leur nouvelle patrie, l'ascen-
dant du mystérieux héros qui les y avait conduits semble n'avoir fait
que grandir, non seulement dans la masse du peuple, mais aussi
parmi les douze chefs, ses lieutenants. Jamais la plus légère tentative de mettre en question son autorité ne paraît avoir eu lieu, et,
quoique dans la suite ces mêmes lieutenants se soient élevés au rang
de dieux, toutes les traditions maintiennent avec soin la suprématie
humaine et divine d'Odin. A travers l'obscurité, l'exagération et les
fables ridicules dont on a surchargé son existence réelle, nous
voyons encore que cet homme, évidemment doué d'un génie supérieur, exerça sur ses contemporains autant d'ascendant qu'il ait
jamais été donné à un fils d'Adam d'en avoir sur ses semblables.
D'après le naïf langage du vieux chroniqueur, « sa contenance était
belle; — quand il était assis parmi ses amis, les esprits étaient
réjouis; — quand il parlait, tous étaient persuadés; — lorsqu'il

rencontrait ses ennemis, personne ne pouvait lui résister. » Quoique
dans la suite il eut le bénéfice d'être fait dieu par un peuple super-
stitieux, sa mort semble avoir été noble et religieuse. Il harangua ses
amis rassemblés autour de son lit, leur ordonna de croire à l'im-
mortalité de son âme, et d'espérer qu'après la vie d'ici-bas ils se
retrouveraient dans le paradis. « Alors, dit la légende, commença
la croyance en Odin, et l'invocation de son nom. »

Quand la contrée fut colonisée, le pays fut divisé et subdivisé en
lots, dont beaucoup ne furent que de cinquante acres ; et chaque
propriétaire eut sa part, que leurs descendants ont gardée jusqu'à
ce jour, par le droit *udal*, c'est-à-dire, non comme fief de la couronne, ou d'un suzerain quelconque, mais comme une possession
absolue, inaliénable, transmissible comme la couronne des rois, et
au même titre, à leurs descendants à perpétuité.

Ces propriétaires du sol furent appelés bönders, et formèrent la
principale force du royaume. C'étaient eux, leurs amis et serviteurs,
ou trolls, qui constituaient l'armée. Le roi ne pouvait rien faire sans
leur consentement. Dans certaines occasions ils se réunissaient en
assemblée solennelle, ou *thing* (c'est-à-dire parlement), pour le
règlement des affaires publiques, l'administration de la justice, le
vote de l'impôt ou des taxes.

Sans une solennelle prise de possession dans l'ore ou grand thing,
le souverain, de la descendance même la plus légitime, ne pouvait
pas monter sur le trône, et un appel pouvait toujours être fait contre
son autorité devant l'auguste assemblée.

C'est à ces things et à l'invasion norse qui les implanta, et non aux
wittenagemotts des Saxons latinisés, que doit se rapporter l'existence de ces parlements qui ont fait la gloire des Anglais.

Pacifiquement et graduellement vint la foi dans la liberté, et un
invincible amour de l'indépendance s'accrut dans ce peuple simple
et fort.

Des despotes féodaux n'opprimèrent pas ceux qui n'étaient pas
protégés, car tous étaient nobles et nés *udal ;* des armées perma-
nentes ne permirent pas à la couronne de faire naître la défiance
dans l'opinion publique, car les épées des bönders suffisaient à la
défense du royaume ; des barons militaires n'usurpèrent pas une
autorité illégitime, car la nature du pays empêchait l'érection des

forteresses féodales. Dans le reste de l'Europe le despotisme s'éleva
sous la protection d'une religion corrompue ; tandis que, d'année en
année, au milieu des sauvages tableaux de la terre scandinave, cette
grande race mûrissait la force d'esprit qui devait donner une
énergie inépuisable à la civilisation débile des Saxons, et offrir au
monde, même en plein dix-neuvième siècle, le glorieux exemple d'un
peuple européen libre.

LETTRE XII

Copenhague, le 12 septembre 1856.

Nos aventures depuis la date de ma dernière lettre n'ont pas eu un caractère bien émouvant. Nous avons eu un beau temps et un vent favorable le long des côtes, et nous nous sommes arrêtés un jour à Christiansand, et un autre à Bergen. Mais, quoique la nouveauté du voyage ait cessé depuis que nous avons atteint des latitudes plus basses, il y a toujours une certaine singularité dans les incidents de notre navigation le long des côtes. Ainsi on peut voir, en se réveillant le matin, la goélette amenée devant le boulingrin d'une maison de bois, ou luttant contre un mauvais vent avec le câble passé dans un anneau de fer fixé au flanc escarpé d'une montagne : alternatives qui rompent jusqu'à un certain point la monotonie de la vie quotidienne du bord.

Un plus bizarre incident peut-être fut une visite que nous reçûmes à Christiansand. Comme je me promenais sur le pont, je vis venir à nous un bateau qui portait un personnage; il fut bientôt près du yacht; et comme je regardais cet individu, et que je m'enquérais de l'objet de sa venue, je le vis tout à coup s'asseoir sur son plat-bord et plonger dans l'eau ses pieds revêtus de bottes. Ayant ainsi rafraîchi ses talons pendant une minute ou deux, il saisit un de nos cordages et s'élança gracieusement sur le pont. Alors Sigurdr, qui toujours servait d'interprète dans ses occasions, s'avança vers lui, et il s'ensuivit un colloque, terminé plus que brusquement par Sigurdr, qui rejeta l'étranger aux pieds mouillés dans le bateau. Ce ne fut que quelques heures après que l'indigné Sigurdr m'expliqua le motif de cette visite. Quoique n'ayant pas un caractère naval, ce personnage appartenait certainement à la catégorie des hommes « qui travaillent dans les grandes eaux »; *son affaire*, en venant nous trouver, était tout bonnement de négocier un emprunt; en un mot de me demander de lui prêter cent livres. Il y aurait eu par trop d'innocence et de confiance à prélever sur notre bourse un impôt qui eût donné à un vagabond les moyens de s'embarquer avec nous. Peut-être aussi cet individu était-il sous la double influence du vieil esprit de maraude de ses ancêtres et de la civilisation du dix-neuvième siècle, influence qui d'un Viking faisait une sorte de compromis entre Paul Jones et Jérémie Diddler; seulement, au lieu de balayer les hautes mers avec un navire, il les explorait avec son télescope.

Bergen, avec ses maisons aux pâles façades, groupées sur le bord du golfe comme des malades autour d'une source thermale, doit à sa cathédrale et à son grand nombre d'églises une apparence assez pittoresque, mais sans caractère pourtant pour celui qui vient d'apprécier le chaud coloris de Throndhjem. En outre, la ville manquait de nouveauté pour moi, qui l'avais visitée deux années auparavant en revenant de la Baltique. Ce fut à Bergen que je devins possesseur de mon jeune et regretté walrus.

Nul, à moins de s'être personnellement familiarisé avec ce monstre délicat, ne peut avoir la moindre idée de ses attachantes qualités. J'avoue que sa figure n'était pas strictement symétrique, qu'il avait dans sa démarche une ondulation rappelant celle de la mer, son berceau, et qu'il n'aurait pas été bien vu dans votre boudoir; mais il ne semblait jamais déplacé sur son banc de quart, et chaque homme du bord l'aimait comme un frère. Avec quelle grâce languissante il se vautrait et se roulait dans l'eau, quand nous le jetions par-dessus le bord! Comme il barbotait, et comme après ce bain confortable il venait nous supplier, comme un gros gamin, de lui tendre une corde pour la rouler autour de son corps, et revenir lisse et dégouttant au milieu de nous avec un grondement de satisfaction qui semblait dire: « C'est bien; après tout, on n'est nulle part mieux que chez soi ! » Comme il choisissait pour dormir paisiblement les lieux et les positions les plus convenables! étendant sa tête sur le pinacle, surtout quand le gouvernement assidu du navire était l'affaire essentielle du moment, ou à travers le capot, ou sur la voûte vitrée de notre cabine, ou encore sur le dos velu de Sailor, notre terre-neuve, qui positivement l'avait en horreur ! Et combien il était touchant de le voir s'entortiller autour du cou de M. Wise, qu'il considérait évidemment comme un nourrisson regarde sa mère, le suppliant par ses ronflements et ses grognements les plus expressifs de lui donner du lait, et embarrassant cet excellent homme par ses appels trop démonstratifs à ses soins nourriciers.

Je n'oublierai jamais la contenance de M. Wise le jour où , dans la baie Ullapool, essayant de maîtriser ses sentiments pour m'informer de la mort de cette créature, il me l'annonça sous cette forme caractéristique : « Ah ! milord, la pauvre bête ! — *Enfin ! toutes les pattes en l'air !* »

Bergen n'est pas aussi propre et ordonnée dans son architecture que Throndhjem ; une grande partie de la ville n'est qu'un réseau confus de rues et de ruelles, d'où doit découler sur elle, je le pense, une partie des anciens inconvénients qu'elle subissait aux jours d'Olaf Kyrre. Ce mode de construction des rues étroites et fermées a dû avoir de fatales influences sur les chances aléatoires de la vie, pendant les fléaux dévastateurs qui caractérisèrent les temps passés. Bergen fut, de fait, presque dépeuplée par cette terrible peste qui, en 1349, dévasta le nord de l'Europe, et dont le souvenir demeure stéréotypé dans cette appellation, *la mort noire.*

J'ai eu la tentation de vous offrir une espèce de ballade, composée devant la scène de cet événement désastreux ; son seul mérite consiste en ce qu'elle a été inspirée par le lieu et en ce qu'elle donne une relation véritable de la façon dont le fléau envahit et frappa la ville.

LA MORT NOIRE DE BERGEN.

I

Quel motif pousse les bourgeois de Bergen à abandonner leurs tonneaux de vin, pour courir sur la colline comme des chasseurs à l'heure du dîner? Voyez, leurs groupes gravissant rochers et pentes, entraînés par un irrésistible attrait. Une pensée brille dans leurs âmes comme une aurore boréale sur des pics de glace.

BERGEN. — LE MARCHÉ AUX POISSONS.

II

Leurs pas tendent au sommet, mais leurs regards se tournent vers l'ouest, dans l'attente d'un vaisseau royal qui point à l'horizon et fend les nuages dorés. L'apparition flotte au loin. Est-ce lui, est-ce le même? Des cris frénétiques de reconnaissance disent le nom du vaisseau longtemps perdu.

III

De longues années se sont écoulées depuis qu'il est parti, la poupe haute et dorée. Les femmes en pleurs, le cœur brisé, ont en vain attendu son retour, — quand le soleil de minuit décrivait son cercle étroit sur le bord de l'océan, et quand le soleil de midi se tournait vers l'orient d'hiver.

IV

Les mères sans enfants, les filles orphelines, de la colline qui regarde la mer, interrogeaient en vain les eaux où manquait ce pavillon qui ne revenait pas. Mais les pleurs sont suspendus et taris; voyez! il flotte au vent. Jamais d'aussi chaudes actions de grâces ne sont sorties de cœurs blessés.

V

Voyez le bon navire; il contourne hardiment le rocher qui masque la vue. « Chose étrange! nulle acclamation ne s'élève du sein de l'équipage parti depuis si longtemps. » Les portes de pierre du fiord sont franchies, et poussé par la marée, bien que le léger vent soit tombé, rapidement il arrive au port.

VI

Douce et portée par les bons anges, la nouvelle a circulé à droite et à gauche. Les femmes depuis longtemps veuves — et à peine mariées, — les fiancées qui ont perdu tout espoir d'hyménée, accourant par cent chemins, se pressent sur le quai étroit, ivres de l'espérance de retrouver ceux qu'elles croyaient perdus.

VII

Bientôt une foule de bateaux flotte, portant des cœurs trop pleins de pensées réfléchies par les traits impatients. — Voyez se précipiter le jeune Éric, chaque nerf et chaque muscle tendus, car l'amour d'un père l'attire et il veut le premier toucher sa main chérie.

VIII

Dans l'ombre froide du vaisseau le bateau léger flotte et s'arrête enfin : pourquoi le cœur bat-il si fort et si vite dans la poitrine d'Éric? « Quel étrange aspect a ce vaisseau? Ah! mon cœur a-t-il perdu son audace? camarades, cherchez! mes yeux se voilent. »

IX

Triste recherche! effrayante trouvaille! sur le pont sont étendus, secs et cada-
véreux, des hommes qui, dans quelque pays brûlant et mortel, ont succombé.
Leurs mains jointes qui ne se sépareront plus, leurs yeux qui fixèrent le soleil,
leurs regards qu'habita leur âme, empoisonnent autour d'eux la vie, — bien que
la vie les ait quittés

X

Poussé par la terreur, Éric entr'ouvre et contemple la cabine où rien ne se
meut. Oh! la figure de son père, terrible et muette, arrête sa vue... comme il la
portait, pendant sa vie, haute et sans crainte. Sur une page, devant lui, traîne
encore sa main livide!

XI

Quel triste écrit l'occupait quand le coup de la mort l'a frappé! « Est-ce la
volonté de Dieu que je demeure le dernier? J'ai fermé la porte de la cabine, car
je ne puis les voir mourir, je voudrais que mes os reposassent en Norvège, sous
notre froid ciel du nord. »

XII

Et le livre de bord dit terriblement comment, dans un pays maudit, où ils
furent poussés pour un terme sans fin, le fléau les assaillit soudainement sous
les feux du tropique, comme si de cruels scorpions les avaient rongés, et comment ils moururent, en délire, un à un.

XIII

Après avoir raconté la tâche vaine, de la part des survivants, d'ensevelir leurs
compagnons expirés, une chose horrible est narrée : — les corps plongés dans
une tombe sans repos, et chacun jeté par l'autre dans les tumultueuses vagues.

XIV

Le bateau d'Éric est prêt à regagner la rive, revenant de ce noir navire. Sur
son arrière quelque chose est étendu. Qu'est-ce? les yeux ne le discernent pas;
mais l'horreur coule à travers les veines du jeune homme avec des flèches glacées, et chaque coup de rame concorde avec les battements de son cœur.

XV

Le bateau qui revient semble lourd, accablé d'une foule de maux; ô aveugles,
qui ne voyez pas quelle cargaison lugubre il porte. Du rivage, la foule écoute
volontiers le flot qui murmure et se brise sur les flancs du bateau, car pas un
homme ne peut prévoir qu'il débarque avec lui la *mort noire.*

XVI

Sans qu'on le voie, sans qu'on l'entende, le spectre livide s'avance à travers la ville qui le matin, comme une fiancée, s'est parée pour l'arrivée du vaisseau. — Souvent depuis a été racontée par les femmes de Bergen la terrible histoire du vaisseau perdu qui, à son retour, portait en lui la *mort noire !*

Je m'arrêterais volontiers sur le plaisir que j'eus à visiter une seconde fois Christiansand. Cette ville a un charme qui lui appartient, indépendant de l'intérêt qu'elle offre comme lieu d'où réellement « nous nous élançons pour revenir ». Mais quoique les pays étrangers et un monde inconnu ou indifférent soient un légitime sujet de récits pour le voyageur, nos amis et leurs douces demeures n'y sont pas; aussi je garderai tout ce que j'ai à dire de ma gratitude pour notre excellent et hospitalier consul, M. Mork, et de mon admiration pour sa charmante femme, jusqu'à ce que je puisse vous exprimer, de vive voix, combien je souhaite que vous aussi vous les connaissiez.

Et maintenant, quoique hors de la Norvège et en route pour le logis, c'est une ennuyeuse affaire (avec des brouillards, des

FEMMES DE CHRISTIANSAND.

calmes et des coups de vent) de gagner Copenhague. Nous avons arrondi le Scan par un épais brouillard, et vu les débris de quatre vaisseaux qui s'étaient brisés sur lui. Peu s'en est fallu que nous ne fussions nous-mêmes mis en pièces par un maladroit vaisseau marchand, envers lequel il nous resta la satisfaction d'user de notre dictionnaire national et de ses épithètes de mer les plus classiques. Ces cinq jours furent certainement la période la plus ennuyeuse de toute notre expédition. Je crois qu'il y a quelque chose de magnétique dans le sol du pays natal, qui doit augmenter cet impatient désir de le voir de nouveau, qui grandit presque en raison inverse de la distance ; aussi, le pavé de Londres, et ses couches épaisses de bouc sale et grasse, commença dès lors à exercer sur moi une tendre influence qui s'accrut d'heure en heure : il est pourtant très possible que la pensée de vous revoir ait eu quelque part dans cette affaire.

Quelqu'un, je crois que c'est Juller, dit que « chaque personne qui cause avec vous, chaque endroit où vous vous arrêtez, vous donne ou vous prend quelque chose, soit en bien, soit en mal » ; considération bien capable d'effrayer les navigateurs, et autres esprits sans repos ; mais confortable pensée, à quelques égards, pour des voyageurs aux régions polaires, où peu de créatures, à l'exception des phoques et des ours, peuvent être mises à mal par nous ; quoique, pour notre part, nous puissions témoigner des grandes et salutaires influences que possèdent ces solitudes de glaces, pour enchaîner à toujours celui qui serait désireux d'y rester.

Le lendemain je quittai Copenhague, et mon bon Sigurdr, dont la société avait été une source constante d'agrément, pour Fritz et pour moi-même, durant tout le voyage ; je crois que j'ai laissé en lui un amical souvenir de notre trop courte liaison et d'agréables pensées sur les lieux étonnants et les choses que nous avons vus ensemble ; de même que j'ai gardé en moi un souvenir très affectueux de sa franche et noble nature, de sa sincère sympathie et de son imperturbable bonne humeur. Depuis le jour où je l'embarquai — il m'était alors étranger — jusqu'à la veille de nous séparer, — comme amis, à travers des scènes d'affliction et dans des circonstances qui quelquefois agissaient impérieusement sur l'esprit, enfermés comme nous le fûmes pendant quatre mois dans la communauté nécessairement close de la vie à bord d'un navire de quatre-vingts tonneaux, — jamais il n'y eut l'ombre d'un nuage entre nous. Jamais aussi les mots *un Islandais* n'éveilleront à mes oreilles ni une froide ni une antipathique association d'idées, et quoique mon imagination se soit complu et bercée dans le passé historique de cette étrange Islande, son histoire actuelle éveillera toujours en moi un plus grand et plus vif intérêt, grâce à Sigurdr.

Le lendemain, Fritz et moi nous partîmes pour Hambourg, et

COPENHAGUE. — VUE PRISE SUR LE CLOOTS CANAL.

bientôt après, du moins aussi vite que la vapeur put m'entraîner sur le chemin de fer et sur le bateau, j'eus la joie de revoir votre visage.

J'ai été bien heureux de mon voyage ; mais je crains que ce bonheur de votre fils ne vous ait coûté plus d'une heure passée dans l'anxiété et l'attente.

APPENDICES

APPENDICE

A

Un jour le dieu Thor partit avec Loke dans son char traîné par deux boucs, et, le soir étant venu, ils allèrent loger chez un paysan. Le dieu Thor tua aussitôt ses deux boucs, et, les ayant écorchés, les fit cuire. Cela fait, il se mit à table pour souper, et invita le paysan et ses enfants à manger avec lui ; le fils de son hôte se nommait Tialfe et sa fille Raska. Thor leur recommanda de jeter tous les os dans les peaux de ces boucs qu'il tenait étendues près de la table ; mais le jeune Tialfe, pour avoir de la moelle, rompit avec son couteau l'os d'une jambe d'un des boucs. Après avoir passé la nuit dans ce lieu, Thor se leva de grand matin, et, s'étant habillé, il leva le manche de sa massue, ce qu'il n'eut pas plutôt fait que les deux boucs reprirent leur forme, mais l'un d'eux boitait d'une jambe de derrière. Le dieu, voyant cela, ne douta pas que le paysan ou quelqu'un de sa maison n'eût manié trop rudement les os de ses boucs ; irrité de cette imprudence, il fronce les sourcils, regarde de travers, empoigne sa massue, et la serre avec tant de force que les jointures de ses doigts blanchissent. Le paysan tremblant faillit être terrassé par un seul de ses regards ; ses enfants se joignirent à lui pour supplier Thor de leur pardonner, lui offrant tous leurs biens en dédommagement de la perte qu'il avait faite : enfin, touché de leur crainte extrême, il s'apaisa et se contenta d'emmener avec lui Tialfe et Raska. Laissant donc ses boucs dans ce lieu, il se mit en route pour se rendre dans le pays des géants, et, étant arrivé au bord de la mer, il la traversa à la nage, accompagné de Tialfe, de Raska et de Loke. Le premier était un excellent coureur, et portait la valise de Thor. Quand ils eurent fait quelques pas, ils trouvèrent une vaste plaine dans laquelle ils marchèrent tout le jour, quoique réduits à une grande disette de vivres. Comme la nuit s'approchait, ils cherchèrent de tous côtés un endroit où ils pussent se reposer, et ils trouvèrent enfin dans les ténèbres la maison d'un certain géant dont la porte avait la largeur d'un des côtés mêmes de la maison. Ce fut là qu'ils passèrent la nuit ; mais comme elle était à peu près à moitié écoulée, ils sentirent un grand tremblement de terre qui secouait violemment l'habitation. Thor, se levant, appela ses compagnons pour chercher avec lui quelque asile; ils trouvèrent à main droite une chambre voisine dans laquelle ils entrèrent. Mais Thor, se tenant à la porte pendant que les autres, frappés de crainte, se cachaient au fond de leur retraite, s'arma de sa massue pour se défendre à tout événement. Cependant on entendait un terrible bruit, et, le matin étant venu, Thor sortit et aperçut près de lui un homme prodigieusement grand et qui ronflait de toutes ses forces. Thor comprit que c'était là le bruit qu'ils avaient entendu pendant la nuit. Aussitôt il prit sa vaillante ceinture qui a le pouvoir d'accroître ses forces; mais le géant s'étant éveillé, Thor effrayé n'osa lui lancer sa massue, et se contenta de lui demander son nom. « Je m'appelle Skrymner, répond l'autre; pour moi, je n'ai pas besoin de te demander si tu es le dieu Thor, et si tu ne m'as pas pris mon gant? » En même temps il étendit la main pour le reprendre, et Thor s'aperçut que cette maison où ils avaient passé la nuit était ce gant même, et la chambre où il s'était réfugié un des doigts du gant. Là-dessus Skrymner lui demanda s'il ne voyageait pas en compagnie? A quoi Thor ayant répondu que oui, le géant prit sa valise et en tira de quoi manger. Thor étant allé en faire autant avec ses compagnons, Skrymner voulut joindre ensemble les deux valises, et les mettant sur son épaule, commença à marcher à grands pas. Le soir, quand ils furent arrivés, le géant s'alla coucher sous un chêne, montrant à Thor le lieu où il voulait dormir, et lui disant de prendre à manger dans la valise. En même temps il se mit à ronfler fortement. Mais Thor, ayant voulu ouvrir la valise, ne put jamais (chose incroyable!) défaire un seul nœud; aussi, prenant de dépit sa massue, il la lance contre la tête du géant. Celui-ci

s'éveillant demande ce que c'est, et si une feuille lui est tombée sur
la tête? Thor fait semblant de vouloir aller dormir sous un autre
chêne; vers le milieu de la nuit, ce dieu, entendant ronfler de nouveau Skrymner, prend sa massue et la lui enfonce par derrière dans
la tête. Le géant s'éveille et demande à Thor s'il lui est tombé quelque grain de poussière sur la tête, et pourquoi il ne dort pas. Thor
répond qu'il va s'endormir. Mais un moment après, résolu de porter
à son ennemi un troisième coup, il ramasse toutes ses forces et lui
lance sa massue dans la joue avec tant de violence qu'elle s'y enfonce
jusqu'au manche. Skrymner, se réveillant, porte sa main à la joue,
disant : « Y a-t-il des oiseaux perchés sur cet arbre? il me semble
qu'il est tombé une plume sur moi. » Puis il ajoute : « Pourquoi
veilles-tu, Thor? Je crois qu'il est temps de nous lever et de nous
habiller. Vous n'avez pas beaucoup de chemin à faire encore pour
arriver à la ville qu'on nomme Utgard; je vous ai entendu vous dire
à l'oreille les uns aux autres que j'étais d'une bien grande taille, mais
vous en verrez là de beaucoup plus grands que moi. C'est pourquoi je
vous conseille, quand vous y serez arrivés, de ne pas trop vous vanter,
car on ne souffre pas volontiers dans cet endroit-là de petits hommes
comme vous; je crois même que ce que vous auriez de mieux à faire
serait de vous en retourner; cependant, si vous persistez dans votre
résolution, prenez votre route à l'orient; pour moi, mon chemin me
mène au nord. » Là-dessus, il mit sa valise sur son dos et entra dans
une forêt. On n'a pas entendu dire que le dieu Thor lui ait souhaité
bon voyage; mais, continuant sa route avec ses compagnons, il
aperçut, comme il était près de midi, une ville située au milieu d'une
vaste campagne; cette ville était si élevée, qu'il ne pouvait la voir
jusqu'au haut sans renverser en arrière sa tête sur ses épaules. La
porte était fermée par une grille que Thor ne put jamais ouvrir, mais
lui et ses compagnons passèrent à travers les barreaux : étant entrés,
ils virent un grand palais et des hommes d'une taille prodigieuse.
S'adressant ensuite au roi, qu'on nommait Utgarda-Loke, ils le sa-
luèrent civilement. Le roi, les ayant enfin regardés, se mit à rire en
tordant la bouche de fort mauvaise grâce. « Il est trop tard, dit-il,
pour vous interroger sur le long voyage que vous avez fait; cependant, si je ne me trompe, ce petit homme que je vois là doit être
Thor; peut-être est-il plus grand qu'il ne me paraît, mais pour m'en

assurer, ajouta-t-il en leur adressant la parole, voyons un peu ce que tu sais faire, toi et tes compagnons; car personne ne peut rester ici, à moins qu'il ne se distingue dans quelque art spécial, et qu'il n'y excelle même par-dessus tous les autres hommes. Loke dit alors que sa spécialité était de manger plus que personne au monde, et qu'il était prêt à soutenir un défi dans ce genre d'escrime. « Certainement, répliqua le roi, il faudra convenir que vous ne serez pas maladroit si vous pouvez tenir votre promesse ; nous allons donc vous mettre à l'épreuve. » En même temps il fit venir un de ses courtisans, qui était assis sur un banc à l'écart, et se nommait Loge (*flamme*), et il lui ordonna de se mesurer avec Loke dans l'art de la *goinfrerie*. On apporta donc sur le parquet un baquet plein de viande, et les deux champions, placés à chaque bout, se mirent aussitôt à dévorer ces viandes avec tant de vitesse qu'ils se rencontrèrent bientôt au milieu du baquet et furent obligés de s'arrêter ; mais Loke n'avait mangé de sa portion que la chair seulement, tandis que son adversaire avait dévoré et la chair et les os : tout le monde jugea donc que Loke devait être regardé comme vaincu.

Après cela, le roi demanda quel métier savait faire le jeune homme qui était avec Thor. Tialfe répondit qu'il disputerait avec n'importe lequel des courtisans présents à qui courrait le plus vite en patins. Le roi dit que c'était là un très beau talent, mais qu'il lui faudrait user de diligence s'il voulait demeurer vainqueur. En conséquence, conduisant Tialfe dans une grande plaine, il choisit un jeune homme appelé Hugo (*l'esprit* ou *la pensée*), pour disputer le prix de la course avec lui ; mais ce Hugo devança tellement Tialfe, qu'en revenant au point de départ, il le rencontra encore à mi-chemin. Alors le roi dit : « Une autre fois, il te faut dépêcher davantage. » Ils tentèrent donc une seconde épreuve, et Tialfe n'était plus qu'à une portée de trait du but lorsque Hugo y arriva. Ils coururent une troisième fois, et Hugo toucha la borne avant que Tialfe n'eût fourni la moitié de la carrière. Là-dessus, tous ceux qui étaient présents s'écrièrent que l'épreuve était plus que suffisante.

Alors le roi demanda à Thor dans quel art, à son tour, il voulait faire preuve de son habileté si renommée. Thor répondit qu'il voulait disputer avec quelqu'un de sa cour à qui boirait le mieux. Le roi y consent, entre dans le palais et va chercher une grande corne,

dans laquelle les courtisans étaient obligés de boire lorsqu'ils
avaient péché par infraction à quelque règlement de la cour.
L'échanson la remplit et la présente à Thor, pendant que le roi
ajoute : « Lorsqu'un homme boit bien, il doit vider cette corne d'un
seul coup, quelques-uns le font en deux, mais il n'y a point de si
petit buveur qui ne la vide en trois. Thor, ayant examiné cette corne,
ne fut étonné que de sa longueur; cependant, comme il avait extrêmement soif, il se mit à boire avec avidité et aussi longtemps qu'il
le put, sans reprendre son souffle, afin de n'être pas obligé d'y
revenir une seconde fois; mais quand il eut éloigné la coupe de sa
bouche pour regarder dedans, à peine s'aperçut-il que la liqueur
avait diminué. S'étant remis à boire de toutes ses forces, il n'avança
pas plus que la première fois; enfin, plein de colère, il applique ses
lèvres à la corne et fait les plus grands efforts pour la vider entièrement; cette fois le niveau de la liqueur baissa sensiblement, mais
Thor, à bout d'efforts, ne voulut plus poursuivre l'essai plus loin et
rendit la corne. « On voit bien, lui dit alors le roi, que tu n'es pas
si vaillant que nous l'avons cru. — Certainement, dit Thor, des
coups comme ceux que j'ai bus ne seraient pas censés petits parmi
les dieux; mais quel autre jeu voulez-vous me proposer? — Il y a
ici un jeu de peu d'importance auquel nous exerçons les enfants,
lui répondit le roi; il consiste à enlever de terre mon chat, et je ne
t'en parlerais pas si je n'avais pas vu que tu n'es pas tel que la renommée le prétend. » En même temps un grand chat couleur de fer
sauta au milieu de la salle. Thor, s'approchant, lui passe la main
sous le ventre et le soulève de toutes ses forces; mais le chat, cour-
bant le dos, ne perdit terre que d'un seul pied. « Le succès, dit le
roi, a été tel que je le présageais; le chat est grand, mais Thor est
petit en comparaison des hommes de ce pays. — Si je suis petit,
répond Thor, faites paraître quelqu'un avec qui je puisse lutter. »
Le roi, entendant cela, regarde de tous côtés et dit : « Je ne vois ici
personne qui ne regarde au-dessous de soi d'entrer en lice avec toi.
Mais qu'on fasse venir ma nourrice Héla (la mort), pour lutter avec
le dieu Thor; elle en a terrassé de plus forts que lui. » Au moment
même une vieille édentée entre dans la salle. « Voilà, dit le roi à
Thor, celle avec qui tu dois lutter. » Mais, après que de part et d'autre
ils se furent porté de grands coups, et qu'ils eurent longtemps et

vaillamment combattu, Thor tomba sur un genou, et le roi, s'approchant des combattants, leur ordonna de cesser la lutte, ajoutant
qu'il n'y avait plus dans sa cour personne à qui on pût honnête-
ment proposer de se battre avec un hôte si chétif.

Thor passa dans ce lieu la nuit avec ses compagnons, et le lendemain de grand matin il se préparait à partir, quand le roi le fit
appeler et lui donna un magnifique festin, après lequel il accompa-
gna Thor hors de la ville. Comme ils étaient prêts à se séparer, le
roi demanda à Thor ce qu'il pensait du succès de son voyage. Thor
lui répondit qu'il ne pouvait nier qu'il ne sortît de chez lui honteux
et mécontent. « Il faut donc, dit le roi, que je te découvre à présent
la vérité, maintenant que tu es hors de notre ville, dans laquelle toi
ou tes compagnons vous ne rentrerez jamais tant que je vivrai et
que je règnerai ; je t'assure bien aussi que si j'avais pu prévoir de
quelle force tu es doué, je ne t'y eusse point laissé entrer. Mais je
vous ai tous enchantés par mes prestiges, d'abord dans la forêt où
je vins au-devant de vous, et où tu ne pus défaire ta valise, parce que
c'était moi qui l'avais fermée avec une chaîne magique ; ensuite tu
voulus me frapper trois fois avec ta massue : le premier coup,
quoique léger, m'eût terrassé si je l'eusse reçu ; mais lorsque tu
seras assez loin d'ici, tu trouveras un très grand rocher, dans lequel
il y a trois vallées de forme carrée, et l'une d'elles extrêmement
profonde ; ce sont les endroits que ta massue a frappés, tandis que
je me tenais couvert, comme d'un bouclier, par le rocher, que tu ne
pouvais voir. J'ai usé des mêmes prestiges dans les combats que toi
et les tiens avez soutenus contre les gens de ma cour. Dans le premier, Loke a dévoré comme un affamé toute sa portion, mais Loge,
son adversaire, était un *feu errant* qui a bientôt consumé et les
viandes, et les os, et le baquet même. Hugo, qui a disputé le prix
de la course contre Tialfe, était mon esprit, et il n'était pas possible
que Tialfe pût l'égaler en rapidité. Quand tu as voulu vider la corne,
tu as fait, sur ma foi, une merveille que je ne pourrais pas croire si
je ne l'avais vue, car un des bouts de la corne s'étendait jusques à la
mer, ce que tu n'as pas aperçu. Et la première fois que tu iras au bord
de la mer, tu verras combien elle est diminuée. Tu n'as pas fait un
moindre mirac'e en soulevant le chat, et pour te parler vrai, quand
nous avons vu qu'un de ses pieds quittait la terre, nous avons tous

été extrêmement surpris et effrayés, tant ta main en l'élevant s'est
approchée du ciel, car ce qui te paraissait un chat était en réalité le
grand serpent qui environne toute la terre. A l'égard de ta lutte avec
une vieille, il est bien étonnant qu'elle ne t'ait fait tomber que sur
un genou, car c'est contre la mort que tu as combattu, et il n'y a
personne qu'elle n'abatte à la fin. Mais à présent, puisque nous
allons nous quitter, je te déclare, ainsi qu'à tous les tiens, qu'il est
également avantageux pour l'un et pour l'autre que vous ne reveniez
plus vers moi, et si vous voulez le faire, je me défendrai encore par
d'autres prestiges, en sorte que vous ne pourrez jamais rien contre
moi. » Comme il disait ces mots, Thor indigné prend sa massue et
la veut lancer sur le roi, mais celui-ci disparaît, et le dieu, ayant
voulu retourner vers la ville pour la détruire, ne trouva plus que de
vastes campagnes couvertes de verdure ; reprenant donc sa route, il
revint tout d'une traite, rêveur et mécontent, se reposer dans son
palais.

APPENDICE

B

Nous croyons devoir compléter l'allusion de lord Dufferin par une citation empruntée à un livre trop peu connu, mais dont on ne saurait trop recommander la lecture non seulement aux hommes d'État et aux géographes politiques, mais encore à quiconque se préoccupe des destinées des nations et de l'avenir européen.

« Pour comprendre pourquoi les Russes convoitent la possession de ces contrées, il suffit de comparer les fiords du Finmark avec les ports qui leur appartiennent à l'est de la mer Glaciale. Ces derniers, encombrés par les glaces jusqu'au mois de mai, ne permettent aucun développement à l'industrie ou à la navigation. Sur les rives du Finmark norvégien, au contraire, la mer apporte des courants méridionaux qui réchauffent les côtes et laissent les ports toujours libres, toujours ouverts à une active navigation. Singulier phénomène qui fait ressembler ces régions exceptionnelles de l'océan Glacial aux bords de la Méditerranée! Pendant qu'à peu de distance vers l'est les Russes voient le mercure se glacer dans les tubes, les côtes du Finmark demeurent baignées dans une température qui rappelle les hivers de l'Europe centrale. A Alten, la température moyenne en janvier est de 7 degrés au-dessous de zéro. Le littoral russe, aride et improductif, n'offre ni abri, ni subsistance; les golfes norvégiens sont bordés de forêts et de verdure, et vont joindre des vallées enrichies d'une luxuriante végétation.

» Et cependant ce ne sont pas les produits de la terre qu'envie la Russie. Il y a sur ces côtes des richesses maritimes d'une bien autre importance dont elle rêve le monopole. Nous voulons parler des pêcheries, et pour cet objet les mêmes contrastes se rencontrent. Sur le littoral russe, d'un côté, la sauvage rudesse du climat ne permet pas des habitations fixes, de l'autre, les glaces pe ndant huit mois de l'année s'opposent à toute entreprise de pêche. Sur le littoral norvégien, les hommes sont à l'abri des âpretés de l'hiver, et les poissons, attirés par les courants tempérés, se rassemblent en multitudes innombrables. Aussi y a-t-il sur ces côtes d'i mportantes pêcheries d'hiver, surtout au fond du golfe de Varanger, situé à l'extrémité nord-est du Finmark norvégien. En Europe et même au midi de la Norvège, on ne soupçonne guère les immenses richesses qu'offrent ces rives en poissons de toute espèce qui affluent toute l'année par courants méridionaux. Mais c'est surtout lorsque les bancs de poissons, à la poursuite du hareng, se précipitent vers la côte, que leur masse défie toute description. Souvent la chasse est si ardente, que les fuyards et les assaillants sont littéral ement étouffés et projetés pêle-mêle sur la plage. L'exploitation de ces pêcheries sans cesse alimentées par une mer prodigue serait, entre des mains habiles, un trésor inépuisable. Mais ces ressources s'arrêtent aux limites du Finmark, et du côté de l'est, les bancs de poissons sont remplacés par des bancs de glaces.

» Tout cela est bien connu de la Russie, et elle ne néglige rien pour que cela demeure inconnu au reste du monde. C'est à peine si en Norvège même on soupçonne et les dangers qui menacent ces régions et les causes de ces dangers.

» Ce n'est pas d'ailleurs un simple agrandissement matériel qui préoccupe la Russie ; ce ne sont pas seulement les féconds empoissonnements des rives norvégiennes qui attirent ses avides regards. Sa politique patiente ne s'aventure pas pour si peu, et elle ne risquerait pas de troubler le monde pour des pêcheries norvégiennes, si cette pointe du Finmark n'était une route vers l'Occident.

» En effet, aux bords de l'océan Glacial comme aux bords de la mer Noire, en face d'Archangel comme aux bouches du Danube, la Russie ne fait autre chose que de la stratégie militaire, ou plutôt ici elle fait de la stratégie maritime.

» On sait que ce sont les grandes pêcheries qui font les grandes marines. Le goût de la navigation et l'expérience de la mer ont

besoin de s'acquérir dès les jeunes années, et il faut, pour ainsi dire,
être bercé sur les flots pour apprendre à les affronter et à les domi-
ner. La pêche, d'abord recherchée comme ressource, devient bientôt
une école de navigation, où se forment les hardis matelots et les
intrépides explorateurs. On ne saurait oublier que c'est des côtes de
la Scandinavie que s'élancèrent les anciens Normands appelés *rois
de la mer*, et qui remplirent l'Occident et même l'extrême Orient du
bruit de leurs conquêtes. La pêche se poursuivant au Finmark en
toute saison, la population maritime est constamment en exercice.
Que peut au contraire la Russie avec ses ports de la Baltique immo-
bilisés d'octobre à mai, avec sa navigation intermittente et ses matelots cloués à terre pendant huit mois! Dans de pareilles conditions,
toute flotte de guerre doit rester impuissante, tout équipage doit
manquer de savoir-faire et même d'intrépidité. Et pourtant une des
ambitions de la Russie est de devenir une grande puissance maritime.
Il lui faut pour cela des ports d'armement et d'exercice à l'abri des
glaces, et une population maritime toujours exercée et toujours
multipliée par les grands travaux de pêche. Or c'est là ce qui se
rencontre dans le Finmark. Qu'il soit permis à la Russie d'usurper
le district des fiords, de s'établir fortement sur la côte occidentale
du Finmark, et bientôt ses chantiers de construction dépasseront
tout ce qu'elle a entrepris dans le port de Nicolaïef. La Russie est
patiente, et fait les choses sans bruit; on peut compter sur son
activité pour mettre promptement en mer des flottes bien supérieures à tout ce qu'elle a tenté jusqu'ici. Les forêts de la Norvège
lui fourniront les plus admirables bois de construction, et les habitants de la côte peupleront ses vaisseaux d'équipages intrépides et
expérimentés.

» C'est alors que la Russie aura une route facile et sûre vers le
centre de l'Europe, but constant de ses opiniâtres efforts..... Et
qu'on ne voie pas en ceci une prédiction hasardée, un sujet imaginaire d'alarmes : les faits historiques viennent à l'appui de nos
avertissements. »

(*La Scandinavie, ses craintes et ses espérances,*par Gustave Lallerstedt,
membre de la diète suédoise. 1856.)

APPENDICE

C

Le Vetgamsquidam ou chant de Vetgam, auquel est empruntée cette citation, forme le II° chant de l'Edda de Sœmund, la plus ancienne des versions authentiques des traditions odiniques. Ceux qui connaissent ce morceau archaïque, comme ceux qui l'ignorent, ne nous blâmeront sans doute pas d'en reproduire ici le début solennel.

« Odin, le souverain des hommes, se lève : il selle son coursier Sleipner, il le monte et chevauche vers le séjour souterrain de Héla.

» Le chien qui garde les demeures de la mort s'élance au-devant de lui, la gorge et la mâchoire teintes de sang; il ouvre sa gueule avide de proie et menace de ses aboiements le père des chants runiques.

» Odin poursuit sa route; sous les sabots de son cheval tremblent et retentissent les cavernes souterraines. Enfin il touche au séjour profond de la mort et s'arrête près de celle des portes qui s'ouvre sur l'Orient; là est le tombeau de Vala.

» Il lui chante les vers qui évoquent les morts; tourné vers le septentrion, il grave sur son tombeau des runes magiques; il profère des paroles puissantes; il demande une réponse. Enfin la prophétesse contrainte se lève et parle ainsi :

» *Quel est cet inconnu qui ose troubler mon repos et m'arracher au sépulcre où je dors depuis si longtemps, couverte de neige, mouillée par la pluie et par la rosée?...* »

FIN DES APPENDICES.

TABLE DES GRAVURES

——

FIN DE LA TABLE DES GRAVURES.

TABLE DES MATIÈRES

                    FIN DE LA TABLE DES MATIÈRES.

          MOTTEROZ, Adm.-Direct. des Imprimeries réunies, **B**, Puteaux

www.ingramcontent.com/pod-product-compliance
Lightning Source LLC
Chambersburg PA
CBHW071858020726
47502CB00003B/806